古典文獻研究輯刊

三　編

曾　永　義　主編

第16冊

《三言二拍一型》之戒淫故事研究

馮翠珍　著

國家圖書館出版品預行編目資料

《三言二拍一型》之戒淫故事研究／馮翠珍 著 — 初版 — 新北
市：花木蘭文化出版社，2011〔民 100〕
序 2+ 目 2+188 面；19×26 公分
（古典文學研究輯刊 三編；第 16 冊）
ISBN：978-986-254-558-4（精裝）
1. 章回小說 2. 文學評論
820.8   100015009

ISBN-978-986-254-558-4

9 789862 545584

古典文學研究輯刊
三 編 第十六冊   ISBN：978-986-254-558-4

《三言二拍一型》之戒淫故事研究

作 者 馮翠珍
主 編 曾永義
總 編 輯 杜潔祥
出 版 花木蘭文化出版社
發 行 所 花木蘭文化出版社
發 行 人 高小娟
聯 絡 地 址 新北市永和區中正路五九五號七樓
          電話：02-2923-1455／傳眞：02-2923-1452
網 址 http://www.huamulan.tw 信箱 sut81518@ms59.hinet.net
印 刷 普羅文化出版廣告事業
初 版 2011 年 9 月
定 價 三編 30 冊（精裝）新台幣 48,000 元

《三言二拍一型》之戒淫故事研究

馮翠珍　著

作者簡介

馮翠珍

【學 歷】

　　中國文化大學中國文學研究所博士班 博士候選人

【現 職】

　　2000/08～至今亞太創意技術學院（原親民技術學院）數位媒體設計系／通識教育中心藝文組 合聘講師

　　資策會培訓智財權種子教師

【專長領域】

　　民間文學、通俗文學、影視配音、廣電節目企劃、劇本寫作

【著作】

　　大學國文選 與汪淑珍等人合著

　　台灣印象——台灣文學中的地區風采 與汪淑珍等人合著 新文京出版社

　　茶文化與生活 與汪淑珍等人合著 新文京出版社

　　舞台劇劇本〈夢之神〉

　　客家廣播劇〈蟾蜍皇帝〉、〈問三不問四〉、〈蟾蜍皇帝〉等廣播劇劇本

　　新住民廣播劇〈杜鵑的故事〉、〈石生的故事〉、〈沙狗的故事〉等廣播劇劇本

　　原住民舞台劇、廣播劇〈達印變鷹〉、〈人變猴子〉、〈狗啃骨頭〉、〈雷女〉、〈穿山甲的故事〉等劇本

　　2010 台電公司「全國電力溝通宣導」巡迴座談會宣導短劇「省電人生——補教版」編導

提　　要

　　本論文以明末馮夢龍著之「三言」（《古今小說》、《警世通言》、《醒世恆言》）；凌濛初著之「二拍」（《拍案驚奇》、《二刻拍案驚奇》）；及陸人龍著《型世言》等，六部通俗文學中之戒淫故事為研究重心。「三言二拍一型」中各含四十則白話短篇小說，合計二百四十篇作品；其中戒淫故事五十六則。

　　論文之第一章為〈緒篇〉，主要針對研究動機與目的、研究方法及材料作一說明：第二章則依序介紹各書中之戒淫故事，並整理其可能來源；第三章由不同角度分析戒淫故事的內容；第四章側重於介紹戒淫故事之寫作技巧；第五章則將戒淫故事與明末社會關係作一分析整理；第六章為結論，整理歸納論文中各項論點。

目

次

序

　　《三言二拍一型》為明末極具代小性之白話短篇小說：就中所包含之主題種類豐富多元，足以反映明末社會狀況及時人觀點。僅管作者們無不希望藉由作品發揮教化社會之功效；但以作品流通主要憑恃書商大量印刷販售的情況看來，作品本身勢必須得同時兼備娛樂及商業效果，方能吸引書商收購出版，並刺激消費者之購買慾，也才能使教化效果普及社會各階層。由此觀之，作者不僅應力使作品內容流暢易懂，更應擇取兼具趣味及教化效果的主題，庶幾不負美刺時俗之責。

　　如以各主題下之故事量統計，《三言二拍一型》共收有二百四十則故事；其中以「戒淫」為主題的故事，佔總篇數約六分之一。此一統計除反映出戒淫故事具備相當之商業價值外；主題本身的呈現方式是否符合人性、以及其中所涉及情與慾之觀點是否明確中肯；甚至於「以淫制淫」的表現目的及手法是否妥切，皆為值得身處於繁榮的商業社會中之我等探討了解的課題。

　　本論文承蒙指導教授金師榮華先生的建議及教導，於寫作過程中不厭其煩地給予意見及指正，使論文得以順利完成，學生謹藉此向恩師致上無限之敬意及謝意。同時亦感謝陳師妙如女士不吝撥冗、提點建議，使學生得掌握下筆分寸，不致荒謬放佚。此外還要感謝蕙韻及佳穗兩位學姐，及多位學友之協助與鼓勵。最後特別要感謝雙親於我寫作期間所給與的呵護與包容；更重要的是，如非父親於幼時培養我閱讀之嗜好、母親啓迪我以語文能力，愚駑如我，焉得今日。藉此謹以本論文，敬獻給我最親愛的父母。

庚辰年荷月　馮翠珍謹識於蘆洲

第一章　緒　論

第一節　研究動機與目的

　　「三言二拍一型」的作者都希望他們的作品能發揮美刺時俗的教化功能。如馮夢龍在《警世通言》的序言裡說：「村夫稚子，里婦估兒，以甲是乙非為喜怒，以前因後果為勸懲，以道聽途說為學問，而通俗演義，遂足以佐經書史傳之窮。」又曰：「人不必有其事，其真者可以補金匱石匱之遺；而贋者亦必有一番激揚勸誘，悲歌感慨之意。」凌濛初在《二刻拍案驚奇》的序言中，也提到他的寫作目的是使世人「以為忠臣孝子無難；而不能者，不至為宣淫而已。」就作品在世面上大量流通的情況看來，這些完成於明朝末年、刊刻於崇禎年間的「三言二拍一型」，之所以會造成社會上的廣大迴響、並成為明末短篇白話小說中較具代表性的作品，除了導因於作者們基於民間獨特的創造方式及思維觀念，貼切地迎合了時人的喜好以外；商人的大力推展及促銷，更是使作品廣為人知的主因。換言之，如果不是因為作品本身具備高度的商業價值，可使消費者為滿足娛樂需求而購買商品，如何能吸引商人「以梓傳請」、「一試而效，謀再試之〔註1〕」？如以作者的序文來分析，則不難發現擬話本之商業價值主要來自以下特質：

　　（一）文字俚俗淺白：除上述《警世通言》中所言：「理著而世不皆切磋之彥，事述而世不皆博雅之儒。」以外，《古今小說‧序》中還指出：「大抵唐人選言，入於文心；宋人選言，諧於里耳。天下之文心少而里耳多，則小

〔註1〕見《二刻拍案驚奇‧序》。

說之資於選言者少，而資於通俗者多。試今說話人當場描寫，……雖小誦《孝經》、《論語》，其感人未必如是之捷且深也。噫，不通俗能之乎？」《二刻拍案驚奇・序》中亦言：「支言俚說，不足供醬瓿；而翼飛脛走，較拈髭嘔血、筆冢研穿者，售不售反霄壤隔也」可見俚俗的文字便於社會各階層的讀者閱讀吸收，滿足消費者的娛樂需求。

（二）故事內容反映社會現實，表現人生：《古今小說・序》：「皇明文治既鬱，……即演義一斑，往往有遠過宋人者。而或以爲恨乏唐人風致，謬矣。食桃者不費杏，絺穀毳錦，唯時所適。」《拍案驚奇・序》：「語有之：『少所見，多所怪』今之人但知耳目之外牛鬼蛇神之爲奇，而不知耳目之內日用起居，其爲譎詭幻怪非可以常理測者固多也。……夫劉越石清嘯吹笳，恣其點染，尚能使羣胡流涕，解圍而去；今舉物態人情，恣其點染，而不能使人欲歌欲泣其間，此其奇與非奇，固不待智者而後知之也。」可知作品之所以廣受歡迎，同時也由於故事的內容能引起大眾在感受及情緒上的共鳴與認同，所以能深入人心。

（三）主題奇趣兼備，具有娛樂效果：《拍案驚奇・序》中提及題材選擇在於：「取古今來雜碎事可新聽睹、佐談諧者，演而暢之，得若干卷。」

正是在這種必須兼顧教化意義、娛樂效果及商業利益三者的情況下，「戒淫」成爲擬話本中最常見的主題。〔註2〕這個事實一方面顯示出題材本身的聳動性具有極高的娛樂效果，足以成爲吸引消費者好奇心的噱頭；另一方面也表示此一主題能夠反映社會現狀，便於作者發揮言責、教化社會；所以才能受到作者們的青睞。

然而不可否認的是，雖然《拍案驚奇・序》中曾指出：「一二輕薄惡少，初學拈筆，便思污衊世界，廣摭誣造，非荒誕不足信，非穢褻不忍聞。得罪名教，種業來生，莫此爲甚！而且紙爲貴，無翼飛，不脛走，有識者爲世道憂之，以功令屬禁，宜其然也。」但是「二拍」裡卻仍充斥著大量的色情描寫，引人詬病；類似的問題也出現在「三言」之中。由此觀之，戒淫故事是否真能如作者所預期，發揮懲惡窒淫的教化作用；或者基於商業利益，而在迎合大眾偏好的同時，卻昧於言責地以煽動消費者感官刺激爲促銷手段，一直是長久以來這幾部擬話本作品引起爭議的話題之一。爲釐清戒淫故事的內

〔註2〕「三言二拍一型」各有四十篇作品。其中以戒淫爲題的作品共五十五則，佔全部作品數近四分之一。

容走向及存在價值，本論文嘗試將「三言二拍一型」中所有的戒淫故事集中分析，以故事裡所呈現的內容、人物特色、結構及作者觀點爲切入點，探討戒淫故事內容的適切性；除了預期歸納出戒淫故事所反映的明末社會風貌以外，並冀藉此檢驗作者以「戒淫」爲寫作主題的主要目的，俾能提供對戒淫故事較客觀的認識、及作爲研究通俗文學與商業利益兩者間關係之參考。

第二節　研究材料與方法

　　何謂「淫」？《說文解字》：「淫，浸淫隨理也，從水㸒聲，一曰『久雨日淫』。」許愼注：「浸淫者，以漸而入也。司馬相如難，蜀父老曰：『六合之內，八方之外，浸淫衍溢。』《史記》作『浸潯』。」又「《月令》曰：『淫雨蚤降。』《左傳》曰：『天作淫雨』。《鄭》曰：『淫，霖也』。雨三日以上爲『霖』。」可見於《說文》中，「淫」原爲「過度、不適時」之意。

　　《小爾雅·廣義四》：「男女不以禮交謂之淫」。〔註3〕以此爲前題，則舉凡邪謔不正、過度貪求的兩性關係，皆可以「淫行」名之。因之筆者以「三言二拍一型」共二百四十篇擬話本小說爲取材範圍，不論正話、入話，凡作者有意藉以闡揚「戒淫拒色〔註4〕」觀點的作品，皆爲研究材料。經耙梳取捨之後，共提出以「戒淫」爲主題的作品五十六則。本文將先就故事的出現書別及次序，一一介紹其內容及可能來源；其次針對故事內容類型、人物身份，分析不同情境下犯淫及拒淫的原因及所代表的意義；再以作者的寫作技巧爲佐，更進一步認識作品於細微處；最後依作品中所反映的社會狀況及作者觀點，嘗試分析作品內容之適切性、並試以今日觀點重新詮釋作品的內容，企圖分辨作品中何爲基於商業考量所作之處理、或基於教化考量所呈現之內

〔註3〕漢孔鮒《小爾雅》，收於《百部叢書集成·初編》，卷十七：一，「古今逸史」類，頁4。

〔註4〕此處之「色」，是融合了馮夢龍於〈醒世恆言：赫大卿遺恨鴛鴦絛〉中所言之「傍色」、「邪色」、「亂色」；乃至連亂色也稱不上的「縱淫」：「又如嬌妾美婢，倚翠偎紅，……雖非一馬一鞍，畢竟有花有葉，此謂之傍色；又如錦營獻笑，花陣圖歡，露水分司，……雖市門之遊，豪客不廢，然女閭之遺。正人恥言，不得不謂之邪色；至如上蒸下報、同人道於歐禽，鑽穴逾牆，役心機於鬼蜮。偷暫時之歡樂，爲萬世之罪人，明有人誅，幽蒙鬼責，這謂之亂色。又有一種不是正色，不足傍色，雖然比不得亂色，卻又比不得邪色。填塞了盧空圈套，污穢卻清淨門風，慘同神面刮金，惡勝佛頭澆糞，遠則地府填單，近則陽間業報。奉勸世人，切須謹愼。」

容；以期客觀檢視戒淫故事之存在價值，並提供研究通俗文學教化功能、娛樂效果與商業利益之共生關係時之參考。

第二章 《三言二拍一型》中的戒淫故事

第一節 《古今小說》中的戒淫故事

〈蔣興哥重會珍珠衫〉（古今一）

故事大要：蔣興哥是一名成功的行商。為了經營生意，他不得不拋下新婚嬌妻，獨自前往廣東經商；卻也因此引來另一名行商陳大郎乘虛而入。透過媒婆的牽線，陳大郎誘引了寂寞的王三巧。雖然陳、王兩人恩愛逾常，但陳大郎仍必須回故鄉處理生意。就在陳大郎起程之際，王三巧取出蔣家的傳家之寶「珍珠衫」送給情郎做為紀念；沒想到這件穿在陳大郎身上的珍珠衫，卻巧被與陳大郎同船的蔣興哥看見；蔣因此發現了妻子的外遇－傷心之餘，蔣興哥決定休妻；卻又念及是因為自己的遠行，才會造成妻子外遇；所以回到故鄉後，蔣興哥設計不露痕跡地送妻子回娘家，更將當年陪嫁的箱籠悉數歸還。

等到陳大郎再返舊地時，發現竟已人事全非，驚懼之餘，罹病亡故。陳妻平氏得到消息前往收屍，卻被下人盜空所有的財產，使平氏流落異鄉；迫不得已，陳氏只好賣身葬夫；卻正巧嫁給了興哥。花燭之夜，蔣興哥見到平氏箱籠中僅存的寶物，竟然就是自己家傳的珍珠衫，才知道平氏就是陳大郎的妻子，兩人不禁大嘆報應不爽。

蔣興哥婚後再往廣東經商，卻不慎引起人命官司，被人訛詐。受理此案

的縣主，正是王三巧的再嫁之夫。王三巧假稱蔣興哥是自己的表哥，請夫婿
代為周旋，果然使得蔣興哥免除了一場牢獄之災；案子結束之後，蔣、王兩
人相見，不禁相擁而泣。縣官見兩個人的神色不同於一般兄妹；細問之下，
才知道兩人原是舊夫妻。縣官感慨之餘，將三巧奉還興哥。從此蔣興哥與平
氏及王三巧一夫二婦，相偕以老。

案：這個故事原見於馮夢龍所著之《情史》，〔註1〕比較起來，除了文體
不同以外，《情史》與《古今小說》中的內容並沒有太大差異。另外，譚正璧
先生在他所著的《三言兩拍資料》〔註2〕中，認為這一則故事，應該就是出自
九籥生宋懋澄的《九籥集》。〔註3〕因為《情史·珍珠衫》中引用了宋懋澄的
評論：「九籥生曰：『若此，則天道太近，世無非理人矣。』」等字；而宋懋澄
卒於萬曆年間，〔註4〕馮夢龍則生於萬曆二年、卒於清順治三年。由此可以推
知，馮夢龍的敘述，當是改寫自《九籥集》而來。

馮夢龍在《情史》〈珍珠衫記〉文末評析中論道：「夫不負婦，而婦負夫，
故婦雖出不怨，而卒能脫其重罪。所以酬夫者，亦至矣！雖降為側室，所甘
心焉。十六箱去而復返，令之義俠，有足多者。嫗之狡，商之淫，種種足以
誡世。惜不得真姓名。〔註5〕」如此論點，足以突顯馮氏的用心：其論貞淫不
以小節，反而以「情之所存、貞之所在」為論定女子貞淫與否的觀點，積極
反映出作者對於「貞節」二字的務實態度。就主角人物們的下場而言，馮夢
龍顯然認為王三巧是情有可原的。因為她是在與夫久別，孤寂難耐的情況下，
才會被王婆哄騙，墜入外遇的困境中；此外評析中還指出：

「嫗之狡，商之淫，種種足以誡世。」

似乎將種種淫勾之罪歸於老嫗。然而若是陳大郎在開始時不以財貨誘惑王
婆，使之為此奔波，如何能使計謀成功？「人為財死、鳥為食亡」，王婆貪取
不義之財固然罪不可赦，但是陳商起心處有失常道，其罪更無可逭。凡此種

〔註1〕見馮夢龍《情史》，（上海，上海古籍出版社。1993年6月），《馮夢龍全集一
七》，卷十六，〈珍珠衫〉，頁61。
〔註2〕見譚正璧著《三言兩拍資料》（台北，里仁，民國70年），頁6。
〔註3〕據《明人傳記資料索引》（昌彼得等編，中央圖書館出版，民53年12月），
頁183：「宋懋澄，字幼清，松江華亭人。堯武從子。萬曆年間舉於鄉。少慕
神仙多奇遇，往往徵於夢寐。其為詩王亦似之。有《九籥集》傳世。」今《九
籥集》僅見於國家圖書館善本資料室，但其中獨缺〈珍珠衫記〉。
〔註4〕見《松江府志》，卷五十五，宋懋澄。
〔註5〕同註1。

種，都足以彰顯本事的戒淫意義，呼應了入詩所言：

> 人心或可昧，天道不差移。
>
> 我不淫人妻，人不淫我婦。

陳商不僅因為迷戀王三巧而耗盡資財、更因貪圖人妻而終至於家破人亡；而陳妻平氏竟在機緣巧合之下成了蔣興哥的續弦，表面上這樣的情節頌揚了婦女再嫁的自由；但是實際上，卻呼應了「我不淫人妻，人不淫我婦」的果報思想。

〈陳御史巧勘金釵鈿〉（古今二）

故事大要：顧僉事與魯廉憲兩家的兒女從小指腹為婚。沒想到魯家因遭逢變故而敗落，使顧家起了悔婚的念頭。偏偏顧阿秀以死要脅，拒絕退婚。顧母為了兼顧夫、女之意，暗中派人通知魯學曾密訪岳家，想要私下贈金助婚。魯學曾因此急往姑母家向表兄梁尚賓借行頭，希望能體面地拜訪顧家。不料梁尚賓得知魯學曾的目的後故意拖延；自己卻假冒魯學曾前往顧家，除騙取了金銀外、還玷污了阿秀。事實揭穿之後，阿秀羞憤自盡。顧父誤認其女因受魯學曾逼姦而死，於是把前來赴約的魯學曾送官究辦；更施壓要將魯問成死罪。幸值陳御史巡歷，閱案有疑，重審之後，察出隱情，最後將梁尚賓正法。

又，梁妻田氏早在事跡敗露時，就要求仳離；事後更主動到顧家說明原委；田氏一進門，就被顧阿秀的鬼魂附身，藉以對父母泣訴悲悽的遭遇。顧夫人心疼之餘，收貌似阿秀的田氏為義女，並且把她轉嫁給魯學曾。梁氏一門最後絕嗣。

案：《情史·柳鶯英》〔註6〕原文：

> 萊州閻瀾與柳某善，有腹婚之約。及誕，閻得男子曰「自珍」，柳得女曰「鶯英」，遂結鳳契。柳登進士，仕至布政，而瀾止由貢得教職以死，家貧不能娶，柳欲背盟，鶯英泣告其母曰，身雖未往，心已相諾。他圖之事，有死而已。母白於父，父佯應之，而未許。鶯英度父終渝此盟，乃密懇鄰媼，往告自珍曰：「有私蓄，請君以某日至後園挾歸，姻事可成。遲則為他人先矣。」自珍聞之，喜不自抑，遂與其師之子劉江、劉海具言其故。江、海密計，設酒賀珍，醉之

〔註6〕見《情史·卷十四》「柳鶯英」條。（同註1），頁530。

於學舍。兄弟如期詣柳氏。鶯英倚門而望，時天將暮，便以付之。而小婢識非閻生，曰：「此劉氏子也。」鶯英亦覺其異，罵之曰：「狗奴何以詐取我財！速還則已；不然，當告官治汝。」江、海恐事洩，遂殺鶯英及婢而去。自珍夜半歸醒，自悔失約，急起，走詣柳氏圍門。時月色黑，直入圍中，踐血屍而躓，嗅之，腥氣。懼而歸，衣皆沾血，不敢以告家人。達曙，柳氏覺女被殺，而不知主名。官爲遍訊，及鄰媼，遂首女結約事。逮自珍至，血衣尚在，不容辯，論死。會御史許公進巡至此，夜夢一無首女子泣曰：「妾柳鶯英也，身爲賊劉江、劉海所殺，反坐吾夫。幸公哀辨此獄，妾死不朽矣。」因忽驚覺。達曙，召珍密問之，自珍是述江、海留飲事。公僞爲見鬼自訴之狀，即捕二兇訊之，叩頭款服，誅於市。遂釋自珍，爲女建坊曰「貞節」。以表之。珍後登鄉薦。時人爲作傳。事見《許公異政錄》〔註7〕。

《雙槐歲鈔·卷四·陳御史〔註8〕斷案》〔註9〕條：

武昌陳御史孟機（智）按閩，有張生者，殺人當死，其色有冤。詢之。生曰：「歸居王嫗許女我，已納聘矣。父母歿，我貧無資，彼遂背盟。女執不從，陰遣婢期我某所，歸我金幣，俾成禮，謀諸同舍楊生。楊生力止我，不果赴。是夕，女與婢皆被殺。嫗執我送官，不勝拷掠，故誣服。」即遣人執楊生，至，色變，股慄，遂伏罪。張生獲釋。人以爲神。智有聲，宣、正間，至右都御史。

由以上數者可知，《雙槐歲鈔》中所記即是《情史》及《古今小說》的原型。〔註10〕不同的是，《情史》所引的《許公異政錄》中，是由女主角（柳鶯英）

〔註7〕《許公異政錄》今已亡佚，作者不詳。所稱的「許公」，指的是明朝正德年間的吏部尚書許進。《明史·卷一百八十六·列傳第七十四·許進》條：「許進，字季升，靈寶人，成化二年進士。歷按甘肅、山東，皆有聲。……辨疑獄，人稱神明。……」

〔註8〕陳濂，字德清，明成化年間鄞人，正統十年進士。授南京刑部主事，累遷廣東按察副使，巡視海道。時盜勢猖獗，濂則親冒矢石，出奇應變，海南肅然。歷升副都御史，總督漕運。成化十年卒。事見《明人傳記資料索引》（同註3），頁601。

〔註9〕明·黃瑜著，見《筆記小說大觀》（台北，新興出版社，民70年12月一版。）第十四編，第二冊。頁641。

〔註10〕除此之外，據《苟學齋日記》考證推論，柳鶯英一事，後來被改編成戲劇〈釵釧記〉。在《曲海總目提要·卷十四·釵釧記》的考證中，也同時指稱本事出

自己出面託人邀約未婚夫，以便贈金相助。這樣的處理方式，反映出女主角本身對「從一而終」觀念的堅持、同時也增強了在被騙失身後自殺的悲劇性。在結局方面，〈柳鶯英〉中，將破案的契機歸諸鬼魂託夢投訴經過；《雙槐歲鈔》及《古今小說》則是藉由良吏鍥而不捨的努力，才得使冤獄平反；兩種手法各擅勝場。《許公異政錄》的結局，再一次表現出女主角敢愛敢恨的人格特質；而《古今小說》抽絲剝繭的偵察，則將整個故事的精神，從宿命式的託諸鬼神，改為以人類的智慧主導破案。在強調官員敏銳及公正的同時，也顯現出以「人」為主的人文精神勃興軌跡。由此可見，即使題材相同，經由不同的處理方式，也會呈現出迥異的內在精神，而使全文面貌大相逕庭。此外，《古今小說》中，另加入顧夫人縱容女兒與假公子過夜的內容；作者在這一段之後，特地寫下一段評述，用意在告誡天下父母，勿因一時的姑息而誤了兒女終身，以提示為人父母者正確的管教態度。〔註11〕

〈新橋市韓五賣春情〉（古今三）

故事大要：富家子吳山，協助父親經營穀物及絲綿生意。某日一位美貌女子前來賃屋，吳山因為貪慕女子的美色而應允。誰知道這名女子韓五原來是個暗娼，因為躲避查緝，所以到外地另起爐灶。後來吳山被韓五的美色所惑，縱情恣欲之下痼疾復發，恍惚間總有一名胖和尚要來向吳山索命；經過吳山父母四處求神探問，才知道原來和尚生前也是因縱慾過度而死；由於久滯幽明，所以有意以吳山為替身。吳山父母為求愛子康復，允諾要超度亡僧，終於挽回吳山性命。吳山從此謹慎心念，逐走韓五，改過前非，不再沾惹風月。

案：此故事與《金瓶梅詞話》的第九十八回〈陳經濟臨清開大店　韓愛姐翠館遇情郎〉內容相似，其中吳山是陳經濟、韓金奴則是韓愛姐；而韓金奴與韓愛姐同樣有稱號為「五姐」，亦稱韓五。在《金瓶梅》中的情節，是西門慶家的舊傭人與女婿再續前緣，所以當韓五來賃屋時，陳經濟立刻應允；如此發展，很能夠符合陳經濟輕浮好色的性格；但是在馮夢龍的筆下，韓金

〔註11〕 於《許公異政錄》及《陳御史斷案》。但由於此兩書今皆亡佚，故無從推知。作者評論如下：「常言：事不三思，必有後悔。孟夫人要私贈公子，玉成親事，這是錦片的一團美意，也是天大的一樁事情，如何不教老園公親見公子一面？及至假公子到來，只合當面囑付一番，把東西贈他，再教老園公送他回去，看個下落。萬無一失。千不合，萬不合，教女兒出來相見。又教女兒自往東廂敘話；這分明放一條方便路，如何不做出事來？莫說是假的，就是真的，也使不得，枉做了一世軍扳的話柄。這也算做姑息之愛，反害了女兒的終身。」

奴冒然佔據他人房屋的舉措卻未免有不合情理的突兀。

這則故事在情節上並沒有特別的轉折處；至於在人物的造型方面，作者藉由吳山的年輕單純，反襯出暗娼媚人謀財時的心機與嘴臉，生動逼真；〔註12〕並使人警惕到「貪淫」的危機。

〈閒雲庵阮三償舊債〉（古今五）

故事大要：陳玉蘭因為父親對配婚者門戶的嚴格要求而逾齡未嫁。某年元宵夜，玉蘭聞得鄰家子阮三的簫聲悠揚動人，驟生無限遐思；隔日即遣女婢送信，以期與阮三一會。卻不料兩人剛見面，就被陳父回府的車駕驚散。阮三回家之後，因為過度相思而病倒。幾經波折，終於由阮三友人請託時常進出陳家內室的閒雲庵主王尼傳信，使阮、陳兩人成功幽會。不料由於阮三思念玉蘭成疾在先；私會時又急於交歡，一時間竟脫陽而死。玉蘭驚恐之餘噤聲離去；本來以為可以瞞天過海，不料事後卻因玉蘭有了身孕而使東窗事發。為了保全阮三骨血，玉蘭忍辱生下一子，並且終身不嫁、輔子長成。此兒長成後名登科甲，將母親終身不嫁、教子成名的事蹟上報朝廷，為母親爭得一座貞節牌坊。

案：在《清平山堂話本·雨窗集上》中有〈戒指兒記〉，〔註13〕與本文大同小異，應是本文所據；至於其他作品中類似的改寫甚多，如《金瓶梅詞話》中，這件公案即成為西門慶等訟棍開聊時的判例。原文如下：〔註14〕

> 昨日衙門中，問了一起事。咱這縣中過世陳參政家，陳參政死了，
> 母張氏守寡，有一小姐，因正月十六日，在門首看燈。有對門住的

〔註12〕見《古今小說》（上海，上海古籍出版社。1993年6月），頁168，原文如下：「……（吳山）欲待轉身出去，那小婦人又走過來挨在身邊坐定，作嬌作癡。說道：「官人，你將頭上金簪子來借我看一看。」吳山除下帽子，正欲拔時，被小婦人一手按住吳山頭髻、一手拔了金簪，就便起身道：「官人，我和你去樓上說句話。」一頭說。逕走上樓去了。吳山隨後跟上樓來討簪子。正是：『由你奸似鬼，也吃吃洗腳水。』吳山走上樓來，叫道：「娘子，還我簪子。家中有事，就要回去。」婦人道：「我與你是宿世姻緣，你不要妝假，願諧枕席之歡。」吳山道：「行不得！倘被人知覺，卻不好看，況此間耳目較近。」一時要下樓；怎奈那婦人放出那萬妖嬈摟住吳山，倒在懷中，將尖尖玉手扯下吳山裙褲。情興如火，按捺不住，攜手上床，成其雲雨。」
〔註13〕見明，洪楩輯《清平山堂話本·雨窗集（上）》，收於《中國話本大系－清平山堂話本》，（江蘇，江蘇古籍出版社，1994年5月二刷），頁276。
〔註14〕見《金瓶梅詞話》，（北京，人民文學出版社，1989年。）第三十四回〈畫童兒因寵攬事，平安兒含恨截舌〉，頁409。

一個小夥子兒，名喚阮三，放花兒，看見那小姐生得標緻，就生心，
調胡博詞琵琶唱曲兒調戲她。那小姐聽了邪心動，使梅香暗暗的把
這阮三叫到門裡，兩個只親了個嘴，後次竟不得會面。不期阮三在
家，思想成病，病了五個月不起。父母那裡不使錢請醫看治，看看
至死，不久身亡。有一朋友周二定計，說：「陳宅母子每年中元節令，
在地藏寺薛姑子那裡做伽藍會燒香，你許薛姑十兩銀子，藏他在僧
房內，與小姐相會，管病就要好了。」那阮三喜歡，果用其計。薛
姑子受了十兩銀子，在方丈內。不期小姐午寢，遂與阮三苟合。那
阮三剛病起來，久思色慾，一旦得了，遂死在女子身上。慌的他母
親，忙領女子回家。這阮三父母，怎肯干罷，一狀告到衙門裡，把
薛姑子、陳家母子都拿了。依看夏龍溪，如陳家有錢，就要問在那
女子身上。便是我不肯，說女子與阮三雖是私通，阮三一久思不遂，
況又病體不痊，一旦苟合，豈不傷命？那薛姑子不合假以作佛事，
窩藏男女通奸，因而致死人命，況又受贓，論了個知情，褪衣打二
十板，責令還俗，其母張氏不合引女入寺燒香，有壞風俗，同女每
人一拶，二十敲，取了個供招，都釋放了。若不然送到東平府，女
子穩定償命。

《情史》卷三（情私類）的〈阮華〉條，[註15]及《西湖二集》卷二十八〈天
台匠誤招樂趣〉之入話都援引此事。不同的是：在《西湖二集》中，只寫到
阮三因脫陽致死及小姐有孕，就不再往下舖敘；《金瓶梅詞話》則是就律法的
角度，釐清各人應受刑責；至於馮夢龍則在《情史》及《古今小說》中，將
後來的發展做了完整的交待：他安排私生子出人頭地、最後還上奏朝廷表揚
自己母親的貞賢。這樣的結局，其實是對禮教的徒重形式，及世情的趨炎附
勢做了最大的嘲諷。陳玉蘭年少時的未婚生子，不但不見容於社會體制、更
使一心想要藉她攀結權貴的父親顏面無光。然而當她撫子成名之後，不僅使
人對她過去的「醜事」「一條錦被遮蓋了」[註16]地不再議論；她的受旌，更

[註15] 同註1，頁112。

[註16] 見《古今小說》，（同註12），頁240：「……當初陳家生子時，街坊上曉得些
風聲來歷的，免不了點點搠搠，被後譏誚。到陳宗阮一舉成名，翻誇獎玉蘭
小姐貞節閑慧，教子成名，許多好處。世情以成敗論人，大率如此。後來陳
宗軟做到吏部尚書留守官，將他母親十九歲上守寡，一生不嫁，教子成名等
事，表奏朝廷，啟建賢節牌坊。正所謂：貧家百事百難做，富家差得鬼推磨。

使家族增光。表面上，皇家的封誥就像是強力去污劑，使世人噤口；但是作者卻在文末，對人們的前倨後恭提出了質疑與糾正。他用意明顯地指出：對於是非的定義，不可能、也不應該因為外力而扭曲。陳玉蘭守貞撫子的志節固然值得嘉許；但是受旌卻不代表她的私期幽會、未婚生子可以因此被合理化。在世人被榮耀的結局震眩耳目的同時，作者懇切地提醒人們：為人父母者，應使兒女適齡婚嫁，〔註17〕切莫因為門戶等現實利益的考量，忽視了人性的需求；同時也要留意身邊往來的人事，並對女子涉足的地點謹慎選擇，以免因一時疏忽而招致不幸。

《清平山堂話本》與《古今小說》在寫作的技巧上另有一處歧異：在《清平山堂話本》中，阮三的朋友張遠，只是說道：

> 「他雖是個相府家的小姐，若無個表記，便定下牢寵的巧計，誘他相見你，心下未知肯也不肯。今有這物，怎與你成就此事，容易。阮哥，你可寬心保重。小弟不才，有個圖他良策。」只因這人舉出，直交那阮三命歸陰府。

接下來就直接入張遠與尼姑交涉的段落了。但是在《古今小說》中，卻可以看出張遠的用心：

> ……按著寸關尺，正看脈間，一眼瞧見那阮三手指上戴著個金嵌寶石的戒指。張遠口中不說，心下思量：「他這等害病，還戴著這個東西。況又不是男子之物，必定是婦人的表記。料得這病根從此而起。」也不講脈理，便道：「阿哥，你手上戒指從何而來？恁般病症，不是當耍。我與你相交數年，重承不棄，日常心腹，各不相瞞。我知你心，你知我意，你可實對我說。」阮三見張遠參到八九分的地步，況兼是心腹朋友，只得將來歷因依，盡行說了。張遠道：「阿哥，他雖是個宦家的小姐，若無這個表記，便對面相逢，未知他肯與不肯；既有道物事，心下已允。待阿哥將息貴體，稍健旺時，在小弟身上，相個計策，與你成就此事。」阮三道：「賤恙只為那事而起。若要我病好，只求早圖良策。」枕邊取出兩錠銀子，付與張遠道：「倘有使用，莫惜小費。」張遠接了銀子道：「容小弟從容計較，有些好音，

雖然如此，也虧陳小姐後來守志，一床錦被遮蓋了。……。」

〔註17〕馮夢龍在故事的起頭處，就以「男大當婚，女大當嫁。不婚不嫁，弄出醜吒」來強調適齡婚配的必要性。

卻來奉報。你可寬心保重。」張遠作別出門，到陳太尉衙前站了兩

個時辰，內外出入人多，並無相識，張遠悶悶而回。

……次日，又來觀望，絕無機會。……又過了一夜，到次早，取了

兩錠銀子，逕投閒雲庵來。……

回去之後的張遠，又三番兩次到陳府前去探望，才能發現王尼與陳家交情匪淺；也才能夠請王尼協助促成阮、陳兩人的私會。有評論者在評述本文時都會指出，短短的這一段，正可顯示出馮夢龍在對舊作品編輯重寫時的用心。〔註18〕

〈簡帖僧巧騙皇甫妻〉（古今三十五）

故事大要：一個僧人竊取墦臺寺銀器，四處逃亡。路經皇甫松門前時，發現皇甫美貌的妻子楊氏，因此起了佔有的念頭。和尚故意趁著皇甫松在家時，請人送情書給楊氏；皇甫讀信後，以為妻子果真與人有姦，一怒之下立刻告官休妻。楊氏被休後無處可去，只得在衙門外啼哭；此時一名老婦上前自稱是楊氏的姑母，接了楊氏回家同住，並安排她改嫁給一名官軍。楊氏再婚以後，才發現後夫原來是一名犯了戒的僧人，而自己所遭遇的一連串變故，原來都是後夫的計謀。楊氏一氣之下，告請官理。最後經由官斷，和尚與老婦受刑；楊氏則歸還原夫。

案：本篇在宋代的《清平山堂話本》中，名為〈簡帖和尚〉。相似的故事，在《情史》中還有轉錄自《夷堅志》的〈王武功妻〉〔註19〕及轉錄自《涇林

〔註18〕 胡萬川教授在〈從馮夢龍編輯舊作的態度談所謂的宋元話本〉（古典文學，第二期，頁359）一文中，就有這樣的評論：「……我們可以清楚的看出，馮夢龍編輯三言，對於舊作是經過一番苦心修訂，而不只是簡單的將舊作彙集成書就了事的。他的修改是從題目開始，以至文字、情節、整個內容。」

寧宗一所主編的《中國小說學通論》（安徽教育出版社，1995年12月初版）中，評論者則更犀利的指出：「……《古今小說‧卷四》的〈閒雲庵阮三償舊債〉，是根據《清平山堂話本》的〈戒指兒記〉增補而成的。在細節的描寫上比原作強得多。……（張遠的一口答應下來），就像是一個奸滑老到的皮條客。馮夢龍認為這樣寫不合情理，便改成張遠答應幫忙成就阮三的好事，但並未說死。……經過這樣的補寫，張遠的形象便與以前不同了。為了朋友的好事，頗費了一番心思，請尼姑的幫忙，雖然改成了偶然間受到的啟發，似覺比原來的寫法更近情理。而到陳太尉衙前白等了多時，因遇不到熟人而憂悶，亦是入情入理。」（頁419。）

〔註19〕 見《情史‧情仇類》，（同註1），卷十四，頁532。又可見於《夷堅志》，洪邁著，收於《筆記小說大觀》（台北，新興書局，民67年4月），第二十一編第四冊，卷三十四，卷十二，2078。

雜記》的〈金山寺僧惠明〉。〔註20〕兩篇的內容分別如下：

京師人王武功，居禳幼巷，妻有美色。化緣僧過門，見而悅之。陰
設挑致之策，而未得便，會王生將赴官淮土、興妻坐簾內，一外僕
頂盒至前，云：「聰大師傳信縣君，相別有日，無以表意，漫奉此送
路。」語訖即去。王夫婦亟啟盒，乃肉饀百枚。剖其中，藏小金牌
餅，重一錢，以為誤也，復剖其他盡然。王作聲叱妻曰：「我疑此禿
朝夕往來於門，必有故，今果爾。」即訴於縣府。僧已竄，不知名
字、居止，無從緝捕。王棄妻，單車赴任。妻亦無以自明，因繫累
月。府尹以為疑獄，命錄付外舍，窮無取食。僧聞而潛歸，密賂針
婦，說之曰：「汝今日餓死矣！我引爾至某寺，為大眾僧縫紉度日，
以俟武功回心何如？」王妻勉從其言。既往，正入前僧之室。藏於
地阱，姦污自如，久而稍聽其出入，遂伺隙告邏卒，執僧到官，伏
罪。王妻亦懷恨以死。

《涇林雜記》：洪武中南京揚子江邊稅家妻周氏，有姿色。金山寺僧
惠明，密使一婆子常送粉等物，往來甚熟。夫外出，周氏喚婆子同
眠，婆子潛將僧鞋襪置榻下夫歸，見僧鞋，謂周氏有私於僧，婦不
能辯，竟出之。周時年二十二，已生子歲餘矣。臨去，作歌曰：「去
燕有歸期；去婦長別離。妾有堂堂夫，妾有呱呱子。撇此夫與子，
出門欲何之？有聲空嗚咽，有淚空連洒；百病皆有藥，此病諒難醫。
丈夫心翻覆，曾不記當時；山盟與海誓，瞬息且推移。吁嗟一婦女，
方寸有天知。」惠明乃蓄髮，託媒婆娶之。生一女。異日，惠明抱
女戲曰：「我無良計，安得汝母？」周氏笑問何謂？惠明以夫妻情厚，
吐之不疑。周氏遂擊登聞鼓聲冤。上親鞫得實，惠明凌遲，同房十
僧絞，餘僧六十名俱邊遠充軍。

類似這種「故意製造假的通姦證據，等夫妻仳離之後，再將美貌的妻子據為
己有」的故事，其實就是丁乃通先生在《中國民間故事類型索引》中，編號
為1783A的故事類型，大意是：「一個作淫媒的女子為有錢的僧侶找了個女人，
為了使女人歸僧侶所有，淫媒故意留下某種證據，使女子的丈夫起疑而休妻；
妻子見休後無以維生，遇到僧侶，而與他成親。〔註21〕」有趣的是，經過六

〔註20〕見於《情史・情仇類》，（同註1），卷十四，頁532。
〔註21〕見丁乃通著《中國民間故事類型索引》，（北京，中國民間文藝出版社，1986

百年後，這個故事現在還流傳於民間。〔註22〕

　　形成這類故事的主要關鍵，在於中國傳統社會中，單方面對女性貞操的強烈要求，以及男性沙文主義的作祟，才會使奸人的計謀得逞。這種手法，相當貼切地反映人類的猜忌與善妒之害，也可以由此看出中國古代丈夫的權力之大，已到了將妻孥視爲財產，可以任意取捨的地步。

〈任孝子烈性爲神〉（古今三十八）

　　故事大要：任珪之妻梁聖金，在婚前已與鄰人周得有私；婚後仗著任珪的老父雙眼不便，常與周得趁著丈夫不在家時私會。任父心知有異，偷偷告訴兒子。任珪因此質問梁氏，但梁氏不僅矢口否認；還設下毒計，誣賴任父對自己非禮，要求避回娘家，更趁此與情夫朝暮相處。

　　某日任珪因出城收帳而錯過入城的時間，不得已到丈人家投宿。正巧當時周得與梁家人宴飲方畢，要和梁聖金上樓就寢。忽然聽到任珪來了，慌忙中只好躲進廁所。任珪在不明究理的情況下如廁，被周得及梁家人當做賊人一頓好打，周得則趁亂脫身；可憐任珪挨了一頓不名不白的打，梁家人卻說是「一場誤會」，使任珪悶著氣睡了一夜。第二天回城的路上，任珪聽到了街談，才知道自己受騙挨打及妻子出軌的實情；忿怒之餘，決定到岳家復仇。他把岳父母、周得、梁聖金及通風報信的婢女共五人全部殺死之後，到官衙自首。雖然以當時的法律，本夫殺姦夫淫婦可以無罪論處，〔註23〕但是殺害罪不至死的岳父母與婢女三人，卻難逃法律制裁，所以任珪被判凌遲處死。到了任珪行刑的時辰，突然間天地變色、風沙大作，任珪則突然暴斃。事後任珪顯靈，自稱因孝義而受天帝敕封爲神，並要求百姓修廟奉祀。

　　案：《寶文堂書目》中有〈任珪五顆頭〉的篇名，但本文已亡佚。

　　全文中，任珪連殺五人的兇暴，在馮夢龍的筆下，成功的轉變爲導因於梁家人咎由自取所產生的忿怒反應。作者利用三番兩次的描述，加深了梁聖金的不義；而梁家包庇姦情的惡行，更引起讀者對他們的憤慨；至於文後所安排「任珪因孝義成神」的結局，最終目的，則在於表彰任珪的孝義。

　　本文中「任珪被當作賊痛打一番」的情節，丁乃通先生將之分類爲1419A

年），頁362。
〔註22〕見伍稼青《武進民間故事》，（台北，民60年），頁62～65。
〔註23〕見《古今小說》，（同註12），頁1526。

的故事類型，〔註24〕是一個國際性的故事。〔註25〕大意是：「妻子因爲正與姦夫相會時，丈夫回來，索性設計，將回到家來的丈夫當作賊看待。」

第二節 《警世通言》中的戒淫故事

〈小夫人金錢贈年少〉（警世十六）

故事大要：商人張士廉因爲年老無子且自恃財厚，所以指定要娶年輕貌美更兼多金的女子爲續弦。婚後由於夫妻年齡差距過大，使小夫人別戀上員外所僱請的張主管。不過當張主管察覺小夫人的情意之後，擔心會招惹事端而辭職回家。過了一年多，小夫人突然又出現在張主管面前，並表明希望能與張主管廝守一生。反觀張主管並未答應這份飛來的豔福，只是以禮相待小夫人。後來張主管在路上偶遇張士廉，才知道小夫人在離開王府時，曾竊取府中的珠寶；所以當張主管離開後不久，小夫人就因爲被王府查出犯行而自盡身亡；也因之牽連員外爲此破家；如今纏著張主管的，其實是小夫人的魂魄。最後張主管意志堅定地向小夫人表明：自己無意接受小夫人的感情，請小夫人安息，才化解了小夫人癡魂的糾纏。

案：這個故事在《京本通俗小說》中原名爲〈志誠張主管〉。

〈趙太祖千里送京娘〉（警世二十一）

故事大要：宋太祖趙匡胤年輕的時候以豪俠自期。有一段時間，他爲了躲避仇家的追殺，暫居於叔父趙景清所主持的清油觀；並因此發現觀裡正藏著一位被強盜劫來的美女趙京娘－但是沒有人敢出面主持正義。趙匡胤義憤填膺地決定親自護送她回家。途中正好與兩個強盜相遇，趙匡胤將兩人擊斃。事後京娘見趙匡胤正直，情願以終身相託，卻被趙匡胤嚴辭堅拒。因爲趙匡胤認爲，這只是單純的拔刀相助，如果因此佔有京娘，自己豈不與強盜一樣！京娘因此更加敬重趙匡胤，兩人遂結爲兄妹；沒想到京娘回家之後，家人卻質疑兩人間的清白；京娘的父母更決定要將京娘嫁給趙匡胤。此舉使趙匡胤在大怒之下揚長而去；京娘則無從辯駁，只有以死明志。等趙匡胤的天下底

〔註24〕同註21，頁368。

〔註25〕見 S. Thompson 編《The Type of The Folktale》，〈1419A:The Returning Husband Hoodwinked〉，（Helsinki, 1973）。其中指出，相似故事在印度、愛爾蘭、北美、波多黎各、古巴及非洲都有出現過。

定，想起京娘時，才知道京娘早已在多年前香消玉殞。徒呼奈何之餘，他封京娘爲「貞義夫人」，表彰她的貞烈。

案：這個有關趙匡胤的軼事，一直爲後人所津津樂道。作者也在文中假文人之口論斷：

> ……（宋）他事雖不及漢、唐，惟不貪女色最勝。……漢高溺愛於
> 戚姬；唐宗亂倫於弟婦。呂氏、武氏幾危社稷，飛燕、太眞並污宮
> 闈。宋代雖有盤樂之主，絕無漁色之君。所以高、曹、向、孟，閨
> 德獨擅其美，此則遠禍於漢、唐者矣。〔註26〕

由此明顯可見作者對於歷代名君的風流軼事，大多抱持不予苟同的態度；並藉機對能夠母儀天下的女性，給予高度的肯定；在他認爲，帝王之家能平治閨閫，最足以引領社會風氣良性發展。

〈趙太祖千里送京娘〉一事，屢次被改編爲戲曲，如〈風雲會〉（《曲海總目提要》）、〈京娘怨燕子傳書〉（《南詞敘錄之宋元舊篇》）、小說《飛龍傳》之十八回〈賣華山千秋留跡、送京娘萬世英名〉及十九回〈匡胤正色拒非詞、京娘陰送酬大德〉、元人彭伯城著《京娘怨》等，〔註27〕都是此事的改編和延伸。

〈假神仙大鬧華光廟〉（警世二十七）

故事大要：一位唇紅齒白的害羞書生魏某，在華光廟中寄讀，每夜都有一位自稱是「呂洞賓」的神仙來與他狎弄。之後這名呂洞賓又引來「何仙姑」；三人一起在廟中淫亂。日久，書生體弱不支，眼見將死。他的父親爲兒子請來各路神明降法調查，才知道是有妖邪假稱神人，與書生淫亂。最後呂洞賓眞神下降，親自收妖，才發現原來是一公一母兩隻龜精作怪。魏父聽從呂洞賓的指示，以龜殼熬湯，治癒魏生。

案：「妖物假冒仙人，與人類縱淫」的內容，散見於各代的筆記。其中之一，爲《夷堅志》中的〈周氏子〉：〔註28〕

> 鄱城周氏子，未娶，獨寢處門下一室讀書，抗志勤苦。一夕，夜過

〔註26〕文見《警世通言、第二十一卷，趙太祖千里送京娘》（上海，上海古籍出版社，1993 年 6 月），頁 755。

〔註27〕詳見譚正璧著，《三言二拍資料》，（同註2），頁 296。

〔註28〕見洪邁著《夷堅志》，收於《筆記小說大觀》（台北，新興書局，民 67 年 4 月），第二十一編第四冊，頁 2442。

半，有隱士著道服，杖策窺戶，稱姓名修謁。其狀奇古，美鬚髯，
對坐相褒賞，良久乃去。如是踰月，不以風雨輒來。忽攜一女子至，
容色倩麗，衣履華好，立侍於側，隱士笑曰：「吾嘉君少年而力學若
此，前程未可量，故攜小女來奉伴。」於是三人鼎足坐。隱士旋引
去，女令周吹燈：解衣登榻，隱士絕跡，而女夜夜來。嘗持一物饋
周，曰：「是熊膽也。服之最能明目，可夜觀書。」周受而食之。出
入期年，形體消瘦，父疑而詰之，始諱不肯言，加以怒罵，乃備述
底蘊。父即日挈之徙舍，招醫拯治。云：「元氣耗矣，更月十日，將
不可為。」遂進以丹補煖之藥，歷時乃安。是歲紹興辛酉也。

在本文中，假呂洞賓說了一個故事，用以挑動書生，並且賦予人「神」間縱
慾的堂皇理由。〔註29〕假神仙所引用的故事，見於馮夢龍的《情史》的〈漢
武帝〉條。原文如下：〔註30〕

武帝崩後，凡宮人常被幸者，悉出居寢園。每夜帝來幸如生時。霍
光聞之，乃增益至百人，遂絕。常被幸者，魂氣相接，益以生人，
且滿百，則生氣盛，而鬼氣息矣。霍子孟不學無術，吾以為勝於學
也。……武帝時，又有神君事。神君者，長陵女，嫁為人妻，生一
男，數歲死；女悼痛之，歲中亦死，死而有靈，其似宛若祠之。遂
聞名。宛若為主，人民多往請福，說人家小事頗有驗，平原君亦事
之。其後子孫尊顯，以為神君。武帝即位，太后迎於宮中祭之，聞
其言，不見其形。至是神君求出。乃營柏梁臺舍之。初，霍去病微
時，數自禱神君。神君乃見形，自修飾，欲與去病交接。去病怒曰：
「吾以神君清潔，故齋戒祈福。今欲為淫，此非神明也。」自是絕
不復往。神君亦慚。及去病疾篤，上令禱神君。神君曰：「霍將軍精
氣少，命不常，吾欲以太乙精補之，可得延年。霍將軍不曉此意，
乃見斷絕。今不可救也。」去病竟卒。衛太子未敗一年，神君乃去。
東方朔取宛若為小妾，生子三人，與朔俱死。

〔註29〕見《警世通言》（同註26）：「子有瀛州之志，真仙種也。昔西漢大將軍霍去病，
禱於神君之廟，神君現形，願為夫婦。去病大怒而去。後病篤，復遣人哀懇
神君相救。神君曰：「霍將軍體弱，吾欲以太陰真氣補之。霍將軍不惜，認為
淫慾，遂爾見絕。今日之病，不可救矣。」去病遂死。仙家度人之法，不拘
一定，啓是凡人所知，惟有緣者信之不疑耳。……」，頁1098。
〔註30〕見馮夢龍著《情史·卷十四·情仇類》（同註1），〈漢武帝〉條，頁359。

「呂洞賓」在引用這段故事時，顯然將霍去病責備「神君」的那一段〔註31〕「不小心」「遺漏」掉了。而且改稱是「（霍去病）後病篤，復遣人哀懇神君相救」，而非由不知情的皇帝去代禱。假神仙藉著藉以霍去病的愚昧，強調神威的深妙，遠非一般人的認知所能理解。這樣有趣的小轉折，是作者細心的地方，也因此增加了故事情節的懸疑性與趣味性。此外，《夷堅志補》中，還有一則〈苦竹郎君〉，〔註32〕也是妖物假為神君與人淫媾之事，但對象則是女子。其文如下：

> 潭州善化縣苦竹村所事神曰「苦竹郎君」。里中余生妻唐氏，微有姿色。乾道二年，邀鄰婦郊行、至小溪茅店飲酒。店傍則廟也。酒罷，眾婦人皆入觀。唐氏素淫冶，見土偶素衣美容，悅慕之。瞻視不能已。眾已出，猶戀戀遲留。還家數日，思念不少置。因如廁望一好少年，張背蓋而來，絕類廟中像，逕相就語，即與歸房共寢，久乃去。自是數日一至；家人無知者。遂有娠，過期不產。夫怪之，召巫祝治禳；弗效。唐氏悽苦腹漲、楚痛不堪忍，始自述其本末。疾益困、腹裂而死。出黃水數斗。

這些故事的共通點，在於受妖物魅惑者自己先有淫念，才會使妖物有機可趁；藉此警諭世人不可妄存淫念。

〈喬彥傑一妾破家〉（警世三十三）

故事大要：喬彥傑在外地經商時，驚豔於鄰船中的美婦周氏，於是設法將之購回為妾。不想回家後，周氏卻受到喬彥傑妻子高氏的排擠，並要求妻妾析屋而居。事後喬彥傑又外出經商，因長年不歸，而使小妾與長工發生姦情。高氏風聞後，命小妾搬回與自己同住；但由於高氏自恃守身嚴謹，所以沒有把長工辭退，反而讓他隨著周氏搬回家來，使得長工有機可趁，沾污了高氏之女。高氏憤恨之際，殺死長工；又命老奴丟棄屍體；正巧屍體立刻就被發現、並且受到誤認。原本以為就此太平，毫無形跡；卻沒想到老奴棄屍時，被村裡的無賴王酒酒撞見，推得了其中原委，於是以此為把柄，不時向高氏訛詐。因為高氏的不為所動，王酒酒便到官府出首；使高氏母女及小妾

〔註31〕同前註。「去病怒曰：『吾以神君清潔，故齋戒祈福。今欲為淫，此非神明也。』」頁360。
〔註32〕見洪邁輯《夷堅志補》，收於《筆記小說大觀》，（台北，新興書局，民64年9月），第八編第五冊，卷九，頁2519。

都死在站籠中。喬彥傑回家後發現家破人亡,悲痛之下投水自盡;而他死後,鬼魂附身在王酒酒的身上,並向眾人陳述自己是如何害死喬家四口,然後鬼魂再活生生地把他拽入中水淹死,算是報應。

　　案:這一篇故事,就是《清平山堂話本‧雨窗集》中的〈錯認屍〉,〔註33〕雖然主角的名字略有更動,〔註34〕但是在內容方面的歧異並不太。譚正璧先生所輯的《三言二拍資料》中,節錄了〈警世通言的來源與影響〉中的一段,其中有這樣的敘述:

> ……原文為十回,每回開頭皆有起詩與結詩,馮氏收入《通言》,為統一體例起見,大都刪去四句起詩或結詩,只留二句;有時也另換二句。此外字句間稍有異同,都無關緊要。惟《雨窗集》中,惡人王酒酒不曾得到惡報,馮氏在最後「深可惜哉」句下加了兩百幾十個字,讓喬彥傑把王酒酒活捉了去。

今天所見的《清平山堂話本‧雨窗集》中,已經看不出有「分為十回」的痕跡了。至於結局,兩處則是呈現不同的走向:《清平山堂話本》直接評論了喬俊的好色,為自己及家人所帶來的痛苦,〔註35〕卻沒有對無賴施以任何的懲罰;《警世通言》中,馮夢龍則讓王酒酒這個無是生非的傢伙,到水裡去成了喬彥傑的伴兒。這種大快人心的結局,除了反映出通俗作品以市場期待作為取向的創作特色外,也增強了作品的警世意味。

〈況太守斷死孩兒〉(警世三十五)

　　故事大要:邵氏拒絕了旁人的勸告,執意要為亡夫守寡。剛開始時的十年間,邵氏果然能夠一如自己所言,謹言慎行,贏得眾人的敬重;但是邵氏的美貌,早已是鄰人支助覬覦的目標;支助眼見邵氏嚴謹治家,無機可趁,於是唆使邵氏的小廝得貴勾引邵氏,想等到邵氏的出軌之後,自己再趁機而入。邵氏果然中計而與得貴有姦、後更生下一子。為了避免醜聞外揚,邵氏

〔註33〕見明洪楩輯《清平山堂話本‧雨窗集(上)》,(同註13),頁241。

〔註34〕《清平山堂話本‧雨窗集(上)》中,主角名為「喬俊」,無賴名為「王酒酒」;《警世通言》中,主角名為「喬彥傑」,無賴的本名是「王青」、混名叫王酒酒。

〔註35〕《清平山堂話本‧雨窗集(上)》在「這喬俊一家人口,深可惜哉。」之後,接了一段文字:「(詩)至今風月江湖上,千古漁樵作話傳。屍首不能入棺歸土,這個便是貪淫好色下場頭!(詩)如花妻妾牢中死,似虎喬郎湖內亡。只因做了虧心事,萬貫家財屬帝王。」

只好把剛出生的嬰孩淹死、再交待得貴處理；此時支助又假稱要以死孩合藥，將嬰屍騙到手；並以此爲把柄向邵氏逼姦。邵氏不從，羞憤之下殺死得貴之後自盡。支助至此人財兩失，只得把嬰屍丟到湖裡了事。沒想到用石灰醃製了的嬰屍卻被況太守發現，覺得頗不尋常，於是循線偵辦，果然調查出支助的惡行、並使之伏法。

〈非煙〉（警世三十八之入話）

故事大要：非煙原來是武將武公業的愛妾。鄰人趙象窺伺其美貌，百般託媒，終於得諧歡好。後來非煙因爲細故撻奴；使奴婢銜恨向武公業密告非煙與趙象間的私情。武公業留心觀察之後，證實奴婢所言不假，因而以酷刑拷問非煙；沒想到非煙寧死不肯招出情夫，全然無懼無悔。武公業忿怒地將非煙活活鞭苔至死。至於趙象則在風聞事發之後，驚懼之餘，避走他地。

案：這一篇文章據唐代的皇甫枚所寫下的〈步非煙傳〉改寫而作。〔註36〕馮夢龍將全文收錄在《情史》卷十三的〈情憾類‧非煙〉條；並於文末有評。〔註37〕作者除了藉非煙的慘死警示婦女們要自重自愛之外；趙象身心俱疲的下場，更足爲登徒子的戒鑑，勿因自己一時的貪淫，而毀了他人終生的幸福。

〈蔣淑眞刎頸鴛鴦會〉（警世三十八）

故事大要：蔣淑眞婚前就與鄰人之子有私；婚後過度縱慾而使丈夫早亡；她守寡後，因爲與夫家的西賓有私而被遣回娘家，最後改嫁給張姓商人。由於張商長期在外經營生意，蔣淑眞在寂寞難耐的情況下，又與鄰人私通，結果被丈夫發現；她與情夫雙雙死在丈夫刀下。

案：本篇也見於《清平山堂話本》。在《清平山堂話本》的標題〈刎頸鴛鴦會〉下，註明了本文又名爲〈三送命〉及〈冤報冤〉。名爲〈三送命〉，是

〔註36〕今收於《筆記小說大觀》（台北，新興出版社，民63年12月），第五編第三冊，頁1539。

〔註37〕馮夢龍於《情史》中評文如下：「非煙自傷非偶，逾節被殺，傳者傷之。雖然，公業粗悍矣，未甚也。有杜大中者，自行伍爲相，與物無情，西人呼爲『杜大蟲』。雖妻有過，以公杖杖之。有愛妾才色俱絕，大中篋表，皆出其手。嘗作《臨江仙》詞，有『彩鳳隨鴉』之句。一日，大中見之，怒曰：『鴉且打鳳。』掌其面，折頸而斃。以一語之忤，遂至殺身，較之非煙不十倍冤乎！……」（同註1），頁421。

因為蔣淑眞的縱淫而害死三條人命；〔註38〕而名為〈冤報冤〉的原因則是因為蔣淑眞的死，在故事中是因為三條冤魂，假借張商之手行報復所致。

第三節　《醒世恆言》中的戒淫故事

〈桑茂易裝行姦〉（醒世十之入話）

故事大要：桑茂在一次躲雨時，無意中認識了一名化裝為老嫗的男子，而學會化裝為女人的技巧。從此以後，他開始以婦女的身份面世，先假稱要教女子針黹；經人介紹後自由進出豪門富家的內室，任意姦淫婦女。如果遇有婦女不從，桑茂就會先以迷藥強暴；再以揭穿受辱的醜事為要脅，使受害婦女噤聲。也有的女子樂於以此與桑茂貪歡享樂。最後因為某大戶垂涎於桑茂所扮的女子模樣，想要強暴他時，才發現桑茂竟是男兒身，進而揭穿這件令人髮指的惡行。桑茂最後被以十惡〔註39〕之罪伏法。

案：明人筆記中此事極多。如《庚巳篇》卷九之〈人妖公案〉：〔註40〕

都察院為以男裝女，魔魅行姦異常事，該直隸眞定府晉州奏：犯人桑沖供：係山西太原府石州李家灣文水東都軍籍李大剛姪；自幼賣與榆次縣人桑茂為義男。成化元年，訪得大同府山陰縣已故民人谷才以男裝女，隨處教人女子生活，暗行姦宿，一十八年不曾事發。沖要得倣效，到大同南關住人王長家尋見谷才：投拜為師，將眉臉絞剃，分作三柳，戴上授髻，粧作婦人身首。就彼學會女工，描剪花樣，扣繡鞋、頂合包、造飯項，相謝回家。比有本縣北家莊任茂、張虎，谷城縣張端大，馬站村王大喜，文水縣任昉、孫成前來見沖，學會前情。沖與各人言説：「恁們到各處人家，出入小心，若有事發，休攀出我來。」當就各處去訖。成化三年三月內沖離家。到今十年，別無生理。在外專一圖姦，經歷大同、平陽、太照、良定、保症、順天、順德、河間、

〔註38〕因與蔣淑眞淫逸而死的人計有鄰家子阿巧；初嫁夫某二郎與情人朱秉中。
〔註39〕《明律·名例律》中有「十惡」，其中第五項為「不道」。所謂的「不道」是：「殺一家非死罪三人，乃支解人，若採生、畜蠱毒魔魅。」雖然桑茂並沒有殺人，但是類取魔魅之法行姦，足以稱得上是「悖倫逆天，滅禮賊義，乃王法所必誅」之人，所以被論處以「十惡」之極刑。詳見黃健彰等編《明代例律彙編》，（台北，中央研究院歷史語言研究所出版，民國68年），頁258。
〔註40〕見明陸粲著《庚巳編》，（北京，中華書局，1997年11月湖北二刷），頁113。

濟南、東昌等府，朔川、永年、大谷等，共四十五府州縣及鄉村鎮店七十八處。到處用心打聽良家出色女子，設計假稱逃走乞食婦人，先到傍住貧小人家投作工一二日，使其傳說引進，教作女工。遇晚同歇，誑言作戲，哄說喜允，默與奸宿。若有剛正不從者，候至更深，使小法子，將隨身帶著雞子一個，去青，桃（辛）七個，柳（辛）七箇，俱燒灰，新針一箇，鐵槌搗爛，燒酒一口，合成迷藥，噴於女子身上，默念昏迷咒，使其女子手腳不動，口不能言。行奸畢，又念解昏咒，女子方醒。但有剛直怒罵者，沖再三陪情，女子含忍。或住三朝五日，恐人識出，又行那移別處求奸。

似此得計十年，奸通良家女子一百八十二人，一向不曾事發。成化十三年七月十三日酉時分，前到眞定府晉州，地名轟村，生員高宣家，詐稱是趙州民人張林妾，爲夫打罵逃走，前來投宿。本人仍留在南房内宿歇。至起更時分，有高宣婿趙文舉潛入房内求奸。沖將伊推打，被趙文舉將沖捽倒在炕按住，用手揣無胸乳，摸有腎囊，將沖捉送晉州，審供前情是實。參照本犯立心異人，有類十惡，律無該載。除將本犯並奸宿良家女子姓名開單，連人牢固押法司收問外，乞勒法司將本犯問擬重罪等因，其本奏。奉聖旨：都察院看了來說，欽此欽遵。臣等看得桑沖所犯，死有餘辜。其所供任茂等，俱各習學前術，四散姦淫，欲將桑沖問擬死罪，仍行各處巡按御史挨拿任茂等，解京一體問罪，以警將來。及前項婦女，俱被桑沖以術迷亂，其奸非出本心，又干擬人眾，亦合免其查究。成化十三年十一月二十日，掌院事太子少保兼左都御史王等具題，二十二日於奉天門奏。奉聖旨：是這廝情犯醜惡，有傷風化，便凌遲了，不必覆奏；任茂等七名，務要上緊挨究，得獲解來。欽此。（右得之友人家舊抄公牘中。）

可見這個故事是由眞實的社會刑案改編而成。類似這種以改裝逞姦的案例，在《菽園雜記》中也有記載：〔註41〕

……有男詐爲女師者，京城内外人家，留教鍼指。後至眞定一生家，生往狎之，力辭不許。生強之，乃男子，遂繫之於官，械送京師法司，奏置極刑。此皆所謂人妖也。

〔註41〕見明陸容撰《菽園雜記》，（北京，中華書局，1997年12月湖北二刷），頁88。

對於桑茂這種完全爲求姦而行惡的人，馮夢龍的眉批寫道：「可恨可殺」；而對他們不聽師父的勸告，卻在同一人家逗留而引來殺機，作者又以眉批寫道：「果不出師父所料」。可見這一干人的咎由自取。

〈勘皮靴單證二郎神〉（醒世十三）

故事大要：韓玉翹因在宮中鬱鬱成病，所以被送回進貢者楊戩家中調養。韓妃爲求早日康復，所以前往二郎神廟參拜祝願。拜謁時，韓玉翹因見二郎神塑像俊美；一時心動之下，祈禱自己也能有個如此俊美容貌的夫君。不料禱詞被神觀裡的道士聽見，就假冒爲二郎神，趁著夜色潛入韓妃居處與她幽會。事後楊戩因見韓妃神色異常開朗，心覺有異而暗加監視，發現竟有人冒犯天眷，於是立即派人埋伏韓妃住處緝拿歹人，卻不幸失敗；幸好歹徒在匆忙逃脫時留下一隻皮靴。事後藉著這隻官靴內製靴工匠所留下的記錄，終於查出了犯姦者。破案後道士以「淫污天眷」之罪伏法；韓妃則被逐出宮門，聽任自嫁。也算是一償宿願。

案：據譚正璧先生的考證，本文是出自於羅燁的《醉翁談錄》；但據今所見的《醉翁談錄》中，並沒有這一篇。〔註42〕不過道士利用法術任意來去，甚至爲奸犯科的例子，歷代層出不窮。如《夷堅志補·玉女喜神術》所言即是一例：〔註43〕

> 邵武人黃通判，自太平州秩滿寓居句容縣僧寺。寺與茅山接；一女未出適輒有孕。父母疑與人爲姦。然女常日不出、亦無男子往來其家者。密詰之，女泣曰：「兒實非有遇，但每睡時，似夢非夢、必爲一道士迎置靜室中，邀與飲宴且行房室之事，以至有身。久負羞恨、而不敢言也。」父意茅山方士所爲，乃託故具齋，悉集十里內道流，使女自帷中窺之，果某觀中道士，欣然秀整、類有道者。擒問之，具伏。遂縛致于縣。縣令考其跡狀，曰：「某所行，蓋玉女喜神術也。」命加械枕，囚諸獄。道士高吟數語，未絕聲，黑霧四塞，對面不相睹；少頃霧散，唯五木狼籍于地。道士不見矣。

〔註42〕今所見世界書局於民國 47 年所出版的《醉翁談錄》，乃據日本文庫影印本重刊而來；又，宋代另有《醉翁談錄》，作者不詳，（見新興書局《筆記小說叢刊》第十九編第一冊），其中也沒有〈聖手二郎〉。疑已亡佚或爲誤植。

〔註43〕見洪邁著《夷堅丁志》，收於《筆記小說大觀》（台北，新興書局，民64年9月），第八編第四冊，卷十七，頁2362。

〈赫大卿遺恨鴛鴦絛〉（醒世十五）

　　故事大要：赫大卿是一名家境富裕的書生。平日生性不檢，專喜眠花宿柳。一次偶然機會下，赫大卿在郊外尼庵中認識了一群美貌尼姑，所以留住庵中與尼姑們日夜淫樂。然當赫生日久思歸時，尼姑們卻不肯讓赫大卿離開，更佯裝治酒送別、待醉後將赫髡首易裝、改扮爲尼，使他因無法外出而不得不留在庵中。赫大卿最後終因縱慾過度而喪命尼庵。屍體則被尼姑們埋在花園中。原本以爲事情會從此淪爲懸案；卻因爲赫大卿身上一條由赫妻親手編製的鴛鴦絛，被不知情的水泥工匠在修理尼庵屋頂時發現、並配在身上，而引起赫家老僕的注意，才由赫妻報官、最後追查到尼庵，使尼姑們的荒淫行爲被揭穿、尼姑們被處以極刑、並毀廢了尼庵。

　　案：《菽園雜記》卷六〔註44〕有這樣的一篇記載：

> 京師多尼寺，惟英國公宅東一區，乃其家退閒姬妾出家處。門禁嚴愼，人不敢入，餘皆不然。然有忌人知者，有不忌者。不忌者，君子愼嫌疑固不入：忌者有奇禍，切不可入。天順間，常熟一會試舉人出游，七日不返，莫知所之。乃入一尼寺被留。每旦，尼即鐍戶而出，至暮，潛攜酒餚歸，故人無知者。一日生自懼，乃踰垣而出，出則臞然一軀矣。又聞永樂間有圬工修尼寺，得纏驄帽於承塵上。帽有水晶纓珠，工取珠賣於市，主家識而執之。問其所從來，工以實對。始知此少年竊人尼室，遂死於欲，屍不可出，乃肢解之，埋牆下。法司奏抵尼極刑，而毀其寺。今宮牆東北草場，云是其廢址也。

《情史》〈阮華〉的附錄如下：〔註45〕

> 僞吳有國，中樂橋李賣線之女美，司徒李伯昇之子悅之，日倚其門。一尼爲定計，誘致之室。李子喜極，一交接即死。尼瘞其屍榻下，而置其所帶大帽於床頂。未幾屋漏，召匠治之，匠於穴中見帽，遂以告李。李執尼出，驗之，得屍。誅尼，廢其寺。

《情史》〈赫應祥〉條的附錄，〔註46〕則是這麼說的：

> 又，有一人誤入尼院，尼爭私之。逾數日，其人思歸。尼佯治酒餚

〔註44〕同前註，頁68。
〔註45〕同註1，頁112。
〔註46〕見馮夢龍著《情史》（同註1），頁648。

別，醉之而髡其首，以爲無復歸里。其人乘夜遁去，訴實於妻，妻
恐貽子婦笑，戒使無出房闥，以俟長髮。婦聞姑室中，竊竊人語。
窺之，則僧也。陰以語夫，夫潛入，夜捫枕上，得光頭，斫之。母
驚起，諭之故，氣已絶矣。事聞於官，官謂殺雖出不知，而子不應
執母之姦，竟坐辟。少年入尼院者，可以爲戒。

赫大卿的故事，顯然是脫胎自此。馮夢龍將兩個書生的下場合而爲一，成爲
《情史》中的〈赫應祥〉；〔註47〕但是在〈赫應祥〉文中，卻沒有交待男子如
何能夠朝夕待在尼院裡，卻不被發現。作者因此將〈赫應祥〉的下場與附錄
中被剃去頭髮的情節融合在一起，就成了今天在話本中所看到的「赫大卿」。
一層層的套用、一次次的情節轉折，除了加強故事本身的合理性以外，也將
故事中尼姑們的淫佚、赫大卿的愚昧，描寫得淋漓盡致。「牡丹花下死」，「作
鬼」是否眞的會「風流」，想來正是作者要讀者們好好思考的問題。

〈陸五漢硬留合色鞋〉（醒世十六）

故事大要：風流書生張蓋想與少女潘壽兒幽會，請陸婆居中牽線。但陸
婆之子陸五漢得知原委後驟生歹念，於是一方面恐嚇母親、禁止她再爲潘張
兩人牽線；一方面自己卻假冒張蓋，依約定方式與潘女私會。壽兒暗中不辨
來者容貌，欣然與之同寢。日久，潘家父母察覺女兒神色有異，懷疑壽兒行
爲不軌，於是要求與壽兒易室而居。壽兒因此告知假張蓋密會稍歇；陸五漢
卻因此懷疑壽兒另結新歡。後來陸五漢逕自爬入壽兒房間，卻把潘家父母誤
作是壽兒與新情夫。一怒之下，提刀就殺。次日事發，壽兒認定是張蓋殺了
自己的父母；不過張蓋身上並沒有壽兒記憶中的瘢痕。主事的官員於是仔細
推敲事情的來龍去脈，覺得陸五漢最有嫌疑，緝問之下，果然是他。壽兒因
爲羞愧難當，當堂撞階而死。而張蓋則因受到牽累，還差一點賠上性命；所
以從此收心、再不敢貪圖非份豔福。

案：《讕言長語》卷下：〔註48〕

進賢包希魯先生言：人欲貴而不得貴、欲富而不得富者。一人應科
舉，詫云：「今科不中定不回。」果不中。慨一居讀書。對門樓一女
窺之有意，令一賣婆通遞信。婆乃令己子去與女通。女有娠，告官。

〔註47〕同前註，頁 649。

〔註48〕見明曹安著《讕言長語》，見《筆記小説大觀》（台北，新興出版社，民63年
12月一版。），第五編第四冊，頁 2077。

女云：「秀才。」逮至官，苦楚萬狀；誣服黜之。後秀才受誣不甘，訴于他官。他官疑之，召女再鞫問女云：「彼時與秀才通，身有何驗？」女曰：「背上有一瘡瘢。」官呼秀才驗之，無有，乃責女。女言：「是賣婆之所爲。」官召婆之子驗之，果有瘢事。雖白，而秀才之受苦楚亦多矣。一大富家過凶年。家空，經營皆不獲利，乃從人去販羊。值冬寒，寘羊皆凍死，竟以貧終。二人之有心于富貴，而終不遂其志，亦可鑒也。

明代的陳洪謨在他的《治世餘聞》下篇卷一中，則提到：〔註49〕

李興在陝曾辦一獄，人亦稱之。有楊二官人者，係大辟，久不決引，稱係冤不已。查得本犯先年方十餘箴，與一女子通姦，因殺死巡檢夫婦，連其父及其嫂錄之。嫂訴曰：「舅姑及夫俱亡，止遺妾與夫妹同居。夫妹年方一十六歲。一日，與妾閒步後園，忽見牆外一少年騎馬過此人貌美，妾不合稱之曰：『姑若得此爲配，一生足矣。』夫妹與妾曰：『斯何人也？』妾曰：『此即東門楊二官人。』既還室，越月餘，有故翁舊識一巡檢，任滿攜妻孥回，遇日暮來投宿。妾以翁故留之，以夫妹併宿妾室，卻以姑室居巡檢，而以其子居於外。不意是夕爲人殺死巡檢夫婦。今蒙審，敢吐實以告。」李審其語，亦如嫂言。李又審楊二官人曰：「汝何彼時已伏，今又稱冤？」楊二官人訴曰：「某一時年幼，素亦未嘗桎梏，又不勝笞楚，含冤承認。實不知情。」復問女曰：「汝與彼相處月餘，何無暗識？」女曰：「貌固不能識，但曾捫其左膊上一肉瘤。」李乃驗楊無有，叱眾且退，乃囑有司集女家左右前後四鄰四十戶共取結狀，供楊有無通姦殺人情詞，連人解院。有司即集眾鄰取供呈解，李覽俱證楊二因姦殺死人命。李怒眾曰：「汝等扶同，不詢源委。彼既行姦黑夜，豈由告報諸鄰，汝等何據而知？」即叱左右去眾之衣，面縛，令鞭其背。密視之，見一屠者左膊有塊。李遽呼之前，曰：「汝知死乎？殺人者汝也。」知情眞事實，泣曰：「已知。」李曰：「汝何殺死巡檢，又何得而姦其女？」屠曰：「是日其姑嫂在園相戲時，我因盜彼園中筍，耳聞其聲，即潛伏於草莽中。俟其既回，至夕，因假楊二官之名入

〔註49〕見明陳洪謨著《治世餘聞、繼世紀聞》，見《元明史料筆記叢刊》，（北京，中華書局，1997年11月湖北二刷），42。

以求姦。相處月餘,一夕,復至其處,見二人同宿於牀。某不勝忿怒,其又私他人。取屠刀殺之。初不知其為巡檢夫婦也。」李曰:「何不當時自首?」屠曰:「固畏縮苟延耳。」乃坐法,而出楊二。此亦《折獄龜鑑》,故記其略,不以人廢之也。

馮夢龍在《智囊‧察智部‧詰奸》中,有〈臨海令〉一文:〔註50〕

臨海縣迎新秀才適黌宮,有女窺見一生韶美,悅之,一賣婆在傍曰:「此吾鄰家子也,為小娘子執伐,成佳偶矣。」賣婆以女意誘生,生不從。賣婆有子無賴,因假生夜往,女不能辨。一日,其家舍客,夫妻因移女而以女榻寢之。夜,有人斷其雙首以去。明發以聞於縣,令以為其家殺之,而囊裝無損,殺之何為。令問榻向寢誰氏,曰:「是其女。」令曰:「知之矣。」立逮其女,作威震之曰:「汝姦夫是誰?」曰:「某秀才。」逮生至,曰:「賣婆語有之,何嘗至其家?」又問女,秀才身有何記,曰:「臂有痣。」視之無有。令沈思曰:「賣婆有子乎?」逮其子,視臂有痣。曰:「殺人者汝也。」刑之,即自輸服。蓋其夜捫得騈首,以為女有他姦,殺之。生由是得釋。

類似這種被誣陷罹獄的故事,祝允明的《野聞‧卷四》〔註51〕中也有記載。

〔註50〕 見馮夢龍著《智囊‧察智部‧詰奸‧臨海令》,《馮夢龍全集—十》,(江蘇,江蘇古籍出版社,1993年4月一版),卷十,頁289。

〔註51〕 見祝允明著《野記》,《筆記三編》之一,(台北,廣文,民59年),頁122:「某氏有婦,與小姑春日在園中作鞦韆戲。園前短垣,外臨官道。有美少年走馬牆外,駐而寓目。二女鄰見之,皆興感慕。因問侍婢:「識此郎否?」婢令人物色之,報云:「丁四官人也。」此郎故不知。少年自去。明日,鄰嫗小與二女周旋之,頗言:「小娘昨見丁四官人乎?」女以為得其情,頗發赤。嫗曰:「無庸諱我,此來正為丁郎耳。郎昨睹芳儀,固深顧注。」二女稍問郎蹤跡,嫗盛稱其美。嫗見小姑有動意,入其寢,識其戶徑而去。入夜,女滅燭不寐。惓忪若有所向。夜深,忽一郎踰垣而入,暗中即闖女房。女誰何之,小語曰:「我丁四官人也。」女默然,攜手入就寢。未明而逝,初不睹其面也。是夕復至,亦在暗中。相處荏苒數月。一日,女以事適外家,且久未返,兄嫂邊寢其室,亦滅燭而寢。郎來見扃戶,毀窗而入,遽登牀捫女,得騈首枕上,即取所佩刀,斷雙頭而去。詰旦,家人入視,見之,不審何故,直以為盜。聞於官,緝捕無狀。後至一上官錄之,因沈思良久,謂翁嫗曰:「若子婦故居此室耶?」翁嫗言:「故為女室,斯夕偶暫宿耳!」上官命召女至,訊之,即承與丁通。逮丁至,訊之,愕然無答。女言前事。丁亦惘然曰:「是日從牆外偶駐,雖見鞦韆事,初無謀念。小玩而過。其後事略不知也。顧安得終妄若此?」官猶以為詐,問之:「識之乎?」女言:「每來輒在暗中,總不及早,固不識也。」官更沈慮,因逮嫗掠之。嫗乃不能諱。初,二女偶語時,嫗伏

這種故事的特色有兩處：其一是兇手都假冒爲情郎，趁著黑夜與不知情的女子私通；其二是破案的契機都是「藉由身體的特徵，追察出眞正的兇手」。馮夢龍不僅在《醒世恒言》中，把這樣的故事改編成話本；在他的《情史·卷十八·情累類》中，還有〈張蓋〉條，同事再陳。所不同於《智囊》、《治世於聞》及《九朝野聞》的是，馮夢龍把男主角原先的毫不知情，改成他有意私通女子在先，所以才會給予奸人可趁之機；並藉此強調：陸五漢的冒名行姦及因忿殺人固然可惡，然而張蓋的淫念也同樣不可寬宥。所謂：「強暴殺人，幾令無辜者受斃。……雖然，灝不私姻家之婦，雖殺人如山，能拉入囹圄否？〔註52〕」

　　閱聽者從中可以發現作者的寫作目的：除了檢討貪淫的行爲之外，更上溯至檢查意念的合宜與否。張蓋就是因爲自己謀姦的邪念，而被誤認爲兇手以致身陷囹圄、甚至險些冤死刑場。這樣的故事，足以警惕世人。

〈金海陵縱慾亡身〉（醒世二十三）

　　故事大要：敘述金海陵王穢亂後宮的大略。最後的結局是海陵被宋兵傷害、並被自己的旁侍殺死。作者的爲文目的主要在於藉由評論海陵於女色方面的荒淫無度，見微知著地旁解海陵爲人橫逆的性格，伏筆海陵最後的慘敗與橫死。

　　案：類似的記載在多處可見，不過主要是節錄自《金史》卷六十三〈海陵諸嬖傳〉。《情史·情穢類》（卷十七）中也有〈金主亮〉條。在文末，馮夢龍異想天開地評道：

　　　　……從來女淫無過武氏、男淫無過海陵。始皆以詐術取位、亦皆有

　　　　逸才、而終不令終。使此兩人爲夫婦，未知當何如也？〔註53〕

〈潘遇貪色毀前程〉（醒世二十八之入話）

　　故事大要：潘遇在赴試前，有術士預言他此行必將金榜題名。赴試途中，潘遇看上了客棧主人美貌的女兒；他仗恃著自己必將中舉，毫無顧忌地與女子發生私情、更約定上榜後必來風光迎娶。沒想到考試的結果，潘遇居然落

鄰壁聞之，因宛轉以屬其子耳。捕子至，即具服，言：「久與女私甚密。是夜見其閉戶，疑其他也，入襲之，果與男子並寢，遂戕之耳。不知其非女也。」於是各正其辟。

〔註52〕馮夢龍於文末評道：「此言足可爲好色者之戒。」見《情史》（同註1），頁644。
〔註53〕同註1，頁641。

了榜。另一方面，潘父在揭榜的當夜，夢到原來應該屬潘家的狀元牌匾，竟然被搬往他處；夢中持匾者告訴潘父：因爲潘遇做了違心之事，所以被上天取消中舉資格。潘父後來向潘遇求證的結果，證實了夢中人所言不假。潘遇因此重遊故地，有心要娶回此女爲補償；但是女子卻已他嫁，潘遇終其一生，始終沒能夠及第。

案：《夷堅丁志》卷第十八〈劉堯舉〉：〔註54〕

> 紹興十七年，京師人劉觀，爲秀州許市巡檢。其子堯舉，買舟趨郡，就流寓試。悅舟人女美，日夕肆微言以蠱之。女亦似有意。翁媼覺焉，防察不少懈。及到郡，猶憩舟中。翁每出則媼止，媼每出則翁止，生束手不能施。試之日，出垂〈拱而天下治賦〉、〈秋風生桂枝詩〉，皆所素爲者。但賦韻不同，須加修潤，迨昏乃出。次日，試論，復然。既無所點竄，運筆一揮，未午而歸舟。舟人固以爲如昨日也，翁媼皆入市，獨女在。生遽造其所，遂合焉。是夕，生之父母同夢人持榜來報秀才爲榜首。傍一人曰：「非也。郎君所爲事不義，天勒殿一舉矣。」覺而相語，皆驚異。生還家，父母責訊之，諱不言。已而乃以雜犯見榜。後舟人來，其事始露。又三年，從官淮西，果魁薦。然竟不第以死。

沈德符的《萬曆野獲編・徵夢》（卷二十八）〈甲戌狀元〉條，〔註55〕說的也是一個因貪圖女色，做出欺天之事，而被摘去官祿的故事，用以戒諭世人，勿逞一時風流，種下終身憾事：

> 嘉靖五年，丙戌進士陸坤，號黃齋。官至河南巡撫、右副都御史。吾郡之嘉善人。清正名臣也。先爲湖廣岳州太守，以循良第一徵入爲太僕少卿。時爲戊申己丑間，陸喪夫人不復娶，但攜其子，號杏源者、名中錫，赴官。並塾師一人。陸夜必與乃嗣同榻寢。杏源少穎敏絕人，有神童之目。至是且年十六、七矣。其寓即在太僕寺街，與同寅一少卿比鄰。鄰有及笄女，絕豔。杏源窺見，心蕩。屢欲挑之，未果。一日遇朔旦，同塾師詣都城隍廟祈禱。以鄰女爲請，且許事成酬謝。塾師從旁亦代爲祝籲，歸之。夜，正酣寢，忽大慟叫號，其父驚怪，叩其故，則曰：「一念之差，遂不可救矣。」備述朝

〔註54〕（同註43），第八編第四冊，卷十七，頁2349。

〔註55〕見明沈德符撰《萬曆野獲編・徵夢》，（北京，中華書局，1997年11月湖北三刷），下冊，卷二十八，頁718。

來禱神之事，云頃夢爲都城隍攝去，大怒見詰：「汝何人？敢以淫媒事上瀆呼？」主籍者檢其祿，則註定甲戌科狀元，官至吏部左侍郎，年七十九歲。乃沉吟曰：「是不可殺。當奏之上帝。」再檢塾師，則終身無官祿。即令抽腸戮之。須臾天符下：「陸某宜革去鼎元、少宰。其壽如故，但使貧絕、癡絕，以至于死。今將奈何其父？」尚疑信間，忽視塾師，則稱腹痛，未午而殞絕矣。中丞公始駭恨，然已無可奈何。再問其子，尚有何言？則云：「適悲悼中，忘之。都城隍閱天符之末，云：『當再降一人，以補甲戌狀元之缺。』」是時孫柏潭狀元未生也。孫之父，夢一人投刺，稱唐臯來拜。啓爲正德甲戌狀元，柏潭即墮地。因名之曰『繼臯』。恰符所夢云，孫後果至吏部左侍郎以歸。杏源自夢譴後，即得心疾，亦入庠爲諸生，而性理狂錯，往往不竟。闈中試而出，時藝奇麗，與馮祭酒開之、袁職方了凡同社相善，兩公每每爲予言：「少年輩高才，愼勿爲桑濮之行。即舉念且不可，況身嘗之乎？子其戒之。」中丞故廉，至杏元益困，衣食時或不給。無子，僅一女，嫁彭比部沖起之第三子。又坐法遣戍。改適一市僧。流落可歎。杏源今已老死，中丞之嗣竟斬。

〈汪大尹火焚寶蓮寺〉（醒世三十九）

　　故事大要：福建寶蓮寺中設有子孫堂，不孕的婦女只須夜宿其中，歸後必可得嗣。百試百驗，民間咸以爲眞。汪大尹到任後，認爲其中必定有詐，於是私遣兩名妓女扮成良家婦人投宿其中，以一探虛實。是夜就寢鐘響後，即有二僧輪流自地道中爬入房內與妓女相接。妓女依照汪大尹的囑咐，偷偷以墨汁或硃砂塗在僧頭上做爲暗記。次晨汪大尹趁著寺門未開，就進入搜察；果然抓出被塗了頭的和尙，因此揭穿長久以來的騙局。一干僧侶被押回牢獄卻不死心，還想要買通門卒，伺機越獄。幸虧汪大尹及時警覺，將所有寺僧梟首示眾、並焚廢寶蓮寺；才算解除了一場危機。

　　案：《智囊》卷十的〈僧寺求子〉：〔註56〕

　　　　廣西南寧府永淳縣寶蓮寺，有子孫堂，傍多淨室，相傳祈嗣頗驗，布施山積。凡婦女祈嗣，須年壯無疾者，先期齋戒得聖筊，方許止宿。其婦女或言夢佛送子，或言羅漢，或不言，或一宿不再，或屢

〔註56〕見馮夢龍著《智囊・察智部・詰奸・寺僧求子》，《馮夢龍全集一十》，（江蘇，江蘇古籍出版社，1993年4月一版），卷十六，頁291。

宿屢往。因淨室嚴密無隙，而夫男居戶外，故人皆信焉。閩人汪旦初蒞縣，疑其事，乃飾二妓以往。屬云：「夜有至者勿拒，但以朱墨汁密塗其頂。」次日黎明，伏兵眾寺外，而親往點視。眾僧倉皇出謁，凡百餘人，令去帽，則紅頭墨頂者各二。令縛之，而出二妓，使證其狀云：鐘定後，兩僧庚至，贈調經種子丸一包，汪令拘訊他求嗣婦女，皆云無有，搜之，各得種子丸如妓，乃縱去不問。而召兵眾入，眾僧懾不敢動，一一就縛。究其故，則地平或床下，悉有暗道可通，蓋所污婦女不知幾何矣。既置獄，獄為之盈。住持名佛顯，謂禁子凌志曰：「我掌寺四十年，積金無數，自知必死，能私釋我等暫歸取來，以半相贈。」凌許三僧從顯往，而自與八輩從之。既至寺，則窖中黃白燦然，恣其所取。僧陽束臥具，而陰收寺中刀斧之屬，期三更斬門而出。汪方秉燭搆申詳稿，忽心動念：百僧一獄，卒有變莫支。乃密召快手持械入宿。甫集，而僧亂起。僧所用皆短兵，眾以長槍禦之，僧不能敵，多死。顯知事不諧，揚言曰：「吾儕好醜區別，相公不一一細鞫，以此激變，然反者不過數人，今已誅死，吾儕當面訴相公。」汪令刑房吏諭曰：「相公亦知汝曹非盡反者，然反者已死，可盡納器械，明當庭鞫分別之。」器械既出，於是召僧每十人一鞫，以次誅絕。至明，百僧殲焉。究器械入獄之故，始知凌志等弊實，而志等則已死於兵矣。

萬曆乙未歲，西吳許孚遠巡撫入閩，斷某寺絳衣眞人，從大殿蒲團下出，事略同。

文末所指「萬曆乙未歲，西吳許孚遠〔註57〕巡撫入閩，斷某寺絳衣眞人，從

〔註57〕《明史・儒林二》：「許孚遠，字孟中，德清人，受學同郡唐樞。嘉靖四十一年成進士，授南京工部主事，就改吏部。已，調北部。尚書楊博惡孚遠講學，會大計京朝官，黜浙人幾半博鄉山西無一焉。孚遠有後言，博不悅，孚遠遂移疾去。隆慶初，高拱薦起考功主事，出爲廣東僉事，招大盜李茂、許俊美擒倭黨七十餘輩以降，錄功，賚銀幣。旋移福建。」又，在《明人傳記資料索引》（同註3）中，有關許孚遠的介紹是：「許孚遠（1535～1604），字孟中，號敬庵，德清人。嘉靖四十一年進士。授工部主事。尚書楊博惡孚遠講學，遂疑疾去。慶隆初起廣東僉事，招降大盜李茂、許俊民，擒倭黨七十餘人。神宗市知建昌府。暇輒集諸生講學。尋以右僉都御史巡撫福建。時倭陷朝鮮、阻封貢，孚遠請敕諭擒斬平秀吉。不從，所部多僧田，孚遠請入其六於官，又募民墾海壇地八萬三千有奇。築城建營舍，劇兵以守。並請推行於南日、彭湖及浙中陳錢、金塘、五環、南麂諸島，皆報可。孚遠學宗良知，而惡夫

大殿蒲團下出，事略同」一事，又可見於明代《僧尼孽海・閩寺僧》，其文如下：〔註58〕

> 西吳許孚遠，萬曆乙未歲，巡撫入閩。時閩中一山寺，素稱「靈刹」，凡官族姬妻以求嗣至者，闔扉守鎖，獨宿殿中，夜有絳服真人與合，遂得娠。屢往屢驗，莫窺其詐。許公聞而心疑之，見一妓作良人婦住宿，誡之曰：「夜如有遇，可偵所從來及所自，往頭上潛以煤記之。」妓如其言，見一僧從懺佛蒲團下解衣而出，淫之復入，蓋僧通竅殿中，以蒲團覆之，眾莫覺也。
>
> 許公次日昧爽，突至寺中，眾僧長跪迎謁，公俱命去其僧帽，見一黑頂者，立拷鞫之，得其狀，遂焚寺而屠僧焉。

第四節 《初刻拍案驚奇》中的戒淫故事

〈狄氏〉（初刻六之入話）

故事大要：唐代滕生窺見出遊時的貴婦狄氏，驚為天人。為了要一親芳澤，滕生厚託尼庵的老尼姑幫忙牽線，並以推銷珍珠為名，趁機混入狄氏的家中。原本性情賢貞的狄氏，因見滕生相貌俊美、又殷勤有禮，在日久生情下，納滕生為情夫。兩人自此常常在府中私會。後來狄氏的丈夫移防回家，查覺妻子行跡可疑、而加緊對狄氏的看守。狄氏由於無法再與滕生相會，鬱鬱而終。

案：本篇首見於《清尊錄》。〔註59〕原文與本篇的內容上略有出入，茲整理如下：

> ……數月，狄氏夫婦。生，小人也，陰計已得狄氏，不能棄重賄。伺其夫與客坐，遣僕入白曰：「某官嘗以珠直二萬緡賣第中，久未得直，且訟於官。」夫愕眙，入詰。狄氏語塞，曰：「然。」夫督取還之，生得珠，復遣尼謝狄氏：「我安得此貸於親戚，以動子耳。」狄

授良知以入佛者蓋為王陽明正傳。官終兵部佐侍郎。年七十卒，謚恭簡。有《敬和堂集》。」
〔註58〕見明唐寅著《僧尼孽海》，今收於《中國歷代禁毀小說海內外珍藏本集粹雙笛叢書系列》，（台北，紅螞蟻出版社，民83年），頁123。
〔註59〕宋廉布著《清尊錄》，收於明陶宗儀輯《說郛》卷十一，今皆見於《筆記小說大觀》第二十五編第一冊，頁225。

氏雖恚甚，終不能忘生，夫出，輒召與通。逾年，夫覺，閉之嚴。

狄氏以念生病死。余在大學時親見。

《情史》中完整謄錄了本文，只刪除了〈清尊錄〉末句「余在大學時親見」〔註60〕等字。在《清尊錄》裡，把滕生騙才騙色的卑鄙、與狄氏之夫的驚愕，描寫得活靈活現。「夫諤眙」的「眙」，更是用得傳神。對於描寫滕生卑鄙行止的部份，凌濛初完全刪除，只寫出狄氏與滕生的兩相情悅、及狄氏委頓而終的下場。

〈酒下酒趙尼媼迷花　機中機賈秀才報怨〉（初刻六）

故事大要：賈秀才在外地設館教書，留下美貌賢淑的妻子巫氏與僕傭們在家。不過巫氏平日雖謹言慎行，卻因為敬奉觀音而與觀音庵的趙尼媼時相往還來。登徒子卜良因此買通趙尼媼，而設計玷污了巫氏。等巫氏醒來發現自己已然失身，痛不欲生。賈秀才知情後，為了在不張揚此事的情況下報仇，於是設計以再度私會的名義，邀卜良至賈府；並由巫氏趁著與卜良接吻時，咬下卜良的舌頭。卜良驚痛之餘，掩口奪門而出；此時賈秀才持斷舌夜訪尼庵，殺死老尼及小徒後，將斷舌塞進小尼口中。第二天事發，官府憑著半截斷舌，認定卜良因為要姦淫小尼不成，反被小尼咬斷舌頭，以致忿而殺人。卜良無法辯駁而受死；而巫氏之辱，從此無人聞知。

案：《夷堅志》〈西湖庵尼〉：〔註61〕

臨安某官，土人也。妻為少年所慕，日日坐於對門茶肆，睥睨延頸；如癡如狂。嘗見一尼從其家出，逕隨以行。尼至西湖上，入庵寮，即求見啜茶。自是數往。少年固多貲；用修建殿宇為名，捐施錢帛，其數至千緡，尼訝其無因而前，扣其故，乃以情愫語之。尼欣然領略，約後三日來。於是作一齋目，列大官女婦封稱二十餘人，而詣某官宅，邀其妻曰：「以殿宇鼎新，宜有勝會，諸客皆已在庵，請便升轎。」即盛飾易服珥。攜兩婢偕行。造至彼，元無一客。尼持錢犒轎僕遣歸，設酒連飲兩婢。婦人亦醉引憩曲室。就枕移時始醒，則一男子臥於旁。駭問為誰，既死矣。蓋所謂悅己少年者，先伏此室中，一旦如願，喜極暴卒。婦人不暇俟肩輿，呼婢徒步而返。良人適在外，不敢與言。兩婢不能忍口，頗泄一二。尼畏事宣露，瘞

〔註60〕收於《情史‧情私類‧狄氏》，同註1，卷三，頁113。

〔註61〕（同註28），卷十二，頁2079。

死者於榻下。越旬日，少年家宛轉訪其蹤，訴於錢塘。尼及婦人皆梏梏，拷掠婢僕童行，牽迎十餘輩。凡一年，鞠得其實，尼受徒刑，婦人乃獲免。〔註62〕

〈張溜兒熟佈迷魂局　陸蕙娘立決到頭緣〉（初刻十六）

故事大要：秀才沈燦若喪妻之後，雖想再娶，卻難遇合意對象。一次他在路上看到一名端莊貌美的婦人，渾身縞素，十分動人。正想要上前打聽，立即有男子上前搭訕，自稱是婦人的表哥；並表示此女（陸蕙娘）才喪夫不久；如果沈燦若有意要娶婦人為妻，自己（張溜兒）可以代為說合。沈燦若應允之後，依約付出財禮若干，娶回沈氏。洞房之夜，陸蕙娘百般不肯就寢。沈燦若雖然疑心，卻仍以禮相待，使陸蕙娘在傾心之下告訴沈璨若真相：原來張溜兒就是陸蕙娘的丈夫。他們利用常人好色的心理，逼迫陸蕙娘以再嫁為幌子，誘騙受害者上鉤；待到洞房之夜再以姦騙人妻為名目，趁新人尚未圓房時進屋捉姦；再大肆勒索求妻者。受害者大多自認倒楣、賠錢了事。此番陸蕙娘因見沈燦若是名志誠君子，因而以實情相告；她自己也想藉此擺脫張溜兒，因此沈、陸兩人連夜逃離貸居之地，使張溜兒人財兩失。

案：這種騙娶捉姦的把戲，時人稱之為「挈殌兒」。陸容《菽園雜記·卷七》〔註63〕中就有記載：

京師有婦女嫁外京人為妻妾者，初看時，以美者出拜，及臨娶，以醜者換之。名曰「戳包兒」。有過門信宿，盜其所有逃去者，名曰「挈殌兒」。此特里閈奸邪耳。

〈西山觀設籙度亡魂　開封府備棺追活命〉（初刻十七）

故事大要：寡婦吳氏為亡夫作法會時，認識了主持法會的道士黃知觀。兩下有意，吳氏竟然就與黃知觀及黃的兩名徒弟同時發生姦情。事情被吳氏的兒子劉達生發現後，多次力圖阻攔母親。但吳氏為了享樂，竟不顧親情地聽從黃知觀的教唆，向官府誣告達生不孝，希望藉公權力除去兒子、以免妨礙自己尋樂。主事官員對吳氏面臨獨子將死的慘況，不但沒有絲毫的痛惜，反而還急著

〔註62〕據《三言二拍資料》，以此事為《古今小說·閒雲庵阮三償舊債》的考述。然而除了「男子因久思雲雨，於是在與女子成歡的霎時暴卒」一段相仿以外，婦人於不知情的情況下與男子成歡一段，應與本文較為貼合。所以筆者在此認為〈西湖庵尼〉應置於此，視為本篇的本事。

〔註63〕同註41，頁88。

要收屍的態度感到不可思議；於是派人仔細暗訪原委，才知道有道士在背後教唆；於是向吳氏假稱已將達生打死，要求她備棺收屍。等吳氏一出衙門，正與黃知觀商量時，立即將兩人一併緝拿審問。最後裝入棺中的，是黃知觀被官府打死的屍首。吳氏則在兒子的求情下保得一命；從此收心，不再妄為。

案：《太平廣記》卷一七一〈李傑〉：〔註64〕

> 李傑為河南尹，有寡婦告其子不孝。其子不能自理，但云：「得罪於母，死所甘分。」傑察其狀非不孝子，謂寡婦曰：「汝寡居唯有一子，今告之，罪至死，得無悔乎？」寡婦曰：「子無賴，不順母，寧復惜乎？」傑曰：「審如此，可買棺木，來取兒屍。」因使人覘其後。寡婦既出，謂一道士曰：「事了矣。」俄而棺至。傑尚冀有悔，再三喻之。寡婦執意如初。道士立於門外，密令擒之。一問承伏：「某與寡婦私，嘗苦兒所制，故欲除之。」傑放其子，杖殺道士及寡婦，使同棺盛之。

除了《太平廣記》以外，還有許多的筆記，如《綠窗新話·王尹判道士犯姦》及《智囊補·卷十：母訟子》，〔註65〕中都有類似的故事。不同於《太平廣記》的是，凌濛初讓這位犯了錯的母親，在兒子的求情之下免於一死；接的說明吳氏的失去理智，都是因為道士在旁教唆所致，除了強化道士泯滅人性的形象〔註66〕以外，也回歸「虎毒不食子」人倫天性。不過《初刻》中，多數的篇幅主要描寫黃知觀及其徒太清、太素與吳氏雜交過程上，故事中吳氏不時「淫性勃發」地與三名男子交歡，反而對原本基於母子天性所應有的心理掙扎著墨不深。

〔註64〕見宋李昉等編《太平廣記》（北京，中華書局，1996年6月一版），第四冊，一七一卷，頁1255。

〔註65〕見馮夢龍著《智囊·察智部·詰奸·母訟子》，（同註55），卷十，頁290。但此〈李傑〉條後，還有一則類似故事，不過唆使婦人誣子的是一名僧侶。其事如下：「包恢知建寧，有母訴子者，年月後作「疏」字。恢疑之，呼其子問，泣不言。微求母孀與僧通，惡其子諫，而坐以不孝，狀則僧為之也，因責子侍養勿離跬步。僧無由至，母乃託夫諱日，入寺作佛事，以籠盛衣帛出，旋納僧籠內以歸。恢知，使人要其籠置暗庫。逾旬，吏報籠中臭，恢乃命沉諸江，語其子曰：『吾為若除此害矣。』」

〔註66〕歷來類似的故事，其實是一直不斷的出現在社會中的。在江蘇徐州當地，也流傳著這樣的故事：「有一個僧侶，常常架著板橋，到一名寡婦家與寡婦姦淫。寡婦的兒子雖然知道，卻一直沒有任何表示。然而等到寡婦一死，兒子就趁著不知情的和尚過橋要來見情婦時，抽去板橋，讓和尚活活地被淹死。」

〈任道元邪淫招譴〉（初刻十七之入話）

　　故事大要：任道元在追隨大師學習法術後具有神通；但他卻自恃神通廣大，不再虔誠禮神。某次，任道元受邀主持一個盛大的法會，因見人群中有兩名美貌女子，一時興起下竟然當場出言調戲，引來女子的不滿；是夜神明怒責任道元邪淫不正，並告知將取他性命。同時神明也通知與任道元同修的親戚，讓他親眼看著任道元被神明活活折磨至死，以爲誡惕。

　　案：此事亦得見於《夷堅志》卷第五〈任道元〉條：〔註67〕

　　　　任道元者，福州人，故太常少卿文薦之長子也。少年慕道，從師歐陽文彬受練度，行天心法，甚著效驗。乾道之季，永福何氏子以病投壇，未至。任與其妻姪梁鯤宿齋舍，鯤亦好法，夜夢神將來告曰：「如有求報應者，可書『香』字與之，令其速還家。」鯤覺，即以語任。任起，明燭書之。封押畢，復寢。翌早，何至，乃授之。何還家十八日而死。蓋「香」爲十八日也。其後少卿下世，任受官出仕，於奉眞香火之敬，浸以疏懈。每旦過神堂，但於外瞻禮，使小童入炷香。家人數勸之，不聽。

　　　　淳熙十三年上元之夕，北城居民相率建黃籙，大醮於張君者庵内，請任爲高功。行道之際，觀者雲集。兩女子丫髻駢立，頗有姿色。任顧之曰：「小娘子穩便，裡面看。」兩女拱謝。復諦觀之，曰：「提起爾襴裙。」「襴裙」者，閩俗指言抹胸。提起者，謔語也。其一曰：「法師做醮，如何卻說這般話？」踰時而去。任與語如初。又爲女所挑責。及醮罷，便覺左耳後癢且痛。命僕視之，一瘡如粟粒，而中痛不可忍。次日歸，情緒不樂。越數日，謂鯤曰：「吾得夢極惡，已密書於紙，俟偕商日宣法師來考照。」商至，曰：「是非我所能辦，須聖童乃可決。」少頃，門外得一村童。纔至，即跳升梁間，作神語曰：「任道元，諸神保護汝許久，而乃不謹香火，貪淫兼行，罪在不赦。」任深悼前非，磕頭謝罪。又曰：「汝十五夜所說大段好。」任百拜乞命，願改抛自新。神曰：「如今復何所言？吾亦不欠汝一個奉事，當以爲受法弟子之戒，且寬汝二十日期。」言訖，童墮地而醒，懵然了無所知。鯤拆所書示商，乃「二十日」三字。是時正月二十六日也。

〔註67〕見宋洪邁著《夷堅志》，（同註27），卷二十三，頁2259。

次時，任夢神將持鐵鞭追逐，環繞所居九仙山下幾一匝，腦後爲鞭所擊，悸而窹寐。自此瘡益大，頭脹如栲栳。每二鼓後，輒叫呼，若被鞭之狀。左右泣拜，小止復作。遍體色皆青且黑。二月十二夜，鯤還厥居，母不許再往。夜夢神云：「汝到五更初，急詣任氏，看吾撲道元。」鯤起坐，伺期而往。任見而泣曰：「相見只此耳。」披衣欲下床，忽仆於蓆。八僕扶之坐，如有物拉出，撲之地上。就視，已死。歐陽師居城北，亦以是日殂。鯤自是不敢行法。予大兒錄示其事。因記《南部胭花錄》香娘爲十八日，與此『香』字同。任卿佳士，宜其嗣續熾昌。後生妄習不謹，自掇奇譴予見亦多矣。

〈丹客半黍九還　富翁千金一笑〉（初刻十八）

　　故事大要：潘姓監生家境頗豐，但總是想藉道家的鍊金術使自己更富有，因此屢屢有術士假稱要教他點金術而來詐騙財物。儘管如此，潘生卻不知醒悟。一次，某術士在潘生面前炫耀自己的財富，使潘生因心動而苦求術士來家切磋方技；術士於是帶了一名美妾住進潘家，並以潘生所供給的財物鍊金。十餘日後，忽有人前來通知丹客返家治喪，丹客只好留下小妾與潘生一起守爐。術士離開之後，潘生就挑逗私通了術士的美妾；等到術士回來開爐後，卻發現煉丹失敗；術士更憑著爐內的結果，認定是潘生與小妾曾有苟且才會敗丹；一怒之下，鞭打美妾、並責怪潘生敗壞了他的修行，要將潘生送官究辦。潘生無言以對，只好再以大筆金銀求術士息怒。術士最後氣沖沖的帶著美妾與賠償金離開。但事後消息傳來，才知道整個過程根本就是一場騙局。術士在回家治喪時，就已經把爐內的金銀捲走了；而美妾不過是臨時找來的妓女；至於敗丹之說，根本就是藉口。當大家都在嘲笑潘生受騙時，只有潘生仍沾沾自喜於自己能輕易地免除一場官非。後來潘生又被另一位丹客騙到外地去鍊金，不但賠了銀子，差一點連性命也不保。至此潘生終於收心，不再相信鍊丹術。

　　案：此事原見於《古今概譚》：〔註68〕

　　客有以丹術行騙局者，假造銀器，盛輿從，復典妓爲妾，日飲於西湖。鵲首所羅列器皿，望之皆未提白鏹。一富翁見而心豔之，前揖問曰：「公何術而富若此？」客曰：「丹成，特長物耳。」富翁遂延

〔註68〕　見馮夢龍著《古今概談・第二十一・譎知部》，《馮夢龍全集一六》，（江蘇，江蘇古籍出版社，1993年4月一版），頁43。

客并妾至家，出二千金爲母，使煉之。客入船藥，煉十餘日，密約
一長鬢突至，詒曰：「家罹內艱，盍急往？」客大哭，謂主人曰：「事
無無奈何，煩主君同余婢守爐，余不日來耳。」客實竊丹去，又囑
妓私與主壻。而不悟也，遂墮計中，與妓綢繆數宵而客至。啓爐視
之，佯驚曰：「敗矣，汝侵余妾，丹已壞矣。」主君無以應，復出厚
鎰酬客。客作怏怏狀去，主君猶以得遣爲幸。

嘉靖中，松江一監生，博學有口，而酷信丹術。有丹士先以小試取
信，乃大出其金而盡竊之。生慚憤，甚欲廣遊以冀一遇。忽一日，
值於吳之閶門。丹士不俟啓齒，即邀飲肆中，殷勤謝過。既而謀曰：
「吾儕得金，隨手費去。今東山一大姓，業有成約，俟吾師來舉事。
君肯權作吾師，取償於彼易易。」生急於得金，許之。乃令剪髮爲
頭陀，事以師禮。大姓接其談鋒，深相欽服，日與款接，而以丹事
委其徒輩，且謂師在無慮也。一旦復竊金去，執其師，欲訟之官。
生號泣自明，僅而得釋。及歸，親知見其髮種種，皆訕笑焉。

以金易色，尚未全輸，但纏頭過費耳。若送卻頭髮，博師父一笑，
尤無謂也。

凌濛初將《古今概談》中的兩則有關「丹客」的故事合而爲一，成就了本篇。
這種故事能成功詐財的關鍵，在於受騙者本身不但貪財、而且貪色；他們寧
可冒著敗術的危險，也要佔取美人，所以才會讓歹徒有機可趁。

〈鹽官邑老魔魅色　會骸山大士誅邪〉（初刻二十四）

　　故事大要：有一個猴形老怪，會施法術擄拐美貌婦人。拐入山洞之後，
日夕與眾美婦姦淫。仇夜珠也是被拐來的女子之一。不過她總是力拒、使老
妖對她失去興趣。最後當老妖執意要侵犯她時，仇夜珠隨口禱請觀音大士救
難；果然觀音顯靈，不但保護了仇女不被侵犯，還誅殺了老妖及手下，使所
有被囚的女子，都能平安返家。

　　案：「猿猴盜女」的故事，早自晉代張華所寫的《博物志》﹝註69﹞中，就
已經出現過了：

蜀山南高山上有物如彌猴。長七尺、能人行健走。名曰「猴玃」；一
名「化」；或曰「猳玃」。同行道婦女，有好者輒盜之以去，人不得

────────────────

﹝註69﹞見晉張華著《博物志》，收於《筆記小說大觀》，（台北，新興，民63年5月），
　　　第三編第二冊，頁846。

知。行者或每遇其旁，皆以長繩相引，故不免。此得男子氣自死，
故取女也。取去爲室家，其年少者，終身不得還。十年之後，形皆
類之；意亦迷惑不復思歸。有子者輒俱送還其家。產子皆如人，有
不食養者，其母輒死。故無故不養也。及長，與人不異，皆以楊爲
姓。故今蜀中西界多謂楊，率皆猳玃化之子孫，時相有玃爪者也。

除此之外，在《搜神記》第十二卷中，也有與上文類似的紀錄：

蜀中西南高山之上，有物與猴相類。長七尺、能作人行。蓋走逐人，
名曰「猳國」；一名「馬化」；或曰「玃猿」，伺道行。婦女有美者輒
盜取將去，人不得知。若有行人經過其旁，皆以長繩相引，猶或不
免。此物能別男女，氣臭故。取女男不取也。若取得人女，則爲家
室。其無子者，終身不得還。十年之後，形皆類之意；亦迷惑不復
思歸。若有子者，輒抱送還其家。產子皆如人形，有不養者，其母
輒死。故懼怕之，無敢不養；及長，與人不異，皆以「楊」爲姓，
故今蜀中西南多諸楊，率皆是猳國馬化之子孫也。

在處理手法上，《初刻》將故事的重心，置於女主角仇夜珠寧死不屈的堅決
心志，及老妖的好勝逞淫的性格上；並藉觀世音菩薩於緊急時刻拯救仇夜珠
的情節，強調「天助自助者」的觀點。故事除了戒淫以外，更在於提醒及教
育婦女小心警戒身邊人事物，以免遭到不測；更重要的是作者刻意諭示婦女
們，在面臨強梁侵犯時不可輕言放棄，只要矢志不怠，終會有得救之日。

〈僧侶藏婦〉（初刻二十六之入話）

故事大要：書生鄭某與僧人廣明相友，所以時常到寺中與廣明談會。廣
明有一室，每每密鎖，不使人入。一次廣明疏忽、忘記上鎖，鄭生便趁機入
室窺探。只見室內擺設如常；唯一特別的，就是床頭上懸著一枚個小巧可愛
的木魚。鄭生一時手癢，敲了敲木魚；不料隨即就有位婦人從房裡的地道中
走出來。廣明發覺自己的秘密被鄭生識破，想要殺鄭生滅口；結果反而被鄭
生用計騙殺。鄭生事後報官細探，才知道地窖中還關著五六名美婦人，全都
是來寺裡進香時，被廣明擄來囚在室內的。最後有司滅寺屠僧。

案：《西湖遊覽志餘》〔註70〕中，有這樣的一則記載：

紹興間，崇新門外鹿苑寺，殿帥楊存中郡王所建，以處北地流僧。

〔註70〕見田汝成著《西湖遊覽志餘·委巷叢談》（台北，木鐸，民71年），卷二十五，
頁462。

一歲元宵，婦女闐隘，有將官妻攜其女入寺觀燈，乃爲數僧邀入密
室，盛酒饌奉款，沈醉，殺其母而留其女。女亦不敢舉聲。及半年，
二僧皆以事出，女獨留室中，倚窗見圍外一卒治地，女因呼卒至窗，
語以前事，託令往報其父。卒如言而往，將官密以告楊帥，遂遣人
報寺，約來日修齋。至日，楊帥到寺，僧行俱候見，王命每一僧皆
以二卒擒之，搜出其女，認二僧斬之、毀其寺盡逐諸髡。

《夷堅志補・奉先寺》一條，也是敘述婦人被僧侶騙關在寺內的故事：〔註71〕
　　京師城南奉先寺，宮人葬處也。嘗因寒食祠事，庖人夜切肉，或自
幕外引入手攫食。大齎者舉刀砍之即疾走、踰垣而去。取火燭視，
瀝血滿道，驚告同輩，相率曰：「太官令章坐云：去歲亦以此時，爲
物攘祭肉，至密買以償；今又復然。」以爲人耶，其去甚輕疾；以
爲鬼耶，乃有血深可怪。請物色追訪之，乃盡呼集吏卒，秉炬尋血
蹤以行。去寺後入叢塚荒草中，一徑甚微略、有人跡。內一穴，極
蕪穢。至此絕跡遂止，記識而返。明日祀畢、竟往究其實。鉏穴三
四尺，則漸廣如窟室，傍穿地道。有裸而據案者，肌理粗惡，若異
物然。細視乃婦人，正食庖中之肉，臂上傷痕猶濕。初疑鬼，未敢
近；少定，知其無他，牽以出。室中列床几衣被皆破敗，無一堅好。
詢其爲誰，曰：「我人也，姓某氏，家去寺遠。未嫁時，僧誘我至此
室，夜由地道過其房，與僧共寢；曉則復還，凡十餘年。僧忽絕不
來、地道又塞，我念以離家且不識路，無從可歸；既久，自能掘土
而出，遍往比近人家竊食餬口，浸昏昧不知身世；夜則不覺。身之
去來，隨意便到。晝則伏藏，不復知如幾何歲月也。」章以所言諭
庖吏，求得其家父母皆在，云：「失女二十年，定無存理。」不欲來。
家人強之，至則相視慟哭，與之入寺時姦僧，死已久；房皆其徒居，
尚可憶女家。亦不復質究云。

至於馮龍夢所著的《智囊・捷智部　靈變》（卷十六）〈倉猝治盜〉〔註72〕條，
則與本文相類，茲錄之如下：
　　吳有書生，假借僧舍，見僧每出必鎖其房，甚謹。一夕忘鎖，生縱
步入焉，房甚曲折，几上有小石磬，生戲擊之。旁小門忽啓，有少

〔註71〕洪邁著《夷堅志補・奉先寺》，（同註32），頁2519。
〔註72〕見馮夢龍著《智囊・捷智部・靈變・倉猝治盜》，（同註55），卷十六，頁396。

> 婦出，見生驚而去，生亦倉皇外走。僧適挈酒一壺自外入，見門未
> 鑰，愕然，問生適何所見？答曰：「無有。」僧怒，刺刀擬生曰：「可
> 就死，不可令吾事敗，死他人手。」生泣：「容我醉後，公斷吾頭，
> 庶惛然無覺也。」僧許之。生佯舉盃告曰：「庖中鹽菜乞一莖。」僧
> 乃持刀入廚。生急脫布衫，塞其壺口，酒不泄，重十許斤，潛立門
> 背。伺僧至，連擊其首數十下。僧悶絕而死。問少婦，乃謀殺其夫
> 而奪得者，分僧囊篋而遣之。

類似此種僧侶在寺廟中私藏婦人、卻被人無意間發現機關而露出破綻的故
事，也見於《型世言》第二十九回〈妙智淫色殺身　徐行貪財受報〉裡。在
《型世言》中，同樣是由不知情的人，敲了小磬之後，露出機關、並有受和
尚豢養的婦人從中而出。不同的是，在《型世言》的故事裡，婦人是自願留
在寺中與僧侶淫媾；而此處所言的女子，則是受到拐騙拘禁。此外，《型世言》
中發現機關及婦人的徐行，在揭穿了藏婦人的事情之後，並沒有舉發，反而
以此為要脅，多次向和尚勒索、因此敷衍出其後的故事。

〈奪風情村婦捐軀　假天語幕僚斷獄〉（初刻二十六）

故事大要：村婦杜氏生來貌美，卻總是嫌丈夫粗蠢、不解風情。有一次
杜氏又因為與丈夫口角而回娘家；後來她從娘家回夫家的途中，在一座老廟
門口避雨。廟中的僧侶看到杜氏貌美又輕佻，就試著以言語調戲她；杜氏見
到和尚貌美壯碩，也就不以為忤、更接受了僧侶的勾引，留在寺中與寺內的
老少兩僧姦淫。原來這兩個和尚，都是好淫之徒，總是四處尋找婦人縱慾。
沒有婦人時，師徒兩人則效龍陽之風、將就取樂。開始時杜氏與兩僧還能各
取所需；不過老僧體力不足，日子一久，沒有辦法討杜氏的歡心，總是被杜
氏嫌厭。老僧爭風失趣，一氣之下，持刀殺死了杜氏，再將杜氏埋在院內。
杜氏的丈夫四處尋妻不著，告請官理。當時主事的官員，正為了自己所愛的
男寵犯錯而不知如何遮掩，就利用這個機會，命令男寵帶罪立功。寵侍查到
老廟時，因為容貌俊美，也受了兩僧的勾引，留在寺中過夜；並從兩僧的話
中找出破綻，盤套的結果，果然使杜氏命案水落石出。

〈喬兌換胡子宣淫　顯報施臥師入定〉（初刻三十二）

故事大要：元人鐵生有妻狄氏，豔冠群芳，因此引來友人胡生的覬覦。
但鐵生早已看上胡生之妻，於是建議換妻。沒想鐵妻早已對胡生有意，卻又

怕丈夫日後反悔，於是表面上拒絕換妻的提議，私下卻與胡生暗通款曲。胡生爲了要降低鐵生的注意，鎮日裡只管帶著鐵生眠花宿柳，使得鐵生體弱羸病、因而無暇照管自己妻子，更任由胡生穿堂入室，鐵生也毫不知情。有一次當鐵生正要回房休息時，看見胡生從自己的房裡跑出去，急忙追問妻子是何緣故。鐵妻以鐵生病中眼花爲由，支吾其詞；又爲了不使鐵生起疑，隔日索性由胡生假扮爲青面鬼、再一次出現於鐵生的床前；鐵生病中眼見如此，相信自己眞的是已經病入膏肓，就不再對妻子追問。此時有神佛受鐵生先祖之託，暗助鐵生病癒，並使謀奪人妻與家財的胡生因貪色傷身而喪命。鐵生前往弔唁時，與胡妻成姦，更從胡妻處得知自己的妻子竟早已與胡生有姦。胡生死後，鐵妻因爲思念胡生及姦情被丈夫發現，不久也鬱鬱而終；謀人妻的胡生不但失去性命、更連自己的妻子及家產，最後也成爲鐵生的囊中物。

　　案：文中鐵生病中見青面鬼的情節，最早可見於《韓非子》中；此外在北歐、印度及義大利的民間故事中亦可得見，可以說是一個國際性的故事類型。〔註73〕其於《中國民間故事類型索引》中被編爲 1419 號。大意是：「淫婦說裸體的奸夫是一個她看不見的鬼，作法驅之。」。〔註74〕

〈假爲尼男子行姦〉（初刻三十四之入話）

　　故事大要：某富室造尼庵於宅側以爲供養，並邀請一位四處雲遊的妙齡女尼王某爲庵主。因王尼長袖善舞，所以平日常有進香的女客夜宿庵中。一日某理刑借居莊園，卻從窗外窺見庵內有一群女子與一位尼姑相狎，狀甚猥褻。次日理刑將庵內眾尼捉出審問、並搜出婦女受辱名冊。最後以狗舐王尼私處，才使王尼原形畢露；原來王尼實爲男子所假扮，以便引女眷入庵，與之荒淫。

　　案：《堅瓠廣集》卷之三〈判斬妖尼〉：〔註75〕

　　　林記室：彭節齋爲江西經略使，有人招一尼教女刺繡，女忽有娠。
　　　父母究問，云：「是尼也。」告官屢皆是女形。有人教以豬脂油塗其
　　　陰，令犬舐之。已而陰中果露男形。再舐，陽物頓出。彭判是爲妖
　　　奏聞，斬之。

〔註73〕同註25。
〔註74〕同註21，頁 368。
〔註75〕見清諸人獲著《堅瓠廣集》，收於《筆記小說大觀》，（台北，新興，民 67 年
　　　　10月出版），第二十三編第十冊，頁 5810。

羅燁的《醉翁談錄》附錄中，有一篇引自《綠窗新話》的〈伴喜私犯禪娘〉：
〔註76〕

> 張寅伯家富，有女名禪娘，年十六。願得一妾欲隨嫁，名曰「伴喜」，
> 留在房內，令伴寢處。伴喜所為稱意，甚愛重。如或沐浴，亦令側
> 侍，伴喜由是遂啓非心。一夕睡後夢魘，云：「一鬼青面，掩其身」。
> 禪娘駭畏，亟令就床共睡。久乃玩狎，每以異事嚇之。一夕共枕，
> 伴喜問曰：「小娘行嫁在邇，羅幃中事，還識之否？」答曰：「除女
> 紅之事，一無所識。」伴喜曰：「也要知大綱。妾雖女身，二形兼備，
> 遇女則男形，遇男則復成女矣。」因以實教之，禪娘既為所犯，情
> 實一開，不能自已。後因同房小妾發其事，械送有司，重斷而遣之。
>
> （引自皇都風月主人編綠窗新話卷上，註云「出聞見錄」）

本篇是《初刻》中對縱淫過程及判案經過描述得較為中肯的作品。故事以理
刑斷案為經、判斷證據為緯，交待整個故事的懸奇之處及奸徒的犯案手法，
使世人對奸徒多樣化的犯罪型態有所警覺。

〈聞人生野戰翠浮庵　靜觀尼晝錦黃沙衖〉（初刻三十四）

故事大要：聞人生是一名性好漁色的書生。一次外出航行的途中，順路
搭載一名小僧。是夜在船上，聞人生發現小僧竟然是由女尼所假扮；由於女
尼本身對聞人生有好感，所以當夜兩人就成了夫妻。原來這名尼姑靜觀，因
為從小體弱多病，所以她的母親聽從一位老尼姑的聲惠，讓她出家以求祛病
延壽。長成之後的靜觀雖渴望能夠回復正常生活、卻苦無機會脫身。正好這
時候碰到一表人才的聞人生與自己一見鐘情。兩人為了求便於會面，於是聞
人生假稱自己要借住在靜觀所屬的翠浮庵中讀書。原來此庵中的女尼皆非善
類，個個都假借清修之名，招睞恩客，在寺中淫佚莫名。他們一見到聞人生
俊美的容貌，更不肯讓他離開；日久，聞人生趁著眾尼姑外出做法事時，送
靜觀到姨母處躲藏，自己再趁赴考時脫身，從此遠離尼庵。最後聞人生科考
有成，迎娶了還俗的靜觀。女尼們則是因為媒介男子供貴婦取樂的事情被揭
穿，所以尼庵遭到官府查封、女尼皆不得善終。

案：女尼因難耐性慾而犯淫、甚至於半公開地接客行為，在田汝成的〈西
湖遊覽志餘〉中亦有記載：

〔註76〕將之改寫為〈致妾不可不察〉，見《醉翁談錄》，（同註69），頁27。附錄的〈伴
喜私犯禪娘〉，則見於同書125頁。

元時，臨平明因寺，尼刹也。豪俗往來，多投是寺，每至，則呼尼
之少艾者供寢，寺主苦之。於是專飾一寮，<u>以貯尼之淫濫者</u>，供客
僧不時之需，名曰「尼站」。寺內有宋仁烈皇后手書『眾生自度，佛
不能度。欲正其心，先誠其意。無視無聽，抱神以靜。罪從心生，
還從心滅。』三十二字。〔註77〕

本文看似以聞人生與靜觀的戀情爲經緯、交雜聞人生與眾尼、庵主與老安人
共淫等事件；作者雖以「偷期的成正果」的奇事做爲輯錄本篇的原因，但中
間穿插大量對雜交及調情過程的繁縟描述；文末則以「仕途不順」做爲對聞
人生在尼庵縱慾的懲罰。

第五節 《二刻拍案驚奇》中的戒淫故事

〈沈將仕三千買笑錢 王朝議一夜迷魂陣〉（二刻八）

　　故事大要：沈將士家境富裕，暫住在京師等候選官。閒置期間，認識了
若干酒肉朋友；其中有兩個告訴他：城外有一位王朝議，年事雖老，卻有許
多貌美侍妾，引得沈將仕心動不已；三人決定夜訪王朝議；王某雖然好客，
卻體力不濟，沈將仕等人因此趁王老入房休息時在宅內隨意遊走。正巧碰見
眾美妾正在賭錢，於是三人也加入賭局；其中沈將仕，因爲沉迷於眾女的美
色，全無心思在賭局上。所以一夜之間就賠出不少家當、卻仍然面不改色。
次日沈將仕還要去王家翻本，不想到了門前，才發現人去樓空，就連兩個酒
肉朋友也不知去向。他這才知道，自己被誘入了迷魂陣。

　　案：《夷堅志補》卷第八〈王朝議〉：〔註78〕

宣和中，吳人沈將仕調官京師。方壯年，攜金千萬，肆意歡適。近
邸鄭、李二生與之游，一飲一食，三子者必參會周旋。且半年，歌
樓酒場所之既倦，頗思逍遙野外。一日，約偕行，過一池，見數圉
人浴馬，望三子之來，迎喏頗肅。沈驚異，以爲非所應得。鄭、李
曰：「此吾故人王朝議使君之隸也。」去之而行，又數百步，李偁沈
曰：「與其信步浪游，棲棲然無所歸宿，曷若跨上公之馬，就謁之乎？
翁常爲大郡，家資絕豐，多姬侍，喜賓客。今老而抱疾，諸姬悉有

〔註77〕同註70，頁462。
〔註78〕同註28，卷八，頁2511。

離心，而防禁苛密，幸吾曹至，必傾倒承迎，一夕之懽可立得。君有意否乎？」鄭又侈言動之。沈大喜，即回池邊。李、鄭喚馬，園人謹奉令。既乘，請所往，曰：「到汝使君宅。」遂聯鑣鞍轡，轉兩坊曲，得車門。門內宅宇華邃。李先入報，出曰：「主人聞有客，喜甚。但久病倦懶，不能具冠帶，願許便服相延。」已而翁出，容止固如士大夫，然衰態堪掬。揖坐東軒，命設席，杯盤果饌，咄嗟而辨，雖不腆飫，皆雅潔適口。小童酌酒，過三行，翁嗽且喘，喉間痰聲如曳鋸，不可枝梧，起謝曰：「體中不佳，而上客倉卒惠顧，不獲盡主禮，奈何？」顧鄭生代居東道，曰：「幸隨意劇飲，僕姑小歇，覓藥併服，少定復出矣！」沈大失望，興緒亦闌珊，散步於外，將捨去，又未忍。忽聞堂中歡笑擲骰子聲，穴屏隙窺之，明燭高張，中策巨案，美女七八人，環立聚博。李徑入攘袂，眾女曰：「李秀才，汝又來廝攪！」遂側其間，且曰：「真神仙境界也。何由使我預此勝會乎？」鄭曰：「諸人皆王翁侍兒。翁方在寢，恐難與接對，非若我曹與之無間也。」沈禱曰：「吾隨身篋中適有茶券，子善為吾辭，倘得一餉樂，願畢矣！」鄭逡巡乃入，帷盱偵伺良久，介沈至局前，眾女咄曰：「何處兒郎，突然到此！」鄭曰：「吾友也。知今宵良會，故願拭目。」女曰：「汝得無引狂子來誘我乎？」一姬取酒滿酌與沈，飲釂無餘。姬詫曰：「俊人也！」戒小鬟伺朝議，睡覺亟報，乃共博。沈志得意逞，每采輒勝，須臾得千緡。諸姬釵珥首飾，為之一空。鄭引其肘曰：「可止矣！」沈心不在賄，索酒無算。有姬最少艾，敗最多，慍而起，挾空樽至前曰：「只作孤注一決。此主人物也，幸而勝，固善，脫有不如意，明日當遭鞭筆，勢不得不然。」同席爭勸止，或責之，皆不聽。沈撚一擲，敗焉。傾樽倒物，蓋實以金釵珠琲，評其值三千緡。沈反其所贏，又去探腰間券盡償之，尚有餘鏹。方擬再角勝負，俄聞朝議大嗽，索唾壺急。眾女推客出，奔入房。三人趨詣元飲處。翁使人追謝，約後數日復相過。沈歸邸，臥不交睫。雞鳴而起，欲尋盟。拂旦，遣召二子，云：「已出。」候至午，杳不至。遽走王氏宅審之，屋空無人。詢旁側居奉，云：「素無王朝議。疇昔之夜，但惡少年數輩，偕平康諸妓，飲博於此耳。」始悟墮奸計。是時囊裝垂罄，鄭、李不復再見云。

案：本文敘述以美色為誘餌，勾引好色男子失神狂睇濫輸的行騙手法。計謀成功的主因在於騙徒利用凡人「色不迷人人自迷」的弱點佈局，使受害者自動獻出財物猶不自知。其中不無警世意味。

〈潑皮識破美人局〉（二刻十四入話之一）

故事大要：京師某婦，鎮日倚門勾引好色的男子入室。等男子上勾，婦人的丈夫立即進房捉姦。被捉住的男子為了要求脫身，往往任由丈夫敲詐，花錢消災。有一個潑皮看不過去，決意要揭穿這對夫妻的詭計，於是故意對入門捉姦的丈夫相應不理；丈夫越罵，潑皮反而越摟緊婦人，上下其手。做丈夫的嚷著要打，卻又投鼠忌器，怕打到自己的老婆。婦人與丈夫都因此不得脫身，竟急得不知如何是好。最後吃了潑皮的一頓教訓，才使這對夫婦領教了「強中自有強中手」的道理，再也不敢以此為圈套訛詐別人了。

〈小官人誤入美人局〉（二刻十四入話之二）

故事大要：有個小書生在赴試的途中，見到自己所住的客店裡有位美貌婦人獨居。打聽之下得知婦人的丈夫是一名武官，因工作需要時常搬遷，所以留婦人在店中等候；此番更因沒有按時寄來生活費，而使婦人陷入困境。小官人於是以接濟為由，與女子親近、進而同居。不料武官卻突然回來，撞破了兩人姦情。小官人為求脫身，花了大把銀兩賠償給武官，求武官息怒。事後知情者，多嘆小官人不識世事，誤入美人局。

案：本文也是一樁貪色失財的事例。《夷堅志補》卷第八〈臨安武將〉：

[註79]

> 向巨源為大理正，其子士肅，因出謁，呼寺隸兩人相隨，俗所謂「院長」者也。到軍將橋，遇婦人，蓬髮垂泣而來。一武士著青紵絲袍，如將官狀，執劍牽驢衛其後，唾罵切齒，時以鞭痛擊，怒色不可犯。又有健卒十輩，負挈箱篋。行路爭駐足以觀。士肅訝其事。院長曰：「只是做一場經紀耳。」肅殊不曉，使蹤跡其由，徐而來言：浙西一後生官人赴銓試，寓於三橋黃家客店樓上。每出入下樓，常見小房青簾下婦人往來，姿態頗美，心慕之，詢茶僕曰：「彼何人僕？」蹙額對曰：「一店中為此婦所苦三年矣。」問何為？曰：「頃歲某將

〔註79〕同註32，卷八，頁2507。

軍攜妻居此房十許日，云欲往近郡，留妻守舍。初約不過旬時，既乃杳無信。婦無以食，主人不免供其二膳。久而不能供，然又率在邸者輪供焉。未知何日可了此業債也。」生曰：「可得一見乎？」曰：「若此則可。」於是買合食送之。明日，婦人卻以勸酒一桮答謝生。生愈注意。信宿，復致餉，婦亦如前以報。生買酒自酌，使茶僕捧一盃下爲壽。饋至於三，辭不獲，勉登樓一爵，亟趨下。生覺可動，厚賂此僕，使遊說。他日，再至，遂留坐從容。久而不復自匿，浸淫及亂。相從兩月許，婦人與生曰：「我日日自下而升，十日所視，終爲人所疑。君若從而相就，似兩便也。」生滿意過實望，立攜橐囊下，實鄰室，而身與婦人處。甫兩日，平旦，未櫛洗，望見偉丈夫長六尺餘，自外至。婦變色顫悸曰：「吾夫也！」生遽走避，彼丈夫直入室，叱詈，捽妻髮亂箠。生委身從後門竄。凡所齎皆遭席卷。方戀迷時，足跡不出戶庭，元未嘗赴試。蓋少年多資，且不解事，故爲惡子所誘陷。

〈趙縣君喬送黃柑　吳宣教乾償白鏹〉（二刻十四）

　　故事大要：吳宣教在京中候選時，見到對待的宅子裡常常有女子隔簾觀望街景。雖然看不見女子的容貌，但是偶爾可以聽聞到女子婉轉動人的聲音，更兼簾下一雙金蓮小巧可愛，使吳宣教動心不已。有一天，有個小販沿街叫賣黃柑，吳故意以柑爲賭注，當街叫賭，引得女子注意。事後女子派家中小童送來黃柑，表示善意。原來這名女子的丈夫姓趙，因公事外出，長期不歸。吳宣教從此藉小童傳話，希望能與趙縣君一會，也終於得到縣君的應允。是夜兩人正當酒酣耳熱之際，趙大夫竟突然回府。匆促間吳宣教躲到床下，卻仍被趙大夫發現。爲了息事寧人，吳宣教付出了大筆的金錢脫身；沒想到次日早起，才發現趙家早已人去樓空。打聽之下，原來吳宣教是墮入惡徒所設的美人局中了。

　　案：田汝成《西湖遊覽志餘》〔註80〕中，有以下記載：

　　　南宋時，杭州人物湊集，詐僞百端。有富少年劉某者，湖州人，攜資巨萬，寓居城中。聞鄰壁日奏音樂，詢其店主，對曰：「此湖南張安撫宅眷，安撫往蘇州勾當未回，又無正室，亦無男子，諸妾肆歡

樂耳。」劉遂動念，店主穴壁隙令劉窺，見諸妾皆妙色也。劉詢店
主，欲造之，店主許諾云：「門婆處，須得三百千，方可入也。」劉
如數勿吝，既往，留連累日。忽傳報安撫回家，劉倉卒不得出。匿
床下。安撫升廳，諸妾以次拜訖，備問家事，一小童曰：「侍郎出後，
一劉官人在此款宿，尚在房中。」安撫大怒，索之以出，劉拜伏請
罪。安撫怒罵，書牒送臨安府，婆等再三拜懇，不許。劉窘甚，諭
店主謀之，盡以所攜金帛贖罪。入狀，領劉歸別寓。劉既罄然，後
訪知其故，乃店主瞰劉資貨之富，謀及諸娼，僞爲安撫宅眷以欺之
也。訟之官，竟無益焉。

《夷堅志補》卷第八〔註81〕及《情史‧情累類》（卷十八），〔註82〕則有相同
的〈李將仕〉條：

李生將仕者，吉川人。入粟得官，赴調臨安，舍於清河坊旅館。其
相對小宅，有婦人常立簾下閱市。每聞其語音，見其雙足，著意窺
觀，特未嘗一覯面貌，婦好歌「柳絲只解風前舞，誚繫惹人不住」
之詞。生擊節賞詠，以爲妙絕。會有持永嘉黃柑過門者，生呼而撲
之，輸萬錢，慍形於色曰：「壞了十千而一柑不得到。」正嗟恨不釋，
青衣童從外捧小盒至，云：「趙縣君奉獻。」啓之，則黃柑也。生曰：
「素不相識，何爲如是？且縣君何人？」曰：「即街南所居趙大夫妻，
適在簾間聞官人有不得柑之嘆，偶藏此數。」取色絲兩端致答。辭
不受。至於再，始勉留之。由是數以佳饌爲餽，生輒倍酬土宜。且
數飲此童，聲跡益洽，密賄童，欲一見。童曰：「是非所得專，當歸
白之。」既而返，命約只於廳上相見。生欣躍而前。繼此造其居者
四五，婦人姿態既佳，而持身甚正，了無一語及於鄙媟。生注戀，
不捨旦暮，向雖游娼家，亦止不往。一夕，童來告明日：「吾主母生
朝，若致香幣爲壽，則於人情尤美。」生固非所惜，亟買縑帛果實
官壺遣送。及旦，往賀，乃升堂會飲。哺時席罷。然於心終不愜。
後日薄晚，童忽來邀致，前此所未得也。承命即行，似有繾綣之興。
少頃登床，未安席，驀聞門外馬嘶，從者雜沓。一妾奔入曰：「官人
歸也。」婦失色惴惴，引生匿於內室。趙君已入房，詬罵曰：「我去

〔註81〕同註33，頁2505。
〔註82〕同註1，頁634。

能幾時，汝已辱門户如此！」揮鞭簍其妻。妻指示李生處，擒出、
縛之。而具牒將押赴廟。生泣告曰：「儻到公府，定爲官累。茌苒雖
入，幸不及亂，願納錢五百千自贖。」趙陽怒不可。又增至千緡。
妻在傍立勸曰：「此過自我，不敢飾敵。今此子就逮，必追我對鞫。
我將不免，且重貽君羞。幸寬我！」諸僕皆受生餌，亦羅拜爲言。
辛捐二十緡，乃解縛，使手書謝拜，而押回邸取賂。然後呼逆旅主
人付之。生得脫自喜，獨酌數盃就睡。明望其店，空無人矣。予邑
子徐正封亦參選，與生鄰室目擊其事。所齎既罄，亟垂翅西歸。

有趣的是，那名假丈夫發現偷情者的方法，亦可見於《夷堅志補》卷第八中
的〈吳約知縣〉〔註83〕條：

> ……俾趨伏床下。衛見趙，問何以遽還？曰：「大風激浪如山，渡江
> 不得，暫歸，拂曉即東矣。」索湯濯足，置盆於前，且洗且澆，須
> 臾間，水流滿地。吳衣裳楚濟，慮爲所污，數展轉移避，窸窣有聲。
> 趙秉燭照見之，叱使出，曰……。

作者將幾處橋段融合在一起，形成今日所見故事。由結局的方式可以發現，
作者並沒有告知讀者施騙者最後是否會遭到法律的制裁；反而只是讓讀者了
解，受騙者就是因爲貪圖非份豔福，所以才會落得人財兩失的下場；可見作
者的誡諭目的並不在於「法網恢恢、疏而不漏」；卻欲藉此提醒世人提高警覺、
修身自好，以免予歹人可趁之機。

〈韓侍郎婢作夫人　顧提控掾居郎署〉（二刻十六）

故事大要：顧芳任典吏時，幫助江老擺脫強盜的誣告，江老夫婦爲了報
答顧芳的恩情，決定把女兒愛娘送給他爲妾室。但是顧芳爲人正直，不但對
愛娘無犯，還親自護送愛娘回江家。如此往來數次，江老才打消了藉女兒報
恩的念頭，改將愛娘嫁給一名徽商爲外室。婚後徽商每次想要親近愛娘就會
頭痛不已。一夜，徽商夜夢神人告知：「愛娘日後將居富貴，不可輕犯」，因
之索性改認愛娘爲義女，並將她嫁給韓侍郎爲妾。沒過多久，侍郎的夫人因
病亡故，愛娘被扶爲正室，應了神人夜語。日後愛娘巧遇顧芳，並且告訴丈
夫恩人當年的義行，韓侍郎於是上表請求皇上旌表顧芳；皇帝因見顧芳的人
品高潔，而拔擢他爲禮部主事。

〔註83〕同註31，卷八，頁2503。

案：此事原見於《說聽》卷下。〔註84〕原文如下：

> 太倉州吏顧某，凡迎送官府。與城外賣餅江某家往來如姻。後餅家
> 被仇喚盜攀染下獄。顧集眾訴其冤得釋。江有女年十七矣，卜日送
> 至顧所，曰：「感公活命之恩，貧無以報，願將弱息爲公箕帚妾。」
> 顧留之，月餘，使妻具禮送歸。父母詢之，女獨處一室，顧未嘗近
> 也。父又攜女而往，顧復卻還。後餅家益窘，鬻女於商。又數年，
> 顧考滿赴京，撥韓侍郎門下辦事。一旦侍郎他適，顧偶坐前堂檻上。
> 聞夫人出，趨避。夫人見而召之，旋跪庭中，不敢仰視。夫人曰：「起、
> 起。君非太倉顧提控乎？識我否？」顧莫知所以，乃謂曰：「身即賣
> 餅兒也。賴某商以女畜之。嫁充相公少房，尋繼正室，秋毫皆君所
> 致也。第恨無由報德。今天幸相逢，當爲相公言之。侍郎歸，乃備
> 陳首末。侍郎曰：「仁人也。盍揚之。」竟上其事。孝宗稱嘆，命查
> 何部缺官，遂除禮部主事。

這是戒淫故事中少見的正面事例之一。故事中的主角顧芳是一個明是非、勇
於任事的良吏。也因爲他的不貪美色、清廉自持，所以最後得到陰報，被知
恩圖報的江愛娘向丈夫推薦，而得以平步青雲。本篇最曲折的情節，在於徽
商因受到神人的指示，指稱江女日後當爲官誥夫人，所以才對江女秋毫未犯；
甚至「以女蓄之」；如此安排，合理地補充了《說聽》中，何以女子在轉眼數
年後竟會成爲侍郎夫人的敘述空窗；如此安排除了印證「姻緣天定」的傳統
說法以外，江愛娘的遭遇，也成爲「死生有命、富貴在天」的另一番佐證。《說
聽》卷下〔註85〕也有一則故事闡明「生死有命、富貴在天」的道理：

> 崑山毛文簡公，幼時其父昇欲爲聘燕氏女。夜夢一老翁云：「是女夫
> 爵小，非二品夫人。豈汝子舍耶？」覺語妻，妻夢亦然。明旦冰人
> 來云：「彼嫌嫁女弗居長姒（文簡乃第三子，故云），婚姻事多半參
> 差矣。」父亦以夢故。已之，既而同邑陳郎中愷，奇公聰敏，許妻
> 以徐氏甥女。後弘治癸丑，公狀元及第，累官至禮部尚書。徐氏兩
> 膺封誥。先公沒，贈夫人燕氏，適一士子，官終禮部，封宜人。故
> 知人生伉儷，皆前定、非偶合者。

〔註84〕明陸延枝著《說聽》，今收於《筆記小說大觀》，（台北，新興，民66年4月），
第十六編第五冊，頁2684。

〔註85〕同上，頁2682。

〈甄監生浪吞秘藥　春花婢誤洩風情〉（二刻十八）

　　故事大要：甄姓監生平日即好道家煉丹術。某日一名方士來訪，與甄生切磋煉藥及房中術。是夜甄生與道士同寢；但是次晨卻被家人發現他暴斃在房外；方士則猶在一旁酣眠。家人認為是方士謀財害命，但方士自己也莫名所以。甄生死後，家人將甄生的婢妾全數遣嫁；其中一名侍婢春花，婚後當被丈夫問及甄生死因時，為了討好丈夫，說出甄生原是因為使用春藥過量，所以在與春花交合時暴斃。事後春花恐遭主母怪罪，所以沒有透露實情；也使得道士因此冤坐獄中。春花從此受到丈夫的鄙視，使她在羞愧之下自縊。審理此案的官員多方探查，覺得春花死因可疑，在訊問了春花的丈夫之後得出實情。自此以後，行文至各衙門，要求軍民家，凡敢有聽術士道人邪說、採取煉丹者，俱要一體問罪。

　　案：本篇起始處，作者先藉由「老翁失仙緣」的故事來強調成仙得道實在是「可遇而不可求」的道理；其後又藉正話中甄監生的遭遇，警戒世人妄以神仙丹鼎為藉口縱慾，終將落得敗家亡身的下場，印證了作者所言：「欲作神仙，先去嗜慾。愚者貪淫，惟日不足。借力藥餌，取歡枕褥。一朝藥敗，金石皆毒。誇言鼎器，鼎覆其餗。」。

〈許察院感夢擒僧　王氏子因風獲盜〉（二刻二十一）

　　故事大要：客商王祿帶著兩名僕人往山東經營生意。發財之後，與僕人一起在該地包妓享樂，但因為過度淫逸，所以染上了惡疾，眼看將死，只好由老僕回家通知王祿的兄長王爵前來處理。王祿死後，王爵將銀兩分開藏置；不料扶棺返鄉途中遇上劫匪，把所有的盤纏蒐刮殆盡；王爵只好留在失銀處探訪賊跡。不過王爵的探訪還未見成效，卻又在一次散心時，認識了一名美貌女尼真靜，並與之發生私情。數日之後，王爵的僕人外出回來，發現主人已死在客店中，剩餘財物也不翼而飛。事經報官追察後，發現兇手原來是與真靜私通的僧侶無塵。由於無塵不滿真靜為了多金的王爵而移情別戀，所以殺死王爵後盜走財物。主事者許察院將真靜逐出庵舍、官賣為民婦；又將無塵問成死刑後結案。

　　王爵、王祿之子經此變故，一同率領僕人傭扶棺返鄉，卻仍找不到王祿的利潤究竟被王爵藏在那裡。因回程途中突然風沙大作，一行人只好進入附近的小店中躲避；因此意外發現店主所用的匣子，竟然是原先王爵被洗劫的物品。於是又告知許察院，終於揪出真盜；並經許察院推敲，在王祿棺中找

出王爵所藏銀兩。

案：本篇表面上是一椿頌揚良吏慎於斷事的故事；實際上則是同時籍王爵兄弟因縱慾無度而惹禍上身的例子，警示世人貪淫亡身的道理。作者在文中說得明白：「福無雙至猶難信，禍不單行果是眞。不爲弟兄多濫色，怎教雙喪異鄉身？」文末又評道：「雄糾糾兩人次第去，四方方兩柩一齊來。此般喪命多因色，萬里亡軀只爲財。」皆足以爲好色貪淫者之戒。

〈徐茶酒趁鬧劫新人　鄭蕊珠鳴冤完舊案〉（二刻二十五）

故事大要：徐達生性奸巧好淫，爲了能夠多接近婦女，故意學習如何爲婦女篦頭剃臉的技巧。有一次，他爲即將出嫁的鄭蕊珠整容時，因見蕊珠貌美而設法擔任婚禮的司儀，以便接近新娘。待禮成之後，再趁亂將新娘由後門偷偷抱走。新郎家人發現後立即加以追趕；徐達眼見無法逃脫，順手將鄭蕊珠丟進路旁的枯井中。不過事後當官役往井中尋人時，卻只見一具男屍在其中。

案：本文藉鄭家及謝家因疏忽而萌生不幸的例子，誡諭世人小心門戶、隨時提高警覺。更重要的是，作者藉此教育世人「謾藏誨盜，冶容誨淫」的道理。故事原見於祝允明著之《野記》卷四：〔註86〕

> 嘉定有少年曰徐達，巧點而亡賴。聞一家將嫁女，借持櫛具去爲女開面，即復謀爲婚筵茶酒。嘉會日，達相事未終輒，不辭而去，約二惡少共竊女。昏時，二少避後墉外，達復入供事。至入更，女獨在室，突入，急負之，奔至後垣，開門授二少。復閉門入公出前門而去。乃趨同挾女，去如飛。女羞怕，遽不能呼喚。俄而其家失婦，訝惑。一點奴謂家長：「茶酒素亡賴，數睥睨新人，殊似有姦態，兩度不辭而去，可疑他。」女父母亦言開面事。二家奴僕咸曰：「渠非本技業人，直造姦耳。」因俱入後巷追之。巷甚永，而無旁歧。二少見勢迫，棄女而逸。達獨持之行，無計脫去，適道旁有井，遂擠女其中。眾既追返達，就執訊之，不伏。待旦上官，始吐實。與往檢覓，果得屍；然而男子也。達亦自怪。逮二少，對同達。舅姑或謂事由父母，又逮之。及媒人兩家鄰交訊，皆無可言。官不能決，

〔註86〕 見祝允明著《野記》，《筆記三編》之一，（台北，廣文，民59年），頁120。又，同事亦可見於《前聞記》，收於《新編叢書集成》（台北，新文豐，民國74年12月），第八十七冊，瑣談類，頁615。

榜召屍屬，亦終無認者。乃獨繫達，少數拷掠，竟無狀。居歲餘，官方引問達：適開封某縣解至二囚，一男一女。達回首見之。大駭，號叫：「久昧女所在，此眞是也？鬼耶？」官召前問之，始得其實：方女入井，不死，大呼求救。而追人得達，喧嘩擁回，不聞井中聲也。將曙，纔有二男子井傍過，即開封人，同賈於市而歸。聞聲趨視，因以甲下井，肩女，乙以布接出。既出，乙視女，忽聞甲瞀厚，因而戒之，則誰知者？顧獨得美婦，兼其貨，計耶。遂下之石，甲斃焉，即所疑屍也。已問女，得故，曰：「若當從我逝矣。我開封富家，若幸爲我妾，而勿道實於我家人。不然，若爲人女婦而外逸，尚可返復女婦乎？」女懼，從之。至乙家，甲家來問乙甲耗。乙言分手於蘇州；女如乙戒。而乙婦極悍，毒女百端，女絕不能當。一日乙出，女謀諸鄰嫗，嫗言：「若固無罪，特從誘脅來，何苦忍如是？」導之奔訴於官。於是逮乙與女，解來密驗之耳。令聞之，大駭異。因請正乙誅，而論達少如法，還婦於先夫焉。

〈程朝奉單遇無頭婦　王通判雙雪不明冤〉(二刻二十八)

故事大要：程姓商人家境頗豐，但是性喜漁色。某日因見賣酒的李方哥之妻十分美艷，於是與李商量：願以大筆金錢換得與李婦的一夜春宵。李婦起先不肯，但是熬不過丈夫對銀錢的貪求，只得勉強答應。約定之夜，李某命妻子盛妝在家等候程朝奉，自己則離家避開。但是當程朝奉來到李家時，竟發現李婦已經被殺死，頭顱也不翼而飛。報官後使賣妻交易曝光，卻找不到兇手。後來經由地方耆老的提醒，才想到原來在村子裡巡夜的僧人，在案發之後就不見蹤影。王通判派人找出和尚的下落之後設法使和尚供出犯案原因：當夜僧人經過李家，本來想要進去偷竊，卻因見李婦美貌而起邪念要姦淫李婦；但李婦叫嚷不從，使僧人在情急之下，割下婦人的頭顱逃逸；並隨手將人頭放在鄰家架子上。鄰家早上起來看見人頭，吃驚之餘為了避禍，擅把人頭都到鄰近的商家貨櫃上。商家發現人頭，也不敢張揚，直接把人頭埋入院中。王通判於是派人到埋頭地點挖掘，卻在商家所指處掘出一顆男子頭顱。原來商家十年前殺死仇人之後，就把人頭埋在院內；卻因記混了兩顆頭的埋藏地點，而使陳年舊案曝光。一件賣姦案，卻意外扯出案外案，一干人等各自受刑。

　　案：在馮夢龍所輯的《智囊補‧察智部》中，有〈徽商獄〉〔註87〕一條，徵其內容，應為〈程朝奉〉一文所本，茲錄之如下：

　　　徽富商某，悅一小家婦，欲娶之，厚餌其夫。夫利其金，以語婦。
　　　婦不從，彊而後可。卜夜為具招之，故自匿而令婦主觴，商來稍遲，
　　　入則婦先被殺，亡其首矣。驚定，不知其由。夫以為商也，訟於郡。
　　　商曰：「相悅，有之；即不從，尚可緩圖，何至殺之？」一老人曰：
　　　「向時叫夜僧，於殺人次夜遂無聲，可疑也。」商募人察僧所在，
　　　果於傍郡識之。乃以一人著婦衣，居林中，候僧過，作婦音呼曰：「和
　　　尚還我頭！」僧驚曰：「頭在汝宅上三家鋪架上。」眾出縛僧。僧知
　　　語洩，曰：「是夜其門啟，欲入盜。見婦盛裝泣床側，欲淫不可得，
　　　殺而攜其頭出，掛在三家鋪架上。」拘三家人至，曰：「有之。當時
　　　懼禍，移掛又上數家門首樹上。」拘又上數家人至，曰：「有之。當
　　　日即埋在園中。」遣吏往掘，果得一頭，乃有鬚男子。再掘，而婦
　　　頭始出。問：「頭何從來？」乃十年前斬其仇頭。於是二人皆抵死。

整個兇案的起因，是來自於程朝奉的妄貪人妻，所以才會陰錯陽差地引來牢獄之災。作者藉著程朝奉與李方哥兩人「人財兩失」的下場，警示世人「福禍無門，唯人自招」的道理。

〈醉士子誤闖後花園〉（二刻三十四之入話）

　　故事大要：某士子醉後返家，途經大戶宅第的後花園時，見圍牆上有個缺口，一時興起而從缺口進入花園中。不久，一群女子簇擁而來，不問青紅皂白地拉起躲在假山洞中的書生回房歡狎。書生直到夜半才被女子們放回家。事後書生打聽得知，原來該處竟是蔡京府邸。因為蔡京廣納妾室，使府中多數的姬妾們因為生活苦悶，所以不時私邀男子由後花園進入偷歡。只因醉士子誤打誤撞，竟成了該夜密約男子的替身。

　　案：本文原見於宋、龐元英《談藪》；〔註88〕其後被為馮夢龍等人所引用，先後見於《情史‧情累類》之〈蔡太師園〉及《豔異編》卷二十五〈徂異部〉。文字皆同，《談藪》中記載如下：

〔註87〕見馮夢龍著《智囊》，（同註56），頁289。
〔註88〕宋龐元英著《談藪》，收於明陶宗儀輯《說郛》卷十一，今皆見於《筆記小說
　　　　大觀》第二十五編第一冊，頁550。

> 京師士人出遊。迫暮，過人家缺牆，似可越。被酒，試逾以入，則
> 一大園。花木繁茂，徑路立互，不覺深入。天漸暝，望紅紗籠燈遠
> 來。驚惶尋歸路，迷不能識。亟入道左小亭，氈下有一穴。試窺之，
> 先有壯士伏其中，見人驚奔而去。士人就隱焉。已而燈漸近，乃婦
> 人十餘。靚妝麗服。俄趨亭上，競舉氈，見生，驚曰：不是。又一
> 婦熟視曰：「也得，也得。」執其手以行，生不敢問。引入洞房曲室，
> 羣飲交戲，五鼓乃散。士人倦憊不能行，婦貯以巨篋，舁而遣之。

就故事表面而言，此事似在說明醉士子的非來豔福；但事實上作者是藉醉士
子與眾姬妾的狂歡，來警戒世人不可濫置妾室，以免因雨露不均，惹來穢事
叢生的下場。所以醉士子只是作者的一個引子，重點還是在於說明廣蓄妾室
之害。

〈任君用恣樂深閨　楊太尉戲宮館客〉（二刻三十四）

　　故事大要：楊戩返鄉祭祀期間，留下數十姬妾在京師的府中。其中一妾
與楊戩的館客任君用私通。事情後來被其他姬妾得知，也都與任君用歡狎。
數日之後，楊戩突然回府，任君用卻因體力虛弱，來不及翻牆逃出，而在牆
頭上被楊戩逮個正著。楊戩一眼看出事情真相，卻當場假稱任君用是被鬼附
身而不予追究。等任君用失去戒心後，楊戩利用機會灌醉任君用，再命手下
對任君用施以宮刑。任君用酒醒之後，雖痛不欲生，卻也無可奈何，最後鬱
鬱而終。

　　案：本篇同入話一樣，都在於說明多蓄姬妾，只會引來醜事登門之害。
其內容可見於《夷堅志》卷第八〈楊戩館客〉〔註89〕及《情史‧情累類》〈任
君用〉條：

> 楊戩貴盛時，嘗往鄭州上冢，挈家而西。其姬妾留京師者猶數十輩，
> 中門大門悉加扃鎖，但壁隙裝輪盤，傳致食物，監護牢甚。有館客
> 在外舍，一妾慕其風標，置梯踰屋取以入，恣其歡呢。將踐，送之
> 去。次夕，復施前計。同列浸聞之，遂展轉延納，逮七八晝夜，賂
> 監院奴，使勿言。客不勝困憊，而報戩且至，亟升至屋，兩股無力，
> 不能復下。戩還宅望見，訝其非所處，殆為物所憑祟，遣扶以下，
> 招道士牒治。因妾云「為鬼迷惑，了不自覺。」經旬，良愈。戩固

〔註89〕同註28，頁2011。又，此處譚正璧先生於《三言二拍資料》中，言可考之見
　　　於《夷堅志》卷五，筆者實見於卷八，疑譚先生筆誤。

深照其姦，故置酒敘慶，極口慰撫。客謂已秘其事，弗泄矣。一日，召與共食，竟令憩密室。則有數壯士挽執，縛於臥榻上，持刀剖其陰，剝出雙腎，痛極暈絕。戢命以常法灌傳藥。此數士者，蓋素所用閹工也。後十餘日，僅能起坐，喚湯沃面，但見墮鬚在盆無數，日以益多，已而儼然成一宦者。自是，主人待之益厚，常延入內閣，與妻女同宴飲。蓋知其不必防閑，且以為玩具也。客素與方務德相善，每休沐，輒出訪尋。是時半歲無聲跡，皆傳已死。偶出遊相國寺，過之於大悲閣下，視形模容色，疑為鬼。客呼曰：「務德何忍然無故人意？」乃前揖之。客握手流涕，道遭變本末，深自咎悔，云：「何顏復與士友接！特貪戀餘生，未忍死耳。」後不知所終。

〈拒姦淫陳氏完令節〉（二刻三十五入話之一）

故事大要：陳氏嫁與周家為婦。其姑馬氏守寡多年後再嫁蔡某。但馬、蔡二人卻又與一名僧人共同淫亂。因礙於陳氏在家，頗有不便；且陳氏的美貌，已引得蔡某與僧人的覬覦。馬氏為了要討好兩名男子，哄誘陳氏與三人共同尋歡。陳氏不從，以致被馬氏視為眼中釘；並煽動兒子凌辱媳婦；馬氏甚至趁無人時，協助蔡某強姦陳氏，所幸陳氏力拒才得倖免。陳氏回娘家哭訴，陳父卻昏聵不察地勸女兒順從婆婆。陳氏引以為羞，又怕回去後難免受辱，於是自縊以求解脫。後馬氏與蔡某到受陳氏死屍的驚嚇，發病身亡。

案：類似故事在史傳之中常見。但何者為此事之源，仍待查。今錄《明史・烈女傳》中類似案件於下：[註90]

（一）王妙鳳，吳縣人。適吳奎。姑有淫行。正統中，奎商於外。姑與所私飲，并欲污之，命妙鳳取酒，挈瓶不進。頻促之，不得已而入。姑所私戲紾其臂。妙鳳憤，拔刀斫臂不殊，再斫乃絕。父母欲訟之官，妙鳳曰：「死則死耳，豈有婦訟姑理邪？」逾旬卒。

（二）其後，嘉靖二十三年，有嘉定張氏者，嫁汪客之子。其姑多與人私，諸惡少中有胡巖者，屨柴點，羣黨皆聽其指使。於是與姑謀，遣其子入縣為卒，而巖等日夕縱飲。一日，呼婦共坐，不應。巖從後攫其梳，婦折梳擲地。頃之，巖逕入犯婦。婦大呼殺人，以杵擊巖。巖怒走出，婦自投於地，哭終夜不絕，氣息僅屬。詰旦，巖與姑恐事

〔註90〕見《明史》，卷三百一，列傳第一百八十九，列女一。頁7700。

洩，繫諸床足守之。明日召諸惡少酣飲。二鼓共縛婦，槌斧交下。婦痛苦宛轉曰：「何不以利刃刺我。」一人乃前刺其頸，一人刺其脅，又椓其陰。舉尸欲焚之。尸重不可舉，乃火其室。鄰里救火者踊門入，見嚇然死人，驚聞於官。官逮小女奴及諸惡少鞫之，具得其實，皆以次受刑。婦死時年十九。邑故有烈婦祠，婦死前三日，祠旁人聞空中鼓樂聲，火炎炎從祠柱中出，人以為貞婦死事之徵云。

〈貪美色老翁墜樓〉（二刻三十五入話之二）

故事大要：一對姑嫂同榻而眠。每日兩女眺望窗外，總會見著一名俊美書生經過她們住處旁的空地。兩人不滿於只是日日窺伺、卻不能與書生相親，於是買通了賣糖的小童，要求他幫忙傳話給書生。小童因突得意外之財而得意忘形，四處招搖之下引來鄰家老翁注意。老翁逼問之下，知道姑嫂的企圖，於是自己冒充為書生，趁著夜色不明時，由姑嫂兩人用白練把他從窗口拉上樓去。等到了樓上，兩女才發現拉上來的竟是一名白髮老翁，大驚之下，雙雙鬆手，使致老翁墜樓身亡。老翁的家人追察死因，察出小童曾頻頻與老翁私語，認為小童難逃干係，於是將小童送官。小童到官後，據實告知前後經過。姑嫂兩人因知事跡暴露，羞愧難當，不待官傳，雙雙自縊身死。

案：本篇主要以自縊為引，與〈拒姦淫陳氏完令節〉相比較，闡述死如何重於泰山、又如何輕於鴻毛。作者對於文中姑嫂兩人因謀通書生而引來老翁冒名登樓及慘死一事，簡明地評述道：「只為一時沒正經，不曾做得一點事，葬送了三條性命。」說明一念之差也有引來亡身之禍的可能，以警示世人謹慎心念的重要。

〈兩錯認莫大姐淫奔　再成交楊二郎正本〉（二刻三十八）

故事大要：莫氏常趁丈夫不在家時與鄰人楊二郎通姦。被丈夫徐德發現後，莫氏私下要求楊二郎找機會與自己私奔。不過莫氏卻在一次醉後，不小心把表兄郁盛誤為情郎，並訂下私奔的計畫。到了約定的時間，莫大姐在夜色中來不及辨清來者的容貌，就匆匆離家。等發現與自己私奔的人不是楊二郎而是郁盛時，已無法回頭。另一方面，莫大姐的失蹤，卻使得徐德對楊二郎提出告訴。楊二郎因此冤繫囹圄。郁莫兩人情淡之後，郁盛再將莫氏賣入妓院。幸虧靠來自家鄉的酒客幸某協助告官，才使真相大白。結果郁盛受刑；莫氏則因原本有意於楊二郎，最後被判歸與楊二郎為妻。

第六節 《型世言》中的戒淫故事

〈淫婦背夫遭誅 俠士蒙因得宥〉（型世五）

　　故事大要：鄧氏因與丈夫不合而與錦衣衛耿埴有私情。但耿埴到董家偷情時，不時會發現鄧氏對丈夫惡言相向、董文卻絲毫不以為忤，反而還對鄧氏百般呵護。耿埴心中對鄧氏的惡形惡狀頗為不滿，趁著無人時殺死鄧氏。事發之後官府遍尋不著兇手；卻誤判一名挑水的老人因逼姦不成而殺死鄧氏。當老人將被行刑時，耿埴因不忍見無辜者為自己頂罪而揚聲自首。主事者推究耿埴殺人的動機後，認為他情有可原，所以將案情上奏朝廷。人主以耿埴為誅殺不義的義士而赦免其罪。耿埴獲宥後，歸隱山林為僧。

　　案：最早對此事的紀錄，見於唐朝沈亞之的〈馮燕傳〉：〔註91〕

> 唐馮燕者，魏人，少任俠，專為擊毬、鬥雞戲。魏市有爭財毆者，燕聞之，搏殺不平，沉匿田間。官捕急，遂亡滑，益與滑軍中少年雞、毬相得。時國相賈耽鎮滑，知燕材，留屬軍中。他日出行里中，見戶傍婦人闚袖而望者，色甚冶，使人熟其意，遂通之。其夫滑將張嬰，從其類飲，燕因得間，復拒戶偃寢。嬰還，妻開戶納嬰，以裙蔽燕。燕卑蹋步就蔽，轉匿戶扇後，而巾墮枕下，與佩刀近。嬰醉，且瞑。燕指巾，令其妻取。妻即以刀授燕。燕熟視，斷其頸，遂持巾而去。明旦，嬰起，見妻殺死，愕然，欲出白。嬰鄰以為真嬰殺，留縛之，趨告妻黨，皆來曰：「常嫉毆吾女，誣以過失，今復賊殺之矣。」共持嬰百餘笞，遂不能言，官收繫殺人罪，莫有辨者，強伏其辜。司法官與小吏持朴者，數十人，將嬰就市，看者千餘人。
> 有一人排眾而來呼曰：「且無令不辜死。當繫我。」吏執自言人，乃燕也，與燕俱見耽，盡以狀對。耽乃狀聞，請歸其印，以贖其死。
> 上誼之，下詔，凡滑城死罪者皆免。
> 子猶氏曰：皆免非法也，然世不皆馮燕，則凡死罪盡可疑矣，免之以勸義氣不亦可乎！

在沈亞之的原作中，馮燕主觀的認定了情婦有意要藉自己的手，殺死親夫；所以在根本沒有詳查情婦遞刀原因的情況下，直接執行了他心目中的正義。但是在《型世言》中，耿值則是在多次親耳聽聞鄧氏極盡污辱董文之能事後，

〔註91〕見《筆記小說大觀》，（同註37），第五編第三冊，頁1573。

才基於義憤殺人。雖然兩者同樣表現出在以男性為中心的社會狀態下，女性沒有選擇伴侶與離婚的自由；以及女子性命如草菅般的毫無價值、任人宰割－但是經過陸人龍的強化，被殺的情婦已經不再如《馮燕傳》中的女子那麼無辜。她的死，同時也是為自己的驕恣付出代價。

明人筆記中，至少有三處可見類似的記載：分別是陸武《病逸漫記》中的「馬某殺里婦」、陸容《菽園雜記》少年殺某校尉妻；祝允明《野記》中「校尉殺鄰婦」等篇：〔註92〕

《菽園雜記》：

> 洪武中，京城一校尉之妻有美姿，日倚門自衒。有少年眷之，因與目成。日暮，少年入其家，匿之床下。五夜，促其夫入值，行不二三步，復還。以衣覆其妻，擁塞得所而去。少年聞之，既與狎，且問云：「汝夫愛汝若是乎？」婦言其夫平昔相愛之詳。明發別去，復以暮期。及期，少年挾利刃以入，一接後，絕婦吭而去。家人莫知其故。報其夫。歸乃摭拾素有釁者一二人訟於官。一人不勝鍛鍊，輒自誣服。少年不忍其冤，自首伏罪云：「吾見其夫篤愛若是，而此婦忍負之，是以教之。」法司具狀上請。上云：「能殺不義，此義人也。」遂赦之。〔註93〕

祝允明《野記‧校尉殺鄭婦》：

> 洪武中，京師一校尉與鄰婦通。一日清晨，校瞰其夫出，即入門登床。夫忽復歸；校倉皇伏床下，夫入房，婦問曰：「何故才去又回？」夫曰：「我既行，見天寒，忽思爾熟寢，足露衾外，恐爾冷，來為加被耳。」乃加覆而去。校忽念曰：「彼愛其妻至此，此婦乃忍負之而與我淫耶？」即取刀徑殺其婦而去。少頃有賣菜翁，常供蔬婦家；至是入門，見無人即出。鄰人執以聞官，翁不能明竟誣，伏獄成、將棄市。校出登場大呼曰：「某人妻是我殺了，奈何要別人償命！」遂白監決者：「我要面奏監者。」引見，校曰：「告上位：此婦人是臣殺了，不干賣菜老子事。」上曰：「如何？」校曰：「婦頗有姿色，臣實與之通姦；其日臣聞其夫說話，臣因念此婦忍負其夫如此，臣在床下，一時義氣發作，按不下就殺了他。臣不敢欺，願賜臣死。」

〔註92〕關尚智撰：〈《型世言》本事考述〉，《大陸雜誌》第九十三卷第五期，民國。
〔註93〕同註41，卷三，頁32。

上嘆曰：「殺一不義、生一無辜，可佳也。」即釋之。〔註94〕

陸武《病逸漫記‧馬某殺里婦》：

> 正統初年，北京東角頭，有馬姓者，通其里婦某；遇婦之夫自外歸，
> 馬潛隙以伺。至五鼓夫起，有他出；以天寒不欲其婦同起、且爲之
> 覆被按撫，極其周至然後去。馬竊視之甚審，因念其夫之篤愛如此，
> 而其婦乃反疏外通於人，甚爲之不平。入廚中取刀殺其婦而去。後
> 以夫殺死，坐其夫棄市；馬遂陳其見殺之由曰：「是某殺之也。」監
> 刑者止其事，遂皆釋。〔註95〕

清、西湖漁隱主人所編的《歡喜冤家》〔註96〕第八回〈鐵念三激怒誅淫婦〉
中，把這個故事的結局重新改寫，使得情婦的冤屈終於得到適當的重視。在
該書中，男主角鐵念三非但沒有自首，而且還使挑水人老白來代自己的罪；
更在事後假意地到婦人的靈前祭拜。婦人的陰靈趁機附託到鐵念三的身上，
假鐵之口責罵道：「好負心賊子，就是我不與丈夫來睡，也是爲你這賊子。不
與火，也是爲你這賊子。你到（倒）把我殺死，怎生害那賣水的窮人母子二
命。」最後因案情大白，鐵念三伏法。故事中真實反應出女子對情感的專一
及愛恨交織的複雜情緒；但是對於專制的父權政治下，只視淫婦爲不義者，
卻不追究男子竊人妻的偏差心態，仍舊沒有討論。

〈完令節冰心獨抱　全姑醜冷韻千秋〉（型世六）

　　故事大要：唐貴梅十二歲喪母後，被父親許配給朱寡婦家之子。朱寡婦
獨力經營客店，並與客商汪某有私。貴梅之夫因爲屢勸母親無效而憂憤身亡。
貴梅喪偶之後，汪商覬覦她的美色，要求朱母說服貴梅改嫁給自己。貴梅不
從，朱母與汪商就以毆打婆婆的罪名誣陷貴梅入獄；同時買通官吏，對貴梅
嚴刑拷打。但是貴梅出獄後仍矢志不屈，並自縊於梅林中以明志。

　　案：此事是從真人實事中演繹而來。《明史‧列女傳》〔註97〕中，對此事
有簡單的記載：

〔註94〕見明祝允明《前聞記》，收於《新編叢書集成》（台北，新文豐，民國74年12
　　　　月），第八十七冊瑣談類，頁94。
〔註95〕見明陸武《病逸漫記》，（同前註），頁575。
〔註96〕見明西湖漁隱主人著《歡喜冤家》，今收於《中國歷代禁毀小說海內外珍藏本
　　　　集粹雙笛叢書系列》，（台北，紅螞蟻出版社，民83年）。
〔註97〕同註90。

> 唐貴梅者，貴池人。適同里朱姓。姑與富有私，見貴梅悦之，以金帛賄其姑，誨婦淫者百端勿聽，加筆楚勿聽，繼以炮烙，終不聽。乃以不孝訟於官。通判某受商賂，拷之幾死者數矣。商冀其改節，復令姑保出之。親黨勸婦首實，婦曰：「若爾，妾之名幸全，如播姑之惡。」夜易服，自經於後園梅樹下。及旦姑起，且將撻之。至園中乃知其死，尸懸樹三日，顏色如生。

最早根據此事加以改寫的，是楊慎（升庵）所作的《孝烈婦唐貴梅傳》，後來李詡在他的《戒庵老人漫筆》卷四中，援引全文。〔註98〕楊慎所作的全文如下：

> 烈婦姓唐氏，名貴梅，池州貴池人也。笄年適朱姓，夫貧且弱，有老姑悍且淫。少與徽州一富商有私。弘治中，富商復至池，一見婦，説之，自拊心曰：「吾無頭風，何以老嫗慮拘哉！」乃密以金帛賂其姑，姑利其有，誨婦淫者以百端，弗聽，迫之，弗聽，加以筆楚，弗聽，繼以炮烙，體無完膚，終不聽。乃以不孝訟於官，通判慈溪毛玉亦受商之賂，倍加官刑，幾死者數。商猶慕其色，冀其改節，復令姑保出之。親黨咸勸其吐實，婦曰：「若然，全吾名而污吾姑，非孝也。」乃夕易笄掛褐，自經於後園古梅樹下，及旦，姑不之知也。將入其室挺之，手持桑杖，且罵且行曰：「惡奴早從我言，又得金帛，又享快樂，乃竟何如而自苦乎！」入室無見，尋之至樹下，乃知其死。姑大慟哭之，親黨咻之曰：「生既以不孝訟之，死乃稱嫗心，何哭之慟！」姑曰：「婦在，吾猶有望，婦死，商人必倒贓，吾哭此金帛，不哭此惡奴也。」尸懸於樹三日，顏如生，樵夫牧兒，咸為墮淚。每歲梅月之下，隱隱見其形舟舟而沒。有司以礙於官府之故，終不舉。余舅氏喻士積薄遊至池州，稔聞其事，作詩弔之，歸屬慎為傳其事。嗚呼！婦生不辰，遭此悍姑，以梅為名，死於梅之株。冰操霜清，梅乎何殊？既孝且烈，汗青宜書。有司失職，咄哉可吁。乃為作傳，以附露筋碑之跡。

這則故事因為陸人龍成功的敷衍，使得唐貴梅無奈卻又堅貞的形象躍然紙上，此外他對朱寡婦與汪商的行跡及心態描寫得活靈活現；例如朱商捲款潛

〔註98〕明李詡著《戒庵老人漫筆》，（北京，中華書局，1982年2月第一版），卷四，頁147。

逃後，朱寡婦因失去指望而大哭的那一幕，多少也反映出一名失婚婦女為爭取情感與物質依歸，不計一切代價與手段的悲哀；使人在不勝忿忿之際，難免有「如得其情，哀矜勿喜」之慨。本傳同時也被李卓吾收入《焚書》中，並於文後附有評論。陸人龍在改寫時，將李贄的評論引入，其原文如下：

> 孝烈二字，楊太史特筆也。夫貴梅之死，烈矣于孝何與？蓋貴梅所以寧死而不自白者，以姑之故也。不然，豈其不切齒痛恨于賄囑之商，而顧忍死為諱哉？書曰『孝烈』，婦當矣。死三日而尸猶懸，顏如生，眾人雖知而不敢舉。每日之暮，白月照，梅隱隱如見，猶冀有知之者乎？楊太史當代名流。有力者百計欲借一言以為重而不得，今孝烈獨能得太史之傳，以自昭明于百世，孝烈可以死矣！設使當其時貴池有賢者，果能慨然白之于當道，亦不過賜額掛匾，了一故事耳矣，其誰知重之乎！自此傳出，而孝烈之形，吾知其不復重見于梅月之下也。

〈毀新詩少年矢志　訴舊恨淫女還鄉〉（型世十一）

　　故事大要：陸容受亡父親之友謝某延聘為家庭教師。謝某的女兒芳卿因見陸容才貌兼備，於是主動以詩文挑逗陸容，並向陸容表白自己的愛慕之意，不想卻被陸容嚴詞拒絕。後來陸容為了避免與芳卿糾葛不清，立即辭館回家。數年之後，陸容上京赴考畢，居然在金陵的娼館內遇到芳卿。原來當陸容辭館後，芳卿不但沒有記取陸容的勸告、收斂行止，反而還與人私奔；其後因她過去的素行不良，而使情夫懷疑她故態復萌、招蜂引蝶。所以趁機把她賣入娼家。陸容不忍芳卿流落煙花，出錢贖出芳卿後送她還鄉，由謝父主持婚配。後來陸容因此陰德，仕途順遂，雖然略有小波折，卻也平安終老。

　　案：故事中所言的主人翁，是否就是《菽園雜記》的作者陸容，筆者認為仍有待商榷；因為文中所稱的陸容，無論在字號或是在中舉的時間上都與史實有所出入。〔註99〕筆者因此認為，即使陸人龍故事中主角的仕途際遇，

〔註99〕　〈毀新詩少年矢志〉中稱陸容的字為仲含，為「弘治年間士子」，「本籍為蘇州府昆山縣人」；但據《國朝徵獻錄》、《明史·列傳第一百七十四·文苑四》，及北京中華書局所出版之《菽園雜記·點校說明》，均記載陸容「字文量」；另除《本朝分省人物考》中記陸容為「昆山人」以外，餘皆稱之為「蘇州府太倉人」。又，據《菽園雜記·點校說明》及《明史》所記，陸容為成化年間進士；卒於弘治年間。非如〈毀新詩少年矢志〉中所言，為弘至年間士子。更由於與陸容相關的傳記或墓誌銘中皆不見芳卿事，因此不論陸人龍所言是

貼合眞實的陸容生平，仍然不應將小說與史實混淆。

〈匿頭計佔紅顏　發棺蘇立呆婿〉（型世二十一）

故事大要：柏愛姐瞞著酒鬼父親與表哥徐銘發生私情，原本以爲只要成了親，就可以瞞天過海；偏偏柏父不願意讓自己的獨生女成爲徐銘的小妾，因此反對這椿婚事；卻把愛姐嫁給縣裡的一名書手簡勝做續弦。愛姐與徐銘深怕婚前的私情被簡勝與柏清江發現，於是由徐銘設計，當婚後第三天簡勝回丈人家拜望時，由徐銘派人殺死自己家中與愛娘身材相若的奶娘，把頭割下後，將屍體換上愛姐的衣服，讓人以爲被殺的是愛姐。等到簡勝拜謝岳家回來發現妻子已死，反而還被岳家當做兇手送官究辦；幸虧主事的官員細心，看出其中的疑竇，用計察訪，最後在徐銘家裡找出了愛娘，而使案情大白。

案：在宋代鄭克的《折獄龜鑑‧卷二》〔註100〕中，有引錄自和蒙的《玉堂閒話》，將此事的來源及相似的案件記錄得相當詳實，其全文如下：

> 和蒙《玉堂閒話》云：近代有人，因行商，回見妻爲人所殺而失其首，既悲且懼。以告妻族，乃執婿送官；不勝捶楚，自誣殺妻。獄既具府，從事獨疑之。請更加窮治；太守聽許。乃追府內件作行人，令供近日與人家去厝去處；又問「頗有舉事可疑者乎？」一人對曰：「某處豪家舉事，只言姐卻奶子。五更初，牆頭舁過。凶器極輕，似無物。見瘞某處。」亟遣發之，乃一女子首。令囚驗認，云：「非妻也。」遂收豪家鞫問，具服殺奶子，函首埋瘞，以一尸易囚之妻，畜於私室。婿乃獲免。按此爲漢乾祐中，王仁裕所説五代時事也。

馮夢龍也曾據此改寫爲〈殺妻者〉。〔註101〕其中針對主事者如何起疑，有著細膩的描寫：

> 昔有人因他適回，見其妻被殺，但失其首，肢體具在，既悲且懼，遂告於妻族。妻族執婿入官，謂殺其愛女。鞭棰既嚴，不任其苦，乃自誣殺人。款案既成，皆云不謬。郡主委諸從事，從事疑之，謂使君曰：「某濫塵幕席，宜竭節奉理，人命至重，必請緩而窮之。且

否正是《菽園雜記》的作者陸容，都不應將小說與史實混爲一談。

〔註100〕見宋鄭克著《折獄龜鑑》，見《筆記小說大觀》，第十六編第一冊，（台北，新興，民國66年3月），頁379。

〔註101〕見馮夢龍著《太平廣記鈔‧精察部‧精察‧殺妻者》，《馮夢龍全集一九》，（江蘇，江蘇古籍出版社，1993年4月一版），卷二十三，頁455。

為夫之道，孰忍殺妻？況義在齊眉，曷能斷頭？縱有陳害之，盍作脫禍之計，或推病殞，或托暴亡？今存尸而棄首，其理甚明。」使君許其更讞，從事乃遷此繫者於別室，仍給以酒食。然後遍勘在城仵作行人，令各供通近來應與人家安厝墳墓多少去處文狀。既而一一面詰之曰：「汝等與人家舉事，還有可疑者乎？」有一人曰：「某於一豪家舉事，共言殺卻一奶子，於牆上舁遇。凶器中甚似無物，見在某坊。」發之，果得一女首級。遂將首對尸，令訴者驗認，云：「非也。」遂收豪家鞫之。豪家款伏，乃是殺一奶子，函首而葬之，以尸易此良家之婦，私室蓄之。豪乃棄市。

〈吳郎妄意院中花　奸棍巧施雲裡手〉（型世二十六）

故事大要： 吳爝是個大財主，但是為人既吝嗇又好色。有一次，他在城中見到一名美貌婦人倚樓觀街，便自作多情地以為婦人對自己有意，因此日日到婦人家樓下癡癡地望著婦人。殊不知婦人原是在等待出外經商的丈夫歸來。吳爝日日窺伺婦人的行徑，被一名騙徒察覺，就藉機假稱自己是婦人的丈夫，因為妻子與母親不和，正想著要與妻子離婚；並建議吳爝娶走自己的妻子。吳爝見對方拿出官證的休書，信以為真，於是付出財禮，要與婦人成親。同時騙徒又對婦人假稱自己是其夫經商的同夥，並告知婦人其夫在附近置了外房。婦人一怒之下，帶著家人前往指定地點一看究竟。原來此處正是吳爝打算要金屋藏嬌的地方。騙徒送婦人到了吳爝家，拿了尾款後就溜之大吉，留下婦人與吳爝爭論。最後鬧到官府，吳爝吃上誣騙人家子女的官司；還賠了一堆銀子才得脫身，從此淪為笑柄。

〈貪花郎累及慈親　利財奴禍貽至戚〉（型世二十七）

故事大要： 陳副使聘錢公布為家庭教師，不想錢公布非但不認真教學，反而還為陳公子作弊，以博得陳父歡心。某日陳生外出，見皮匠之妻貌美，有意上前搭訕。錢員不但沒有阻止陳公子，還串通皮匠設下圈套，趁陳生調戲皮匠之妻時，以捉姦為名趁機敲詐。錢員從中分得錢財之後，叫唆皮匠夫婦搬到外地，自己卻串通了在衙門當差的親戚，假稱皮匠之妻已因羞憤自盡，並以陳生立下的字據為證，要拘拿陳生到庭說明；除非以大筆錢財和解了事。陳生一時間拿不出這許多錢，只得向身為妾室的母親求援。陳母因無力支付一大筆金錢，又因擔憂兒子惹上人命官司，性命恐將不保；煎熬之下，上吊

自殺。事情鬧開後，陳副使請人查證，發現根本沒有此案。才得知一切都是錢公布利用陳公子的貪色怕事所設下的騙局。最後錢生抵命，陳公子則痛改前非。

〈痴郎被困名韁　惡髡竟投利網〉（型世二十八）

故事大要：張秀才是一名家境富裕的士子，有一位賢慧的妻子沈氏。夫妻倆聽信尼姑建議，延請道睿和尚往天上請願，希望能得到更大的功名。道睿要張秀才藉皇帝的身份向天帝請願，並聲明表疏會當場燒掉，不致犯下大逆之罪；後又利用張家夫妻的求名心切，騙詐許多財物。事後道睿拿著偷換下來的張秀才眞跡揚言告官，藉以對張家予取予求。其實道睿眞正想得到的，是張家的美貌女婢。眼見張家就要家破人亡，幸虧沈氏的兄長聽聞原委之後，聯合地方官員，將道睿繩之以法，才解決了一場大禍。

〈妙智淫色殺身　徐行貪財受報〉（型世二十九）

故事大要：貴州的鎮國寺，有淫僧妙智師徒三人，不但與鄰寺的尼姑秋尼、梵靜、如海等人姦淫；更假借酒鬼道士屠某之名，買回官賣婦人阿金，勾引寺旁獨居的寡婦賈氏，一起住在寺裡淫亂。

縱使是藏著兩個婦人在寺裡，這些和尚還嫌不夠。每次總要藉著作法事之名，到當地一名土豪田有獲家，恣意尋歡。原來田有獲有龍陽之好，喜歡圓靜；圓靜卻藉著到田府的機會，與田禽的小妾及女婢們有姦。事後兩個妾室爭風吃醋，使田有獲發現圓靜的淫行，忿恨難堪之下，與貪財的地方官徐州同之子徐行一同到鎮國寺中，故意揭穿和尚們私養婦人之事勒索和尚。此事被徐州同得知後，不但未予制止，反而變本加厲地敲詐。最後淫僧們因無法如數付款而被羅織入獄。和尚們一氣之下，揚聲說出徐家父子貪斂的行徑。爲了息事寧人，徐州同急忙悶殺和尚後告老還鄉。不過因冤魂日日糾纏，使徐州同隨即病死。而其子徐行，則患上疑心病，總覺得妻子眞氏與和尚偷情。某日徐行又發現有和尚溜進妻子房間；一氣之下，提劍入房亂砍一通，卻只殺死熟睡中的妻子。爲了掩飾自己的錯殺，徐行砍死家中小廝，並誣指小廝與妻子有染。最後被地方官查出眞相，徐行受死，家破人亡。

第三章　戒淫故事的內容分析

第一節　類型區分

　　「三言二拍一型」中的戒淫故事，可依故事性質來分成「正面戒淫」、「反面戒淫」兩大類。正面戒淫的故事就是舉出足以成為世人典範的例子，主角持正不邪、足為後人學習、仿效的對象；反面戒淫故事則讓故事中荒淫的人物得到懲罰，以為犯淫者戒鑑。經過統計，五十六則故事中，由正面戒淫勸善的故事祇有七則；另外四十九則全都是「反面戒淫」，這四十九則故事可依其內容分為「私情類」、「公案類」、「靈怪類」、及「騙術」等四類。故事的類型一方面反映出取材特色及來源，另一方面也可以從中一窺當時作者們的創作目的。

一、正面戒淫

篇　名	主角身份		事　由	結　果
趙太祖千里送京娘 （警世）	趙匡胤	男　國君	見義勇為、不貪美色	成就了歷來閨德最佳的朝代
小夫人金錢贈少年 （警世）	張主管	男　僱員	不貪主母美色	立即避禍
張溜兒熟佈迷魂局 （初刻）	沈燦若	男　士人	夫妻之間依禮相待	避禍、且仕途順遂
韓侍郎婢作夫人 （二刻）	顧提控	男　典史	不貪圖美色	仕途順遂發達
毀新少年矢志 （型世言）	陸容	男　士人	不與女子私相苟且	仕途發達

拒姦淫陳氏完令節 （二刻）	陳氏	女	寡婦	嚴拒翁姑逼姦而自盡	受旌表、立貞節牌坊
完令節冰心獨抱 （型世言）	唐貴梅	女	寡婦	嚴拒嬸姑逼令改嫁自盡	受旌表、立貞節牌坊

　　正面戒淫的故事雖然只有七則；但是就中仍可歸納出若干的共通點：

　　（一）就男子而言，「交換式」的福報，成為正面戒淫故事最大的賣點：男子「坐懷不亂」，顯然成為作者們相當重視的節操。不論是馮夢龍、凌濛初、甚至是陸人龍，都對能夠力拒非份豔福的人大加讚揚。如馮夢龍在〈小夫人金錢贈少年〉的結尾，就作出這樣的評語：「……只因小夫人生前有張勝的心，死後猶然相從；虧殺張勝立心至誠，到底不曾有染，所以不受其禍，超然無累。如今財色迷人者紛紛皆是，如張勝者萬中無一。」而凌濛初也在〈韓侍郎婢作夫人〉一文的結詩中，表達出他對顧芳不貪美色的稱許：「美色當前誰不慕？況是酬恩去復來。若使偶然通一笑，何緣撛吏入容臺？」至於陸人龍，則是對於〈毀新詩少年矢志〉中陸容謝館卻不露原委，以全女子芳卿名聲；及後來搭救芳卿於風塵中卻不張揚的義行推崇備至。

　　問題是如果僅僅只有這樣的讚揚，似乎還不足夠。教條式道德規範一旦進入實際的生活層面，如何還能保有其本然的純粹、進而引人力行，其實是對人性最大的考驗；因為誘惑同時來自外在的耳目聞見、與內心的情慾渴求。對於尋常人而言，如果沒有一個堅定的信念或足以標榜的目標，很難擺脫天人交戰的掙扎。從通俗的層面來說，如果「坐懷不亂」之後沒有回饋，實在很難吸引人將之奉為規臬。作者們顯然看穿了這一點，所以他們總施予故事中的人物以立即的回報，來說明「天理昭彰、報應不爽」的原則。五則以男子為主的故事中，舉凡身份是士子或是官吏者，其行為都直接或間接的得到了福報：趙匡胤建國成功；沈燦若、陸容、顧芳仕途順遂；張勝則是立即避禍，免除一場牽連之災。對於當時的人而言，在官場上功成名就、揚名顯親，可以說是每個男人一生最大的夢想。表面上看來，這樣的安排相當程度地符合了大眾的期待；然而如果深究箇中的發展，我們可以看出這些故事總不脫神鬼驅策。雖然作者們要大家明白的是，一個有能力面對青鬢紅顏卻不動心、且能成功地自我控制的人，在遭遇挑戰及困難時，一樣也可以發揮自制力去克服障礙－如陸容日後在仕途上出現波折時，仍然能夠秉持原則，進德不懈一般－但是不論是張勝也好、沈燦若也罷；乃至於幾度想要與愛娘圓房卻始終不能如意的徽商，其實都被動地接受著冥冥中不可抗力因素的控管。作者

們更以全知的觀點一再地提示了閱聽人這樣的寫作意圖。〔註1〕如果小夫人沒有上吊自盡，誰也不知道張勝躲過的，不只是官衙的糾紛、居然還包括了鬼魂的「癡纏」；如果徽商的夢裡，沒有神人前來告訴他愛娘天生著有有一品夫人的命格，那麼誰也沒有辦法解釋為什麼最後愛娘會從一個行商的外室，轉而成為侍郎夫人；更沒有人會理解顧芳當年的坐懷不亂，是多麼重要的一樁「陰德」。其實說穿了，作者們就是不斷地以「陰德」吸引著無數的閱聽人，期待他們在接收了這樣的心理提示之後，能在言行舉止之間，敬畏不可知的神祇，所謂「舉頭三尺有神明」，正是這樣。

　　話說回來，難道真的沒有以人的意志為主體、不受限於神鬼報應、守志不及亂的事蹟嗎？

　　有。如果我們試著把鬼神的出現或提示從作品中剔除，可以發現，真正以人類意志左右命運的例子，只有〈張溜兒熟佈迷魂局〉及〈毀新詩少年矢志〉兩篇。其中〈毀新詩少年矢志〉中，鬼神的作用祇限於解釋陸容的成就。另外〈張溜兒熟佈迷魂局〉中，鬼神的作用也僅只於暗示沈燦若再娶的必然，對於沈燦若本身對待陸蕙娘的態度，並沒有任何的影響。儘管如此，作者們還是不免在文中或文末提示大家，這些不因美色亂心的行止，冥冥中早已為天地所看重，所以主角人物不但仕途順遂，還會有貴子登科，光宗耀祖。

　　（二）就女子而言，「貞節牌坊」竟卻成為她們抗淫的最終依歸：如果要說殘忍，恐怕沒有比這種正面戒淫故事中，對女子的下場更殘忍的處置。相對於男子們的升官得子、享受現世的榮華富貴，女性們卻必需付出生命作為代價，才能夠貫徹自我堅貞不屈的意志：陳氏因為受到婆婆與公公的逼姦，卻不肯報官來汙毀姑翁之名，最後以自盡了結一切的痛苦；唐貴梅也同樣在面對婆婆與婆婆的情夫汪商逼婚時，因為不願出首有辱姑名、又不堪凌虐而上吊。「節」與「孝」的觀念同時圈禁著她們，使她們無處可去、又苦不能言；只得以一死明志。唯一足以傲人的，是她們死後，都得到了一座「貞節牌坊」做為表揚。但是難道除了一死，再也沒有其他方法保護她們嗎？難道一座冷冰冰的「貞節牌坊」，真能彌補無辜生命夭逝的悲哀？遺憾的是，在那樣封閉

〔註1〕如徽商因為於愛娘的房事不成，所以到廟中求籤，一連三次，籤文中都明示徽商愛娘絕非其偶，還指示徽商應該好好照顧愛娘；徽商因此為她另行擇偶。又如《型世言》裡，陸人龍在文末的結詩中提到：「明有人非幽鬼責，可教旦夕昧平生。」見《型世言》，（江蘇古籍出版社，1993年8月初版），頁205。

的社會型態中，這個問題的答案竟是肯定的。縱然是「人生有酒需當醉，一滴何曾到黃泉」，死後的尊榮是不是真能予亡靈慰藉、是否真能彌補生命早夭的遺憾與創傷，無人、也無從得知；但這樣的理念也僅止於是男性自身觀點的論述，卻無法同理於女性。在「餓死事小、失節事大」的前提下，一座牌坊不但代表了女子「寧死不屈」的志節、更在實質上提供了家屬及子孫立即的利益。〔註2〕作者在有意無意間，以如此標的誘惑著閱聽大眾，也在不知不覺中提供了一個個典範，使女子們可以援例而行。在《明史》的〈烈女傳〉中，類似的例子層出不窮；《清史》的〈烈女傳〉裡，烈女數目之多、遭遇之慘則更有甚之。〔註3〕這種變態的服從與典範，在史家的刻意渲染下，成為中國婦女心目中，「貞烈」的絕對出路。從這個角度來看，魯迅所謂的「禮教吃人」，其實一點也不為過。

（三）就國君而言，不貪美色，是一項難能可貴的德性：相對於《醒世恆言》中的〈金海陵縱慾亡身〉，〈趙太祖千里送京娘〉其實喻示了趙宋一代君主不貪色亂政、閨德可風的特色。不可否認的是，馮夢龍所處的明代末期，君王馳逸於女色的情況時有所聞，〔註4〕因此作家更深刻感受到天子家風的優劣，皆足以影響社會風氣；何況這個故事是如此的耳熟能詳，就算是在文中穿插了作者自己的看法以美刺時風，也不致於犯了謗上之罪。作者冀圖導正時俗的用心，由此明顯可知。但是實際上，趙宋一代是否真的完全沒有性好漁色之君，其實也不盡然（如徽宗就是一例）。

二、反面戒淫

反面戒淫故事可依其類型分為四類，分別是「私情類」、「公案類」、「靈怪類」、及「騙術」。茲介紹如下：

（一）私情類

所謂的「私情類」戒淫故事，是指男女雙方因有私情而暗通款曲，雖然

〔註2〕《大明會典》：「民間寡婦三十以前夫亡守制，五十以後不改節者，旌表門閭，除免本家差役。」

〔註3〕據近人董家遵據《古今圖書集成》統計發現，明代殉身的烈女由宋代的一百二十二人、元代的三百八十三人暴增至三千六百八十八人。參見顧鑒塘、顧鳴塘著《中國歷代婚姻與家庭》，（台北，商務，民84年5月二刷），頁133。

〔註4〕當時的名臣海瑞，就曾對萬曆的好女色及逸遊，有這樣借古喻今的感慨：「漢魏桓謂宮女千數，其可損乎？廄馬萬匹，其可減乎？」見黃仁宇著《萬曆十五年》，（台北，食貨出版社，民國74年4月10日初版），頁170。

結果未必驚動官府決斷，但是下場仍足以惕厲人心。此類故事共有十一則，佔反面戒淫故事總量的約五分之一。其整理如下：

篇　名	犯事者及身份				結　局	
	男　子	身　份	女　子	婚姻狀況	男　子	女　子
蔣興哥重會珍珠衫（古今）	陳大郎	已婚行商	王三巧	已婚	客死他鄉	被休遷嫁
閒雲庵阮三償舊債（古今）	阮三	未婚士子	陳玉蘭	未婚	暴卒	悔過、終生守節
非煙（警世）	趙象	未婚士子	非煙	已婚	流落異鄉	被丈夫鞭苔至死
蔣淑眞刎頸鴛鴦會（警世）	朱秉中	已婚商人	蔣淑眞	已婚	被情婦之夫殺死	被丈夫殺死
潘遇貪色毀前程（醒世）	潘遇	未婚士子	（某女）	未婚	終生不第、抑鬱而死	他嫁
喬兌換胡子宣淫（初刻）	胡生	已婚商人	狄氏	已婚	縱慾過度而死	事發後抑鬱而死
任君用恣樂深閨（二刻）	任君用	士子	楊戩群妾		遭楊戩以宮刑報復	
聞人生野戰翠浮庵（初刻）	聞人生	未婚士子	靜觀	尼姑	安然脫身	與聞人生成婚
新橋市韓五賣春情（古今）	吳山	已婚商人	韓五	（暗娼）	險因縱慾而死	
狄氏（醒世）	滕生	未婚士子	狄氏	已婚	騙色後離開、結局不詳	事發後抑鬱而死
醉士子誤闖後花園（二刻）	某生	士子	蔡太師群妾		脫身但不敢言	

　　這些故事中凡與女子發生私情者，結果能安然倖存者四：其中〈新橋市韓五賣春情〉中的吳山是因為悔過而得救、並免於一死；與狄氏有私的滕生，因為狄氏丈夫出現而無法再與狄氏私會，所以全身而退；而誤闖後花園的士子，則是在無心間揭露了蔡京的廣置妾室而導致對女性的不人道待遇，成為作者筆下的側寫蔡京貪淫的代言人，所以能安然脫身。

　　除以上三人之外，凡眞正用心置計地謀劃而得與女子發生私情者，下場不是宦途坎坷（如趙象、潘遇、聞人生）；就是死於非命或慘遭宮刑。雖然私情類的主要特徵在於「男女私相往來，結局亦不經官府論斷罪責」，但是不經官府論斷，並不代表故事中的人物的不需為自己的行為負責。作者「以私情始、以天刑終」來臧否人物的方式，相當程度地反映出他們不能苟同於與「不

當對象」〔註5〕所發生之男女關係，〔註6〕也用以喚醒時人勿蹈覆轍。

（二）公案類

此類故事與「私情類」的不同之處，在於事件或因逞淫而引發命案；或是整個事件的發展已屆於非由官府不能決斷，皆屬此類。本類故事共有二十七則，佔反面戒淫故事總量的二分之一強、也相當於所有戒淫故事的二分之一。茲整理如下：

篇　名	犯事者	對　象	罪　行	事　由	結　局
陳御史巧勘金釵細（古今）	梁尚賓	顧氏女	謀姦致死	冒名誘染未婚女子，使之羞愧自盡	受判死刑
簡帖僧巧騙皇甫妻（古今）	某僧人	皇甫之妻	誘拐良家婦女	設計使皇甫夫妻離異，再娶得皇甫妻	受判死刑
任孝子烈性為神（古今）	周得	任妻梁氏	通姦	周梁二人通姦	任珪殺死梁周二人，死後受封為神
喬彥傑一妾破家（警世）	董小二	主人妾周氏及主人之女	通姦（及）誘染良家婦女	家僕與主人之妾及主人之女有染	董小二被主母殺死、喬家則因此家破人亡
桑茂易裝行姦（醒世）	桑茂	各大戶之婦女	誘染良家婦女	易裝為女，混入內宅玷污良家婦女	以十惡之罪伏法
況太守斷死孩兒（警世）	無賴支助	寡婦邵氏	唆使誘染婦女	唆使邵氏僮僕得貴誘染主母、並勒所逼姦邵氏	受判死刑
	得貴		與主母有染	與主母有染並生下一子	遭主母殺死
勘皮靴單證二郎神（醒世）	潘道士	宮妃韓玉翹	誘染良家婦女	假冒神人，玷污婦女	潘道受刑死；韓玉翹見逐另嫁
赫大卿遺恨鴛鴦條（醒世）	空照等眾尼	赫大卿	犯戒傷人	眾尼強留赫生求歡，使病亡寺中	眾尼受判死刑

〔註5〕所謂「不適當對象」，指的是「非自己命定的配偶」。其中包括他人的妻妾、娼妓及應持色戒的尼姑。

〔註6〕在「三言二拍一型」中，也有很多男女私情相受而得婚配善終的才子佳人型故事，如〈吳衙內鄰舟赴約〉《醒世》、〈喬太守亂點鴛鴦譜〉《醒世》……等。這些故事與本文中所提到的私情類故事最大的差異，就在於對象的身份問題。顧名思義，才子佳人故事中的主角雙方，都是未婚且身份清白的人；而「私情類」中的男女雙方中，至少有一人已婚。例外的潘遇，作者也在文中清楚的指明：「大凡行姦賣俏，壞人終身名節，其過非小；若是五百年前合為夫婦，月下老赤繩繫足，不論幽期明配，總是前緣判定，不虧行止。」見馮夢龍《醒世恆言》（上海，上海古籍出版社。1993年6月），頁1663。

陸五漢硬留合色鞋（醒世）	屠戶陸五漢	潘壽兒	爭風殺人	冒名與未婚女子私通，又因爭風而誤殺潘女雙親	受判死刑
汪大尹火焚寶蓮寺（醒世）	寶蓮寺眾僧	良家婦女	誘染良家婦女	假稱神人賜子，誘引良家婦女入廟投宿，再伺機予以玷污	盡皆剿滅
酒下酒趙尼媼迷花（初刻）	卜良	良家婦女	謀染良家婦女	串通庵主趙尼，設法迷姦巫氏；後巫氏夫設計殺死趙尼，嫁禍於卜良	卜良受判死刑
西山觀設籙錄度亡魂（初刻）	黃道士	寡婦吳氏	通姦並謀害人命	黃道士與徒弟共三人皆與吳氏有染，爲滅口而欲藉官府殺害吳氏子	黃道士受判死；吳氏悔過後抑鬱而終
僧人藏婦（初刻）	某僧人	進香之良家婦女	誘拐私錮良家婦女	趁婦女入廟進香時強拉入密室玷污、長期禁錮	欲殺知情者滅口，反遭殺死
奪風情村婦捐軀（初刻）	大覺與智圓	村婦杜氏	誘染婦女且傷其命	誘拐婦女井氏長住寺內；後因大覺爭風而將杜氏殺害	受判死刑
假爲尼男子行姦（二刻）	王某	進香之良家婦女	玷污婦女	假冒女尼而成爲尼庵庵主，伺機玷污進香婦女	受判死刑
甄監生浪吞秘藥（二刻）	甄某	家妾	（濫用春藥）	甄某因濫用春藥致死；使家人誤以爲遭煉丹道士殺害。幸經官斷，找出事實。	（濫用藥物致死）
	玄玄子				道士以庸醫殺人受刑
許按察感夢擒僧（二刻）	王爵	娼妓	（因色傷命）	男子入尼院與尼有染，被僧人因爭風而殺死	僧人無塵受刑而死
	王祿	尼姑真靜	（與尼有染）		
	僧人無塵		爭風殺人		
徐茶酒趁亂劫新人（二刻）	徐達	良家婦女	劫人妻子	劫人妻子	三年徒刑
	錢巳		殺人、佔婦	殺人謀財、強佔人婦	死刑
程朝奉單遇無頭婦（二刻）	程朝奉	良家婦女陳氏	買姦致死	謀與他人之妻宿夜而招致冤罪	問成徒罪
	僧人某		逼姦殺人	強姦未遂殺人	受判死刑
貪美色老翁墜樓（二刻）	老翁程某	兩名未婚女子	冒名謀姦	冒名誘染女子而被拆穿，意外摔死	兩女與老翁皆因此慘死
兩錯認莫大姐淫奔（二刻）	楊二郎	莫氏	誘拐人婦	莫氏錯認郁盛爲情夫楊二郎並與之私奔，使楊二郎受冤獄	莫氏悔過，經官斷與楊二郎白頭

淫婦背夫遭誅（型世言）	耿埴	鄧氏	通姦且殺人	耿埴殺死情婦	得皇家特赦
匪頭計佔紅顏（型世言）	徐銘	柏氏	通姦、殺人	徐銘與柏氏有染，命人殺死奶娘後冒為柏氏屍身；實則私藏柏氏	徐銘柏氏皆受刑
吳爐妾意院中花（型世言）	吳爐	良家婦女	受騙謀佔人妻	吳爐貪色，受騙徒所欺，欲買回不知情的婦人為妾。	受罰脫身
貪花郎累及慈親（型世言）	書生陳某	良家婦女	貪色受騙	塾師利用陳某貪色予以詐財，逼死陳母	塾師受刑問死
痴郎被困名韁（型世言）	僧道睿	張府婢女	勒索財色	僧人貪財貪色，勒索張秀才	受刑而死
妙智淫色殺身（型世言）	鎮國寺眾僧	尼姑及犯婦	貪色犯戒	僧人淫亂，事發後受官員勒索	寺僧盡滅

若將以上的整理再就主角的遭遇及犯罪形態加以區分，整個「公案類」的故事的又可歸類為四種情況：

甲、易裝或假冒為他人，玷污婦女：這一類的犯罪特徵，是男子經由事先的謀劃，或易裝或假冒他人，再利用婦女一時不察或迷信而予以玷污得逞。這種案件中的罪魁，最後都難逃一死。如〈陳御史巧勘金釵鈿〉中的梁尚賓；〈桑茂易裝行姦〉中的桑茂；〈勘皮靴單證二郎神〉中的潘道士；〈陸五漢硬留合色鞋〉中的陸五漢；〈汪大尹火焚寶蓮寺〉中的寶蓮寺眾僧；〈貪美色老翁墜樓〉冒為年輕書生的老翁；〈假為尼男子行姦〉中的假尼王某等故事屬之。

乙、強迫禁錮或設計誘染他人妻女：此種犯罪的特徵是在犯罪者設計之下，迫使婦女成為其囊中之物、再予玷污。罪魁們的下場都是在經由官斷後被處以極刑。如〈簡帖僧巧騙皇甫妻〉中持簡帖的僧人；〈況太守斷死孩兒〉中的支助；〈僧人藏婦〉中的僧人；〈酒下酒趙尼媼迷花〉中的卜良；〈徐茶酒趁亂劫新人〉中的錢巳等人皆屬之。

丙、因婦女本身性格輕浮而招致禍事：包括〈任孝子烈性為神〉中的周得與任妻梁氏；〈喬彥傑一妾破家〉中的董小二與主人之妾周氏；〈赫大卿遺恨鴛鴦絛〉中的尼姑們；〈陸五漢硬留合色鞋〉中的潘壽兒；〈西山觀設籙度亡魂〉中的寡婦吳氏與道人黃某；〈奪風情村婦捐軀〉中的村婦井氏與兩名僧人；〈貪美色老翁墜樓〉中的兩名姑嫂；〈兩錯認莫大姐淫奔〉中的莫氏；〈淫婦背夫遭誅〉中的耿埴與鄧氏；〈匪頭計佔紅顏〉中的柏氏與徐銘等數則。此種犯罪肇因於婦女本身行為不檢，因與人有染而致使引發一連串的刑案。簡

中的婦女或因而送命（如〈奪風情村婦捐軀〉中的杜氏；〈淫婦背夫遭誅〉中的鄧氏等）；或由於參與犯罪而受刑（如〈喬彥傑一妾破家〉中的周氏及〈匿頭計佔紅顏〉中的柏氏）。唯有寡婦吳氏與莫氏，因為有悔悟之心而得免死於非命。至於犯罪的男性，除耿埴以外受赦保命以外，其他男子都因此受刑而死。

丁、男子本身貪色招致禍事：如〈赫大卿遺恨鴛鴦條〉中迷戀尼姑致死的赫大卿；〈甄監生浪吞秘藥〉中用藥過量而死的甄監生；〈許按案感夢擒僧〉中因眠花宿柳而死的王祿、被尼姑情夫因爭風而殺死的王爵；〈程朝奉單遇無頭婦〉中買春不成反遭冤枉的程朝奉；〈貪美色老翁墜樓〉中貪色不成反而摔死的老翁；〈吳郎妄意院中花〉因貪色而被人詐財、還為此吃上官司的吳爐；〈貪花郎累及慈親〉中因為貪色而被人利用詐財、更害自己母親自殺的陳生；〈痴郎被困名韁〉中勒索財色無度的僧人道睿；〈妙智淫色殺身〉中淫穢不可聞的鎮國寺眾僧……等，故事中的人物盡屬此類。這些故事中的男子，雖然有的在官斷之前就已身亡（如貪色的老翁、被殺的王爵、用藥過量的甄監生），但是因為整個事件仍是藉由官方追察才得以水落石出，所以全數收歸在「公案類」故事中。

總歸前面的分析可以發現，無論婦女是否自願與配偶以外的男子有染，最終的刑罰對象仍以男性為主；對於婦女而言，只要有心悔過，下場都不致於死（如〈西山觀設籙度亡魂〉中的寡婦吳氏，及〈兩錯認莫大姐淫奔〉中的莫氏）；除非是罪行的主謀或者因羞慚而自盡－但是作者們較為寬容女性，在文中少有女性赴公堂受審的情節。由此觀之，作者們利用大量的故事及威嚴的刑罰來誡喻當時男性，不可為了逞一時的私欲而害人害己。另一方面，公案類故事之所以會成為反面戒淫故事的主要來源，與事件的真實性有密切的關係。姑不論主理案件的官員及時間是否真如文中所言，〔註7〕但是案件的本身卻會因為公文案牘的流傳，及文人的筆記而傳佈四處，使後人得以據之改寫、流傳，〔註8〕並收警世廣聞的效果。

〔註7〕如《包公案》中的故事，也不盡然真的都是由包拯所審理的案件。或因包拯為當時難得的清官，所以人皆託名傳事所致。然則不論主事者是誰，案件本身並不會因為官員的不同而影響其真實性、公正性及教育性。

〔註8〕如被收入《庚巳編》的〈桑茂易裝行姦〉，作者陸粲就指出這是「得之友人家舊抄公牘中。」的材料。見明陸粲著《庚巳編》，（北京，中華書局，1997年12月湖北二刷），頁113。

此外，二十七則故事中，〈喬彥傑一妾破家〉中的喬彥傑及〈陸五漢硬留合色鞋〉張藎，兩人並沒有違反法理；但是在個人行止仍有待商議。喬彥傑因為貪色而娶回小妾周氏、又因為迷戀煙花逾時不歸，致使家庭因為妻子的管理失當而破敗；〔註9〕喬彥傑自己也落得投水自盡的下場。至於書生張藎，雖然未能真正一親潘氏芳澤，但是謀染未婚女子的意念，使得他蒙受不白之冤，還險些因此身亡，其中的教訓更不可謂不大。這兩則故事都是除了在犯罪行為並生的戒淫效果。

（三）靈怪類

此類故事或肇因於妖物的縱慾情色，而對人類造成身心上的傷害；或由於人本身的放佚，引來神人的直接處罰。由於具有強烈的超現實色彩，因此單獨歸為一類，其中故事共計有三則：

篇　　名	犯事者	對　　象	事　　由	結　　果
假神仙大鬧華光廟（警世）	兩隻龜精	書生魏某	龜精假冒呂洞賓與何仙姑蠱惑魏商，使魏生差點因此送命。	華光菩薩與呂洞賓、何仙姑聯合緝妖。
任道元淫邪招譴（初刻）	任道元	良家婦女	任道元受神力而具神通；卻因此狂佚，公然在祭壇上調戲婦女，招徠神譴。	神人令任道元同修目睹任道元受神力鞭打折磨至死，以為誡厲。
鹽官邑老魔魅色（初刻）	獼猴精	良家婦女	猴精利用法術擄來良家婦女數十人，禁錮於山中，供自身取樂。	觀音大士出現殺死猴精、並解救眾婦。

雖然描寫的是超現實內容，但是從內容的細微處，仍不難看出作者認為受害者本身，也應對於此類不幸的發生負起責任。所謂「邪不勝正」（除去犯行明顯的任道元以外），被動的受害者本身如果沒有任何行為或意念上的瑕疵（如受到龜精騷擾的魏生是貪求長生成仙而被精魅利用；受到猴精禁錮的婦女們則由於本身對於命運的屈服而受辱），妖物也無從得逞。例如在〈鹽官邑老魔魅色〉中，女主角仇夜珠就對其他受禁婦女的屈從於猴精提出質疑；而那些婦女們的解釋是：「我輩皆是人身，豈甘做這妖人野偶？但今生不幸，被他用術陷在此中，撇父母、棄糟糠。雖朝暮憂思，竟無成益。所以忍恥偷生，

〔註9〕如馮夢龍就在眉批上，對高氏準備接小妾回家同住，卻沒有辭退董小二的動作，表達了「疑人勿用□了」的看法；及至周氏回到家中，又再次指明「此時該打發小二」。由此看來，高氏的處置失當，也是造成不幸的原因。

譬如做了一世豬羊犬馬罷了。事勢如此，你我拗他何用？不若放寬了心度日去，聽命於天。或者他罪惡有個終時，那日再見人世。」如此的消極喪志，即使不被侵擾，也不可能會積極的尋求生路。相對於這些婦女的屈服，女主角卻因大哭大鬧、抵死不從而未受到妖物的侵害。姑不論妖物捨棄哭啼女子不予玷污的情節是否具有說服力；但是從這兩則故事中所透露出來「意志可抗禦不義」、及「天救自救者」的理念與想法，已然表露無遺。〔註10〕

（四）騙術類

　　這一類故事，就是一般俗稱為的「仙人跳」美人局。歹徒利用男子貪圖飛來豔福的心理，設下圈套；待受害者自投羅網之後再恣意勒索。〔註11〕之所以將「騙術」由「公案類」故事中析出，是由於此類故事受害者多自認倒楣，或礙於名聲而敢張揚、或根本無從找出施騙者，所以沒有告請官理；反倒是「公案類」故事中的受害人，因為有報請官理，而使全案能夠有所了斷；這是兩者不同之處。反面的戒淫故事中，關於「騙術類」的作品共計以下六則：

篇　　名	受騙者	詐騙方式	結　　果
丹客半黍九還 （初刻）	富有監生潘某	騙徒假稱通曉鍊金之術；待受害者入殼之後，再以美色誘惑受害者失行，以為藉口抽身	潘生受到教訓，再不貪非份財色
陸蕙娘立決到頭緣 （初刻）	一般男子	張溜兒以妻子陸蕙娘為餌，誘不知情的好色男子上鉤後，加以勒索	陸蕙娘引以為恥，後在一次騙局中，索性假詐騙，真嫁人，讓張溜兒人財兩失。

〔註10〕這樣的觀念在明人的筆記中也可一窺端倪。陸容的《菽園雜記》中，就有一則這樣的記錄：「吳中有鬼善淫，凡懷春之女多被污。與之善者，金帛首飾，皆為盜致。吾崑真義民家一女，將被污，女曰：『涇西某家女貌美，何不往彼而來此？』鬼云：『彼女心正。』女怒曰：『吾心獨不正耶？』遂去，更不復來。乃知邪不干正之說有以也。」見明陸容著《菽園雜記》，（北京，中華書局，1997年12月湖北二刷），卷八，頁103。

〔註11〕此處不含〈張溜兒熟佈迷魂局（初刻）〉及〈吳郎妄意院中花（型世言）〉兩則。因為〈張溜兒熟佈迷魂局（初刻）〉中的主角是不貪色所以沒有受騙的沈燦若，騙局只是其中的一個過程，因此歸入「正面戒淫故事」；而〈吳郎妄意院中花（型世言）〉雖然也是美人局，但是其中的美人是毫不知情的良家婦女，所以整個故事最後要靠著地方官員的決斷才得以了結；因此歸入「反面戒淫故事」之「公案類」。

沈將仕三千買笑錢（二刻）	富人沈某	安排大量美女在旁炫惑，致使男子失去理智而濫賭狂輸	沈某失財後幡然醒悟受騙，卻為時晚矣
潑皮誤入美人局（二刻）	一般男子	由妻子勾引路過男子入室，待男子正要上下其手時，丈夫入門捉姦，勒索賠償金額	被一名潑皮識破，將夫婦兩教訓一頓，使他們不敢再犯
小官人識破美人局（二刻）	不知情男子	騙徒安排女子獨宿在客店中，吸引不知情男子同情，進以接濟為名目私通。騙徒再以捉姦為名，勒索男子	小官人從此識得美人局
趙縣君喬送黃柑（二刻）	吳宣教	獨居婦人勾引男子注意，待男子入室私會時，再由假夫入屋捉姦，勒索財物。	吳宣教一覺醒來，發現對方人去樓空，只得認栽

　　明代在商業發達之後，人人競逐名利；影響所及，民風變得機巧詭詐，並無所不用其極地徵名逐利；而越是繁榮富庶的地區，拐騙的事件也越多。以商業發展之速獨步全國的蘇州地區為例，早自宋代起，此間的坑騙就已然成為當地特色了。謝肇淛就曾在《五雜組‧地部一》中這樣說道：

> （蘇州）市井小人，百虛一實，舞文狙詐，不事本業。蓋視四方之
> 人，皆以為椎魯可笑。

以此為例，如果檢查故事的發生地區，則與《五雜組》中所言謀合：六則故事中，〈沈將仕三千買笑錢〉、〈小官人識破美人局〉是發生在南宋京師臨安、〈潑皮識破美人局〉、〈趙縣君喬送黃柑〉、〈張溜兒熟佈迷魂局〉則是以明代京師地區為背景；〈丹客半黍九還〉則是在明代的松江府。這些區域都是豪富一時之地，在文化及經濟的發展不可謂不盛，所以當地歹徒「視四方之人椎魯可笑」，一旦下手行騙，則如探囊取物般容易。不過如果受害者本身無欲無求，騙徒根本無從著手。所以說穿了，受害者是在為自己的貪心付出代價。即便是告請官理，這樣的事實也不容抹煞。特別對尋常人而言，「財」、「色」原本就是最難抗拒的誘惑，因而以之為餌的騙局，更會讓人毫無招架之力。所以作者們在揭露騙術之餘，總不忘以「勿貪非份自來之福」、或是「只要自己把持得穩，又何患騙徒侵擾」之類的警語告誡閱聽人應多加自律，以阻絕奸邪之輩的逞惡。

　　綜合本節類型區分的結果，可略得這樣的結論：

甲、反面故事為戒淫故事的主要類型。以數量來看，反面戒淫故事共佔有四十九則，為正面戒淫故事的七倍之多。在情節上，也是較可鋪陳及發揮的類型。由此可以推論，反面的戒淫故事，或許是作者心目中較具震撼及威嚇力的宣揚方式。

乙、正面戒淫故事在情節上缺乏戲劇張力。就內容上來看，正面戒淫故事的內容不如反面戒淫故事來得刺激，而其中的行善結果也必須藉由上天所賜的福報做為代價；女子更須在死後才能得到重視。相較之下，「眼前的美色之樂」顯然要比「未知的來日福報」來得實際多了。諸如此類的比較，容易使人在心理上對行善的目的報持懷疑的態度，因此較不易引起閱聽人的興趣，也是造成反面戒淫故事倍量於正面戒淫故事的重要原因。

丙、反面的戒淫故事較易取得。就取材上來看，反面的戒淫故事除了有歷代流傳的話本以外；〔註12〕不斷出現的社會案件，更是此類故事的主要來源。就中特別是「公案類」的故事，除了數量上的優勢以外；對於犯行的明確判決及毀滅性的下場，更能夠收到立即的警惕及恫嚇效果，也符合了作者的寫作目標；因而得以成為戒淫故事中的主要形態。

第二節　角色分析

戒淫故事中的人物，遍及各行各業。上至帝王、下至販夫走卒。每一個人都可能因為對自身情慾控管不當而引發危機。因此也有人利用人性中追求聲色之樂的本能來謀詐財物。為了有效達到誨淫的效果，並強化故事內容的多元性，故事中人物廣泛地取材自社會各層面；使得各類的消費者得從不同的戒淫故事中，得到歸屬感及貼切的建議。本節將分析整理蹈淫者的身份及動機，以便於了解淫行發生的原因及背景。

一、君王及貴族

對於國族的領導人，馮夢龍藉故事表達出對其品格操守的重視，而對女色的自制力便是其中之一。如〈金海陵縱慾亡身〉一文的楔子中，作者就提出如下的說法：〔註13〕

〔註12〕如〈蔣淑真刎頸鴛鴦會〉即是由〈刎頸鴛鴦會〉改編而來；而〈簡帖僧巧騙皇甫妻〉則是由〈簡帖和尚〉改寫而來。

〔註13〕類似的論述曾重復出現在〈新橋市韓五賣春情〉的楔子裡。

昨日流鶯今日蟬，起來又是夕陽天。

六龍飛轡長相窘，何忍乘危自著鞭。

這四句詩是唐朝司空圖所作。他說流光迅速，人壽無多，何苦貪戀色慾，自促其命。看來這還是勸化平人的。平人所有者，不過一身一家，就是好色貪淫，還只心有餘而力不足。若是貴為帝王，富有四海，何令不從，何求不遂。假如商惑妲己，周愛褒姒，漢雙飛燕，唐溺楊妃，他所寵者止於一人，尚且小則政亂民荒，大則喪身亡國，何況漁色不休，貪淫無度，不惜廉恥，不論綱常。若是安然無恙，皇天福善禍淫之理，也不可信了。

在「三言」之中，論及君王與女色間的故事，有〈趙太祖千里送京娘〉、〈金海陵縱慾亡國〉、及以敘述隋煬帝逸遊亡國，旁述以淫亂不倫的〈隋煬帝逸遊招譴〉三篇。從內容來看，趙匡胤的行俠仗義正好與金海陵及隋煬帝的縱慾敗德形成了鮮明的對比。仔細研讀可以發現，作者並未以成聖的標準來要求國君；但若以見微知著的觀察推論，那些無法對自己的私慾有效控制的人，又如何能領導國家？因之以君王為主的戒淫故事除了用來傳衍歷史韻事以外，作者也藉由「福善禍淫」及「招譴」等字眼來說明對縱淫者的反應；更以「政荒民亂」、「喪身亡國」等下場建立起閱聽大眾的自主判斷能力，以督策在位者的執政品質。如此大膽的想法及意圖，互為表裡地彰顯了作者在《醒世恆言》的序文中所言：「天不自醒人醒之」及「以醒人之權與言。言恆而人恆之，人恆而天亦得其恆」〔註14〕的觀點。

二、出家者

五十六則故事中，出現有犯姦淫者的身份屬於為僧道尼女冠等類型者，共有以下的十六則：

篇　名	犯事者	對　象	事由及結果
新橋市韓五賣春情（古今）	某	僧	（不詳）	因犯色戒而自盡，所以想以同樣縱慾無度的吳山為替身，以求脫離鬼道
簡帖僧巧騙皇甫妻（古今）	某	僧	良家婦人楊氏	僧人用計姦騙娶楊氏為妻

〔註14〕馮夢龍在《醒世恆言》序文中說：「自昔濁亂之世，謂之天醉。天不自醉人醉之，則天不自醒人醒之。以醒天之權與人，而以醒人之權與言。言恆而人恆，人恆而天亦得其恆，萬世太平之福，其可量乎？」

赫大卿遺恨鴛鴦絛（醒世）	尼姑及僧人等共六人	尼、僧	赫大卿	赫大卿入尼庵，與靜眞等四尼淫亂至死；另尼姑了緣，又與僧去非在寺中同居
汪大尹火焚寶蓮寺（醒世）	佛顯等眾僧	僧	求嗣的婦女	佛顯等僧假冒羅漢。姦淫爲求子而夜宿寺中的婦女；被汪大尹察出後正法。
酒下酒趙尼媼迷花（初刻）	趙尼	尼	無賴卜良	趙尼爲卜良設計姦騙良家婦女巫氏，自己也與卜良有姦
僧人藏婦（初刻）	廣明	僧	良家進香婦女	廣明設計拐騙良家婦女，藏在寺中地窖內予以姦淫。
奪風情村婦捐軀（初刻）	大覺、圓智	僧	兩僧除互通外，並皆與村婦杜氏有染	兩僧勾引杜氏留宿寺中，並與之姦淫；後因大覺爭風而殺死杜氏事發後與智明皆受刑而死
假爲尼男子行姦（初刻）	王尼等六人	尼	眾尼及進香婦女	王某爲男子，假扮爲尼，混在某大戶家庵中姦騙婦女，被發現後處死
聞人生野戰翠浮庵（初刻）	翠浮庵眾尼	尼	聞人生等男子	翠浮庵看似尼庵，實與私娼館無異。庵主另爲男子剃度，假冒爲尼，一起混入某大戶府內，與府中主母淫亂
許察院感夢擒僧（二刻）	眞靜、無塵	尼、僧	（僧尼互通）、王爵	眞靜與無塵私通在先；後又與王爵有姦；更導致無塵爲爭風殺害王爵
程朝奉單遇無頭婦（二刻）	僧人某	僧	良家婦女陳氏	僧人路經陳氏家，本欲行竊，後見陳氏貌美，轉而逼姦、殺人。
拒姦淫陳氏完令節（二刻）	性月	僧	先與馬氏有姦、又欲染指馬氏媳陳氏	因陳氏力拒自盡而使案發受刑
妙智淫色殺身（型世言）	妙智、法明、圓靜、淨梵、秋尼、洪如海等共六名僧尼		僧尼有姦、妙智等又與屠寡婦、田家諸姦、阿金等人有姦	妙智等人關係紊亂、後因事發而受貪官勒索，最後仍被殺害
痴郎被困名韁（型世言）	穎如	僧	良家女子及小廝	詐騙信徒錢財後，還染指俊美小廝、更要求以美貌女婢爲勒索代價
勘皮靴單證二郎神（醒世）	孫神通	道人	宮妃韓玉翹	孫某假借法術誘姦韓氏，事發後受刑而死
任道元淫邪遭譴（初刻）	任道元	道人	良家女子	任道元於法會上調戲女子，受天譴而死
西山觀設籙度亡魂（初刻）	黃知觀師徒三人	道人	寡婦吳氏	黃知觀師徒三人與吳氏淫亂，還要謀害吳氏之子，被有司發現問刑受死

在「三言二拍一型」的戒淫故事中，有許多的違法犯姦者是化外之人。然而如果察考《明律》，會發現，其實明政府對於出家人及民眾間的互動狀況管制得既細又嚴。如在《明代例律彙編》卷四〈戶律一‧戶役〉：

「僧道犯罪，雖未給度牒，悉照僧道科斷該還俗者，查發各原籍當差。若仍於原寺觀庵院或他寺觀庵院潛住者，並枷號一箇月，照舊還俗。僧道官及住持，知而不舉者，各治以罪」

「凡陰陽術士，不許於大小文武官員之家，妄言禍福。違者，杖一百。其依經推算，星命卜課者，不在禁限」

「凡僧尼道士女冠，並令拜父母，祭祀祖先。喪服等第，皆與常人同。違者，杖一百，還俗。」〔註15〕

又如〈刑律‧犯姦〉中對僧道女尼的犯姦，有這樣的法條：

「凡居父母及夫喪，若僧尼道士女冠犯姦者，各加凡姦罪二等。相姦之人，以凡姦論。」

「僧道官僧人道士，俱問發原籍為民。若姦拜認義父母親屬，俱發邊衛充軍。」

「僧道官尼姑女冠有犯姦淫者，治罪。就於本寺觀庵院門首枷首一個月，滿日發落」。〔註16〕

明政府對於僧道的犯姦更是盡其可能的圍堵、防範：除了加重刑責之外，更以「褻瀆神明」為由，嚴禁婦女擅入寺觀。以《明律》為例，〈禮律〉及〈刑律〉中都有「禁止婦女單獨入寺院」條文：

「嘉靖五年五月都察院題准：如有婦女出遊寺觀者，一面將婦女拏送官司，并拘夫男問罪，僧枷號一箇月發落還俗。」（刑律：犯姦）

「凡僧道軍民人等，於個寺觀神廟，刁姦婦女，因而引誘逃走，或誆騙財物者，俱發邊衛充軍。若軍民人等，縱令婦女於寺觀神廟有犯罪者，問罪，枷號一箇月發落。」（禮律‧際祀：褻瀆神明）。〔註17〕

〔註15〕見黃健彰等編《明代例律彙編》，（台北，中央研究院史語所，民69年），頁460。

〔註16〕同上註。

〔註17〕可見在明代家長聽任婦女私入寺廟道觀為違法之舉。有一種說法，認為婦女的月事是污穢不潔的，所以禁止婦女接近神明；但是就民間的實際信仰狀況而言，真正有餘暇供奉神明的只有婦女；如果真的以婦女為不潔的個體，何不禁止婦女在家中供佛？可見問題並不在於婦女的生理特徵上，而是隱藏了為政者發現「寺廟道觀是衍生亂事的淵藪」的事實，同時也反映出當局對於出家禁欲者的不信任，與其說這樣的律令歧視女性，不如說是防患未然之策。因此筆者推測，以褻瀆神明之說禁止婦女私自入寺觀，其實只是一種障眼法而已。相關之明律，見於黃健彰等編《明代例律彙編》，（台北，中央研究院史語所，民69年。）

實際上法律的執行效果是否真如預期般地嚴謹，其實可以從作品中化外之人的犯戒事例之多一窺端倪。正由於嚴苛的法律無法阻絕修道者的邪念，更能夠反映出強制禁慾的不合人性。因此作者們藉由大量的事例，以近乎恐嚇的變態內容，企圖遏止民眾與僧道之流不當的接觸。其中故事裡對僧道尼姑等人淫穢不堪之醜惡形容，遠較其他身份者為甚；這些犯淫者的醜行，除了有僧人間的互相洩慾以外，混亂的雜交縱慾更是故事中的常事。類似的描述使得原本應該是眾人心目中清修之地的寺院道觀，竟成了縱慾者的天堂；其中所反映出穢亂駭人的景況，使得尼觀寺院染上了令人戒懼的色彩，讓人不敢輕入其中。

（一）僧

僧侶的犯淫戒，在作者們的筆下似乎最是無可宥的。大體說來，僧侶犯戒的方式，大約可以分成以下的幾類：

1. 誘拐良家婦女（包括寡婦）、甚至窩藏在寺內。
2. 與尼姑私通。
3. 僧侶間互相作為發洩性慾的對象。
4. 一時失控觸犯色戒。

其中與尼姑私通及僧侶間的互為發洩對象，幾乎已成了犯戒僧侶們的通性。儘管作者們對於僧侶的評論不見得客觀公允，但是故事中的批評卻不約而同、又一針見血地顯示出作者們對於佛教戒規中禁慾主義難以接受的態度。馮夢龍就曾藉僧侶之口，提出這樣的抗議：

> ……我和尚一般是父娘生長，怎地剃掉了這幾莖頭髮，便不許親近婦人？我想當初佛爺也是扯淡，你要成佛成祖，止戒自己罷了；卻又立下這個規矩，連後世的人都戒起來。我們是個凡夫，哪裏打熬得過！又可恨昔日置律法的官員，你們做官的出乘駿馬，入羅紅顏，何等受用！也該體恤下人，積點陰騭，偏生與和尚做盡對頭，設立恁樣不通理的律令！如何和尚犯姦，便要責杖？難道和尚不是人身？就是修行一事，也出於各人本心，豈是捉縛加拷得的！」又歸怨父母道：「當時既是難養，索性死了，倒也乾淨！何苦送來做了一家貨，今日教我寸步難行。恨著這口怨氣，不如還了俗去，娶個老婆、生男育女，也得夫妻團聚。」又想起做和尚的不耕而食，不織而衣，住下高堂精舍，燒香吃茶，恁般受用。放掉不下。……

文中說這話的僧人，最後選擇了還俗娶妻，雖然三年之後就因病亡故，但是「也還算做完名全節」；至於最後一句「又想起做和尚的不耕而食，不織而衣，住下高堂精舍，燒香吃茶，怎般受用。放掉不下。」更點明了不軌僧侶們的矛盾：他們既想要如常人般過著家庭生活、更希望能不勞而獲。事實上，當時的僧侶們除了物質生活無虞之外，他們也不需負擔任何的徭役。這正是朱明政府必須管制僧道人數的原因，否則出家將成為民眾逃避稅賦及徭役的方法。〔註18〕此外，過度的佈施，也會影響到正常家庭的生活水準。

　　然而單是不愁吃穿，居然還不足以概括僧侶們的生活條件，馮夢龍就曾更進一步描述了僧侶們的斂財方式：

> ……大凡到寺中遊玩的，便有個僧人來相迎，先請至淨室中獻茶，然後陪侍遍寺隨喜一週，又擺設茶食果品，相待十分盡禮。雖則來者必留，其中原分等則，若遇官宦富豪，另有一般延款，這也不必細說。
>
> 大凡僧家的東西，賽過呂太后的筵宴，不是輕易吃得的。卻是為何？那和尚們名雖出家，利心比俗人更狠。這幾甌清茶，幾碟果品，便是釣魚的香餌，不管貧富，就送過一個疏簿，募化錢糧。不是託言塑佛妝金，定是說重修殿宇，再沒話講，便把佛前香燈油為名，若遇著肯舍的，便道是可擾之家，面前千般諂諛，不時去說騙；設遇著不肯舍的，就道是鄙吝之徒。背後百樣詆毀，走過去還要唾幾口

〔註18〕《明律・戶律・戶役》就有以下的條文：「僧道，府不得過四十名，州不得過三十名，縣不得過二十名。若額外擅收徒弟者問發口外為民，住持還俗。僧道官知而不舉者罷職。」「嘉靖拾年閏陸月禮部題准，照近依奉敕諭事理，僧道除正額，府不過肆拾名、州過不參拾名、縣不過貳拾名外，其餘有度牒者，化正還俗。無度牒者，查革為民當差。」除了人數以外，我們也可以從法律裡看到明代政府對出家年齡的限制。在〈嘉靖問刑條例〉中，對僧道的收徒方式及年齡，都有如下的限制：「凡僧道擅收徒弟，不給度牒。及民間子弟，戶內不及三丁，或在十六以上而出家者，俱枷號一箇月。並罪坐所由。僧道官及住持，知而不舉者，各罷職還俗」這是因為僧道可以免徵賦役，對於社會經濟有一定程度的影響；所以如果一戶的男丁不及三名、卻使之出家者，對國計民生必有一定程度的影響。除了人數之外，寺院道觀的數量也在管制之列。《明律・戶律・戶役》中，就有對「私剏庵院及私度僧道」有以下的規定：「凡寺觀庵院，除見在處所外，不許自剏建增置。違者杖一百還俗。僧道，發邊遠充軍。尼僧女冠，入官為妓。若僧道不給度牒，私自簪剃者，杖八十。若由家長，家長當罪。寺觀住持及受業師私度者，與同罪。並還俗」見黃健彰等編《明代例律彙編》，（台北，中央研究院院史語所，民69年。）

　　涎沫。所以僧家再無個饜足之期。又有一等人，自己親族貧乏。尚

　　不肯周儕分文，到得此輩募緣，偏肯整幾兩價佈施，豈不是捨本從

　　末的痴漢！〔註19〕

似這般優裕的生活條件，也難怪不軌僧侶們會「飽暖思淫慾」。所以凌濛初在

《拍案驚奇》中，就曾假借說書人之口評論道：

　　看官，你道這些僧家，受用了十方施主的東西，不憂吃，不憂穿。

　　收拾了乾淨房室，精緻被窩，眠在床裏，沒事得做，只想得是這件

　　事體。雖然有個把行童解饞，俗語道：「吃殺饅頭當不得飯。」亦且

　　這些婦女們偏要在寺裏來燒香拜佛，時常在他們眼前晃來晃去。看

　　見了美貌的，叫他靜夜裏怎麼不想？所以千方百計，弄出那姦淫事

　　體來。只這般姦淫，已是罪不容誅了。況且不毒不禿，不禿不毒，

　　轉毒轉禿，轉禿轉毒，爲那色事上，專要性命相搏、殺人放火的。

　　〔註20〕

從這段文字可以看出，明代婦女遊寺風氣之盛，也是催動僧人們情慾的原因。

〔註21〕因之爲了要一解性慾勃發之苦，戒淫故事裡那些犯戒的僧人們，幾乎

都會以行童或是同修者爲相互洩慾的對象；〔註22〕或因爲碰到適當的機會，

而與尼姑或寡婦私通、甚至拐騙囚禁婦女、以至於公然蓄妻〔註23〕的也大有

人在。更有僧尼雙方互相串通，謀姦詐財的例子。〔註24〕從文人的筆記中可

〔註19〕《醒世恆言‧汪大尹火焚寶蓮寺》，（上海，上海古籍出版社，1993 年 6 月），
　　　　《四庫全書》集部小說類，第 1786 冊，頁 207。

〔註20〕見《拍案驚奇‧奪風情村婦捐軀　假天語幕僚斷案》

〔註21〕牛建強《明代中後期社會變遷研究》（台北，文津，1997 年）裡，曾引明黃省
　　　　曾著《吳風錄》中描述時人遊寺尋幽的風氣：「（蘇州）虎丘、開元（二寺）
　　　　每有方僧習禪。設會講。二、三月，郡中士女渾聚至支硎觀音殿，供香不絕。」
　　　　此外，「吳中士夫話舡泛遊，攜妓登山。而虎丘則以太守胡纘宗創造台閣數重，
　　　　增益勝眺。自是四時遊客無寥寂之日，寺如軒市，妓女如雲。」見《明代中
　　　　後期社會變遷研究》，82 頁。

〔註22〕如〈奪風情村婦捐軀〉中的大覺師徒、〈癡郎被困名韁〉中的穎如、〈妙智淫
　　　　色殺身〉中的妙智師徒等，都是在找到與其相姦的女性之前，先以同性爲發
　　　　洩的對象。

〔註23〕如在《型世言‧妙智淫色殺身》中，妙智師徒人等藉由屠道人的名義，買
　　　　來一個官賣的婦人，藏在寺中供其淫樂。

〔註24〕陸人龍的《型世言‧癡郎被困名韁　惡髡竟投利網》中，就有這樣的說法：「……
　　　　（和尚）還有簡秘法，是奉承結織尼姑。尼姑是尋老鼠的貓兒，沒一處不鑽
　　　　到。無論貧家富戶官門，借抄化爲名，引了簡頭，便時常去闖。口似蜜，骨

以得知，僧侶蓄妻者從宋代起就不是奇聞；莊綽在《雞肋編》中，就有關於「僧妻」的記載：〔註25〕

> 廣南風俗，市井坐估，多僧人爲之，率皆致富。又例有室家，故其婦女多嫁於僧，欲落髮則行定，既難度乃成禮。市中方製僧帽，止一圈而無屋，但欲簪花其上也。嘗有富家嫁女，大會賓客，有一北人在坐。久之，迎婿始來，諠呼「王郎至矣！」視之乃一僧也。客大驚駭。因爲詩曰：「行盡人間四百州，只應此地最風流。夜來花燭開新燕，迎得王郎不裹頭。」如貧下之家，女年十四五，即使自營嫁裝，辦而後嫁。其所喜者，父母即從而歸之。初無一錢之費也。

謝肇淛也在他的《五雜組》中提到：

> 天下僧惟鳳陽一郡，飲酒、食肉、娶妻，無別於凡民而無差役之累。相傳太祖湯沐地，以此優恤之也。至吾閩之邵武汀州，僧道則皆公然蓄髮、長育妻子矣。寺僧數百，惟當戶者一人削髮，以便於入公門。其它雜處四民之中，莫能辨也。按陶穀《清異錄》謂僧妻曰「梵嫂」；《番禺雜記》載：「廣中僧有室家者，謂之『火宅僧』；則它處亦有之矣。」此真所謂幸民也。〔註26〕

所以即使到了明代，和尚的公然蓄妻，也不見得是件希奇的事。陸人龍在〈癡郎被困名韁〉中，就有這樣的一段：當張秀才的妻舅得知和尚穎如勒索的目的，原來是爲了要得到張家美貌的婢女時，與自己的妹妹間出現這樣的對話：

> （……）沈氏：「我做人極將就（指願意把婢女送去給和尚爲妻），她（婢女）哭是怕當和尚婆。」（……）沈爾謨：「癡丫頭，人人尋和尚，你倒怕他。……」〔註27〕

綜觀以上的文字及論點，可以看出當時人們對於僧侶的反感及不信任；凌濛初甚至在〈奪風情村婦捐軀〉的開場詩中，直稱和尚是「餓中色鬼」。所以

　　　如綿，先奉承得人喜歡。卻又說些因果，打動人家，替和尚游揚贊誦。這些
　　　婦女最聽哄，那箇不背地裡拿出錢，還又攛掇丈夫護法施捨。」
〔註25〕見宋莊綽《雞肋編》，（北京，中華書局，1997年12月湖北二刷），卷中〈廣南僧率有室家〉條，頁65。
〔註26〕明謝肇淛著《五雜組・人部四》，見《筆記小說大觀》（台北，新興，民國64年9月），第八編第六冊，卷八，頁3737。
〔註27〕見《型世言》，（同註1），頁467。

多數故事的著眼點就在於和尚們因過度禁慾後變態式的縱慾態度，〔註28〕除了嘲諷懷疑僧侶們不為人所知的生活方式以外，更藉此加深人們的印象，以警示世人不可隨意與僧人接觸。至於凌濛初則在〈聞人生野戰翠浮庵〉一文中，奉勸有意送子女出家的家長們三思而行，不要因為各種理由而過早為子女的一生作下決定，以免徒增他們長成之後的痛苦、甚至於貽誤一生。〔註29〕

（二）尼

類似於僧侶，尼姑們的犯戒情況有：

1. 勾引進香客或變相賣春。

2. 擔任如虔婆般的工作、自己也從中謀得財色之利。

3. 與和尚通姦。

與僧人通姦一項，可參考前文，此處不作贅述。

需要解釋的是，部份尼庵變相經營賣春行業，或許也是造成民眾以偏概全地歧視比丘尼的原因之一；〔註30〕這種行徑並非作者們的妄言或刻意詆毀：因為在歷代文人的筆記或文學作品中都可以發現類似的描述。〔註31〕普

〔註28〕《三言二拍一型中的貞節觀研究》作者劉素里，引靄理士《性心理學》中，對於絕慾的看法：「絕慾的結果，……在生理方面，它可寢小範圍的擾亂，使人感覺到不舒適；在心理方面，對性衝動既不能不驅遣、而又驅遣不去。結果是一個不斷的重覆的掙扎與焦慮，而越是驅遣不成，神經上性的意向越是紛然雜陳，那種不健全的性感覺過敏狀態越是來得發展。這兩種傾向會轉變為一種虛偽的貞靜的表現。」（中國文化大學中文研究所碩士論文，民84年2月），頁96。

〔註29〕原文如下：「看官聽說，但凡出家人，必須四大皆空，自己發得念盡，死心蹋地做個佛門弟子，早夜修持，凡心一點不動，卻才算得有功行。若如今世上，小時候憑著父母蠻做，動不動許在空門，那曉得起頭易，到底難。到得大來，得知了這些情慾滋味，就是強制得來，原非他本心所願。為此，就有那不守分的，污穢了禪堂佛殿，正叫做『作福不如避罪』。奉勸世人，再休把自己兒女送到這條路上來。」

〔註30〕如《拍案驚奇·聞人生野戰翠浮庵》中，對於何以庵主極力要求楊女出家，有這樣的描述：「你道尼姑為甚攛掇楊媽媽叫女兒出家？原來他日常要做些不公不法的事，全要那幾個後生標致徒弟做個牽頭，引得人動，他見楊家女兒十分顏色，又且媽媽只要保扶他長成，有甚事不依了他？所以他將機就計，推命做個入話，唆他把女兒送入空門，他做了徒弟。那時楊家女兒十二歲上，情實未開，卻也不以為意。……」

〔註31〕田汝成著《西湖遊覽志餘》（台北，木鐸，民71年，卷二十五，頁462。）中可以看見這樣的事情：「元時，臨平明因寺，尼剎也。豪俗往來，多投是寺，每至，則呼尼之少艾者供寢，寺主苦之。於是專飾一寮，以貯尼之淫濫者，

遍說來，戒淫故事中的尼姑也和犯戒的僧人一樣，在過度性壓抑之後，反呈變態般的旺盛性慾，令人不敢恭維；至於客觀環境方面，明代的法律雖然嚴禁女子擅入寺觀尼院，卻不曾對男子提出不可隨意進入尼庵的限制；因而不論是憑藉財勢強行入觀調戲女尼者、或是尋求清幽之地修學者、甚至於單純為尋幽訪勝而來的遊人，都可以毫無限制地進出甚至暫居尼庵。若是再碰上尼姑本身沒有嚴謹的戒律觀念及堅毅的修行意志，發生破戒的情況就會更加普遍。凌濛初就曾描寫過非自願出家的女尼在見到自尼思慕之人時，渴求於正常感情生活卻不得如願的心聲，〔註 32〕使人不難從中看出作者對於七情六慾被壓抑者的同情：

> 世間有這等美少年！莫非天仙下降？人生一世，但得恁地一個，便把終身許他，豈不是一對好姻緣？奈我已墮入此中，這事休提了。

供客僧不時之需，名曰「尼站」。寺內有宋仁烈皇后手書『眾生自度，佛不能度。欲正其心，先誠其意。無視無聽，抱神以靜。罪從心生，還從心滅。』三十二字。」另外，劉鶚《老殘遊記》中所提到的「斗姥宮」，雖然是屬於道教的女觀，但是也有類似的情形。其中的老師父對廟中的女子接客，有這樣的一套規矩，可與羅燁所言相參照：「……我們廟裏的規矩可與窰子裏不同：窰子裏妓女到了十五六歲，就要通令他改裝，以後好做生意；廟裏留客本是件犯私的事，只因祖上傳下來：年輕的人，都要搽抹胭脂、應酬客人。其中便有難於嚴禁之處，恐怕傷犯客人面子；前幾十年還是暗的，漸漸的近來，就有點大明大白的了！然而也還是個半暗的事。……只要是自己願意，我們斷不過問的。」……「但是有一件不能不說：在先也是本期裏傳下來的規矩，因為這比丘尼本應該是童貞女的事，不應該沾染紅塵；在別的廟裏犯了這事，就應逐出廟去，不再收留；惟我們這廟不能打這個官話欺人，可是也有一點分別：若是童女呢，一切衣服用度，均是廟裏供給；別人的衣服，童女也可以穿；別人的物件，童女也可以用。……若一染塵事，他就算犯規的人了，一切衣服等項，俱得自己出錢製買；並且每月還須津貼廟裡的用項。若是有修造房屋等事，也須攤在他們幾個染塵人的身上。因為廟裏本沒有香火田、又沒有緣簿。但凡人家寫緣簿的，自然都寫在那清修的廟裏去；誰肯寫在這半清不渾的廟裡呢？您還不知道嗎？況且初次染塵，必須大大的寫筆功德錢，這錢誰也不能得，收在公帳上應用。」（台北，陽明書局，民 75 年，頁293。）實際上，一般女尼接待進香客是有一定標準的。凌濛初在〈聞人生野戰翠浮庵〉中，也有這樣的描述：「……從來尼姑庵也有個規矩，但凡客官到來，都是老尼迎接答話。那少年的如閨女一般；居簡出，非是相熟的主顧，或是親戚，方才得見。若是老尼出外，或是病臥，竟自辭客。就是非常勢要的，立心要來認那小徒，也少不得三請四喚，等得你個不耐煩，方才出來」除非是沒有守清規意願的女尼，才會主動出來接待客人。然而這樣的不成文規定是否在每一處都能夠確實執行，又是一個有待研究的問題了。

〔註32〕見《初刻・聞人生野戰翠浮庵》。

除了女尼本身是男子們犯淫的對象以外，女尼中性化的外貌及裝扮，也成爲有心人便於裝扮的形象。如〈聞人生野戰翠浮庵〉中，那名早年喪夫的老安人，就在請老尼替自己的情郎剃髮之後、將老尼與假小尼接回家中，三人共食共眠。又如〈假爲尼男子行姦〉，也是由面貌清秀的男子，扮成尼姑，混入私人的家庵中爲住持；再趁機姦騙前往進香的婦女。其他如〈赫大卿遺恨鴛鴦條〉中的赫大卿，也是被尼姑們打扮成女尼，而得以在庵院中長期生活；其扮相之真，直到他死後，連妻子都認不出來。

　　不同於多數不法僧人只能在自己的寺中爲非作歹，女尼的性別及身份是不肖比丘尼恣行不法的優勢：她們可以仗恃著同性的身份、藉著如推銷物品、安排法會、念經助懺，甚至是以調配各種婦病或助情藥劑的名目穿門走戶；〔註33〕再加上多數的尼庵位於清幽的郊外，更是男女私會的絕佳地點；這使女尼們往往成爲有心偷情者的最佳媒介。〔註34〕凌濛初就曾指出：

> 話說三姑六婆，最是人家不可與他往來出入。……其間一種最狠的，又是尼姑。他借著佛天爲由，庵院爲囤，可以引得內眷來燒香，可以引得子弟來遊耍。見男人問訊稱呼，禮數毫不異僧家，接對無妨，到內室唸佛看經，體格終須是婦女，交搭更便。從來馬泊山、撮合六，十樁事倒有九樁是尼姑做成的、尼庵私會的。〔註35〕

因之中國人將尼姑歸入「三姑六婆」之流，〔註36〕正是由於尼姑的行事中，往往有著太多令人難以信任的機巧。事實上，尼姑除了因爲信仰差異而無法取代道姑以外，其他女性從業者的工作幾乎可以全部包辦。所以對於尼姑，作者們也如同對僧侶一般無什好感，更強烈勸誡男女，不可隨意或進入尼庵、也不可以讓尼姑們隨便穿門入戶地前來搭訕；最根本的辦法，就是不要與尼姑往還。

〔註33〕如《金瓶梅》中的王姑子與薛姑子，不但幫人念經懺、安排法會，還提供吳月娘春藥及助孕藥；幫助潘金蓮計較心機。而《拍案驚奇·狄氏》中，尼姑也是以推銷珠子爲由，替狄氏與滕生穿線。

〔註34〕如〈閒雲庵阮三償舊債〉中，陳玉蘭與阮三的私會，就是透過王尼姑的安排；〈狄氏〉裡的卜良，也是看中趙尼媼能自由進出賈家的便利，所以利誘趙尼幫他引巫氏到庵中進香、讓自己好趁便玷污巫氏。

〔註35〕見《初刻·酒下酒趙尼媼迷花　機中機賈秀才報怨》。

〔註36〕元陶宗儀《南村輟耕錄》中：「三姑者，尼姑、道姑、卦姑；六婆者，牙婆、師婆、媒婆、虔婆、藥婆、穩婆也。蓋與三刑六害同也。人家有一於此，而不至於姦盜者，幾希矣。若能謹而遠之，如避蛇蠍，庶乎淨宅之法。」（北京，中華書局，1997年11月三刷），頁126。

（三）道人

戒淫故事中道人觸犯色戒的情形前表中已有整理。其中除了與徒弟一起染指寡婦吳氏的黃妙修，算得上是縱慾外，另外兩例都具有濃厚的傳奇色彩。凌濛初曾經在《拍案驚奇》中，借由說書人之口，將道教的源流及發展做了大略的介紹：

> 說這道家一教，乃是李老君青牛出關，關尹文始真人懇請留下《道德真經》五千言，傳流至今。這家教門，最上者沖虛清靜，出有入無，超塵俗而上升，同天地而不老。其次者修真煉性，吐故納新，築坎離以延年，蒦鉛汞以濟物。最下者行持符籙，役使鬼神，設章醮以通上界，建考召以達冥途。這家學問，卻是後漢時張角能作五里霧。人欲學他的，先要五斗米為贄見禮，故叫得五斗米道，後來其教盛行。那學了與民間祛妖除害的，便是正法；若是去為非作歹的，只叫得妖術。雖是邪正不同，卻也是極靈驗難得的。流傳至今，以前兩項高人絕世不能得有，只是符籙這家，時時有人習學，頗有高妙的在內。卻有一件作怪，學了這家術法，一些也胡亂做事不得了。儘有奉持不謹、反取其禍的。

由此觀之，符籙法術的應用，只能算是道教的最末一層而已；但是對於民間而言，因為這兩樣技術與民眾的日常生活相關，所以格外受到民間的歡迎；再加上道教本來就是源自中國民間的宗教信仰，所以幾乎是完全貼合於中國文化中；這一個特徵，可以從民間故事裡總會出現濃厚的道教氣息上可以看得出來。〔註37〕以〈勘皮靴單證二郎神〉為例，故事裡孫神通以法術恣意出入韓玉翹房舍的經過，使得閱聽人在隨著主事官員調查真之餘，還會對道人的法術產生無限的想像空間。因之這樣的故事在戒淫的目的以外，還同時具有娛樂的效果。至於《初刻》中〈任道元淫邪招譴〉的故事裡，則呈現了另一番中國文字所特有的趣味。文中提到，在任道元成名之前，有一晚他受到神明的指示，給前來問卦的男子以「香」字解釋報應之問。結果男子回家之後十八日身亡：原來「香」字可以拆作是「一十八日」。這則故事除了表現出文字的多變性以外，也結合了民間的果報觀念，強化「福禍未至，鬼神必先知之〔註38〕」的警世意味。

〔註37〕可參考劉守華著《道教與中國民間文學》，（台北，文津，民國80年12月）。
〔註38〕見《警世通言‧蔣淑真刎頸鴛鴦會》文末評論。

　　不論創立伊始所抱持的理想有多崇高，任何一個宗教都會因為其中若干素行不良的成員而造成大眾對箇中人等的負面觀感。正如同尋常的和尚雖然不太受一般民眾歡迎，但是社會上對於得道的高僧仍然抱持著敬意一般；出家眾轉出世為入世的濟民情懷固然令人感佩；然而「掛羊頭賣狗肉」的不道之徒卻不由得社會不起反感。尤其在道教的延壽觀念中，前有援引解釋自道家老子的養生術、〔註39〕及託黃帝之名而為之的《素女經》〔註40〕肇源；後有張道陵以房中術為修煉之法傳授其徒，〔註41〕使得後來的整個道教與房中術產生重要的關聯；因之不肖道人多有假修煉為由而接近女色、乃至於縱慾的情況。〔註42〕然而由於明人對道教的狂熱遠勝於佛教，〔註43〕再加上道家

〔註39〕 一般道家修煉房中術者咸信，老子《道德經・五十五章》的內容，可以做為老子養生哲學甚至是房中術萌生的重要理論。其原文如下：「含德之厚，比於赤子。蜂蠆虺蛇不螫，攫鳥猛獸不搏。骨弱筋柔而握固，未知牝牡之合而朘作，精之至也。終日號而不嗄，和之至也。知和曰常、知常曰明。益生曰祥，心使氣曰強。物壯則老，謂之不道。不道早已。」，雖然在學術上，這裡的意指在於告誡人們要保有赤子般的本真，才能夠保有天生的純德；但是其中所說的「嬰兒僅管筋柔股骨弱、甚至連男女的交合都不知道，但是他的生殖器卻會常常勃起。這就是因為精氣充足的緣故。」在道教奉行者的觀念中，這一段話卻成為在修習房中術時，所追求的一種境界。

〔註40〕 於《素女經》，據後人考證，「約成書於戰國時代、並於魏晉時期經民間流傳修改。」見劉臨達編著《中國古代性文化》，（銀川，寧夏人民出版社，1994年2月二刷），頁187。

〔註41〕 明王世貞《神仙傳・張道陵》：「……故陵語諸人曰：『爾輩多俗態未除，不能棄世，正可得吾行氣導引房中之事，或可得服食草木數百歲之方耳。』」

〔註42〕 如凌濛初就在《二刻・甄監生浪吞秘藥　春花婢誤洩風情》中，有這樣的開場白：「何謂黃白之術？方士丹客，哄人煉丹，說養成黃芽、再生白雪，用藥點化為丹，便鉛汞之類皆變黃金白銀。故此煉丹的叫做黃白之術。有的只貪圖銀子，指望丹成；有的說丹藥服了，就可成仙度世，又想長生起來。有的又說內丹成，外丹亦成，卻用女子為鼎器，捉坎填離，煉成嬰兒奼女，以為內丹，乃黃帝、容成公、彭祖之術，又可取樂，又可長生。中有本事不濟的，只得借助藥力。有許多話頭做作，哄動這些血氣未定的少年，其實有枝有葉，有滋有味。」

〔註43〕 明代對於道流的態度與對僧侶有著極大的差異。除了因為道教本身的多元化以外，明朝君主的佞道，更是使道教於明代凌越佛教的主因。特別是在明世宗嘉靖自封為「靈霄上清統雷元妙陽一飛玄真君」、又簿錄大能仁寺資財及撤毀禁中佛殿之後，明人對道教的崇奉幾乎已達到了狂熱的地步；明代中後期君主，幾乎全都享用過道士們調劑的長生仙方與房中秘藥。反觀僧侶的念經祈福，相對之下倒不如道教顯得實用。世宗還曾因此數度親封道人為國師（如邵元節、陶典真等人），並隨之修習長生不老之法。影響所及，擬話本的作者們也相對地對道人較佛僧禮遇。馮夢龍就在「三言」中，多次讚揚道教，其

在服飾及制度上的便利；所以相對於僧侶，道人更容易犯下邪淫之罪卻又不容易被察覺。〔註44〕這些或許都是造成道士犯色戒的故事在數量上遠不比僧尼多的原因之一。

綜觀論僧、尼、道等對宗教修行者的描述，相對於對釋家弟子的醜惡形容，這些作品在無意中反應了明代社會崇道詆佛的宗教特質。然而若就釋道二家與民間相互往還的密切程度而言，僧尼道士其實早已深入大眾生活中，所以才會使得一般百姓降低了對他們應有的戒心，反而引發更多的社會問題。作者們顯然洞悉了這樣的危機，所以在作品中強烈表達出對絕慾者的不信任及對禁慾主義的反感；更藉由出家眾所犯色戒的故事，使大眾了解過猶不及、皆不足取的觀念，以建立民眾在面對宗教信仰時所應抱持的合宜態度。這樣的用心是毋庸置疑的。

三、中產階級

自宋代手工業開始發展之後，中產階級也隨之興起。在此所謂的中產階級，包括了除農以外的士、工、商等業別。其中又以士人及商人階級為戒淫故事中最常見的失行者。隨著商業活動的日趨熱絡，原本非務商者投入商業經營的比例也越來越高、甚至連僧侶也不例外；〔註45〕因之僅管明代前期對於商人仍採

中如在《古今小説》的〈張道陵七試趙昇〉文中，對道教提出這樣的看法：「儒教忒平常；佛教忒清苦。只有道教學成成生不死，變化無端，最為灑落。」參見陳永正著《三言二拍的世界－對和尚尼姑的嘲弄》，（台北，遠流，民85年6月初版三刷），頁148。

〔註44〕凌濛初就在《拍案驚奇·任道元淫邪招譴》中說道：「……但是邪淫不法之事，偏是道流容易做。只因和尚服飾異樣，先是光著一個頭，好些不便。道流打扮起來，簪冠著袍，方才認得是個道士；若是卸下裝束，仍舊巾帽長衣，分毫與俗人無異，性急看不出破綻來。況且還有火居道士，原是有妻小的，一發與俗人無異了。所以做那姦淫之事。比和尚十分便當。」

〔註45〕如黃敏枝就在其所著的《宋代佛教經濟史論集·宋代佛教寺院與工商業經營》（台北，學生，民78年5月）中，提到當時的僧人多以與民生有關的加工業或商業為主要的謀利方式：包括邸店業、賣鹽業、藥局業、飲食業、高利貸業……等（頁219～頁228）。其中最駭人聽聞的是，還有僧侶以賣豬肉及炙燒豬肉為業。文中引用張舜民《畫墁錄》的記載為佐證：「相國寺燒朱院，昔日有僧惠明善庖，炙豬肉尤佳，一頓五觔。楊大年與之往還，多率同舍具餐。一日，大年曰：『爾為僧，遠近皆呼燒豬院，安乎？』惠明曰：『奈何？』大年曰：『不若呼燒朱院也。』都人自此亦改。」又引沈遼所撰的《雲巢集》卷七〈天慶觀火星閣記〉中：「三湘之間，惟永為奧區。……為浮屠道者，與羣姓通商賈，逐酒肉，其塔廟則屠膾之所聚也。」連原本以戒殺為律的僧人，

取壓抑的政策，〔註46〕然而這樣的舉措並未如預期般達到以抑商來減低貧富差距的目的，反而加速了社會各階層間的流動：因爲部份商人在經商致富之後，令其子弟轉習儒業或者捐貲買官，以求仕途上有所發展的結果，使得官員的出身不再限於所謂的「身家清白」者，間接地影響了社會上的價值觀。到了明末，擬話本的作者們甚至提出了「經商也是善業〔註47〕」的看法，可視爲在相當程度上已扭轉了中國人觀念中對商業的排斥與抗拒，也因此加強了士商之間的關聯性，使這兩種職別者憑恃著財力及學養權威上的絕佳優勢，而成爲社會中的主流；同時由仕紳階級及從商人口爲主角的戒淫故事，佔了全部故事量一半以上的情況看來，更可以證明士、商階層在社會的動見觀瞻。而這一類的故事，同時也足以顯示出社會在遭際商業活動的衝擊及轉型過程中，原適存於農業社會中的家庭價值及倫理觀念所面臨的挑戰。

（一）商人（含行商及一般商賈）

以從商者爲主的戒淫故事，又可依其經營的方式分爲行商及坐商。茲將戒淫故事中與戒淫主題有關的商賈狀況整理如下：

篇　名	商　人	情　況	結　局
蔣興哥巧遇珍珠衫（古今）	蔣興哥	因常年在外，使妻子結交新歡	另娶一妻；原妻因悔過、最後也與蔣破鏡重圓，但退爲小妾
蔣興哥巧遇珍珠衫（古今）	陳大郎（徽商）	外出經商、結識並與蔣妻有私情，因此逗留蔣家數月	得知事發後，驚悸之下，客死他鄉；其妻平氏改嫁蔣爲妻
蔣淑眞刎頸鴛鴦會（警世）	張二官	因常年在外，使性慾旺盛的妻子無處發洩而與鄰人私通	發覺有異，伺機捉姦，一氣之下殺死妻子與姦夫
喬彥傑一妾破家（醒世）	喬彥傑	外出經商買回小妾，卻不被元配接納而析居；喬再度外	家僕與小妾及喬女私通、元配一氣之下殺死家僕，卻使三女坐罪

也都如此用心用意於徵逐謀利，這樣的情況正可視爲宋代以後世眾人競逐商利的寫照之一。

〔註46〕在牛建強《明代中後期社會變遷研究》中，就曾引徐學聚《國朝典匯》卷一一○，禮部九、服冠制中，朱元璋於明洪武十四（1381）年所制下的規定，來顯示出朱元璋企圖降低商人地位、同時體現重農思想的傾向。其中的主要內容，是在說明農家准許穿著綢、紗、絹、布；但商人之家只能穿絹、布；而農家只要有一人從商，其他的成員也不能穿綢、紗。據牛建強的看法，此舉「一方面使他們（商人）顯示不出富有，同時也使農民們在心理上得到一種滿足。」（台北，文津，1997 年），頁 19～20。

〔註47〕在《二刻・贈芝麻識破假形　擷草藥假協眞偶》中，作者借故事中人馬少卿口中說出：「經商亦是善業，不是賤流。」足見對於商業經營者的觀點，在當時社會已有轉變。

		出，又因流戀煙花而遲歸	而死。喬彥傑得知後，因悲慟而自盡。
韓侍郎婢作夫人 （二刻）	（徽商某）	經商中於外地娶江愛娘爲妾，卻被神人在夢中警告此女非其偶	認愛娘爲義女，並將之轉嫁與韓侍郎，後愛娘果然成二品夫人
許按察感夢擒僧 （二刻）	王祿	陝西商人，到山東經商盈利後，與家奴眠花宿柳	縱慾無度染病而亡、客死異鄉
徐茶酒趁亂劫新人 （二刻）	錢已	與友趙申外出經商，錢爲獨吞盈利將之殺害；又佔鄭女爲妾	鄭女受錢已元配虐待，遂至府衙出首，使錢已惡行暴露、受刑而死
完令節冰心獨抱 （型世言）	汪涵宇 （徽商）	外出經商期間，先與客店女主人朱寡婦有染；又謀娶朱婦寡媳唐氏爲妾	唐氏因不肯改嫁、又不願聲張姑醜而自盡。後江商散盡財物才得脫身
新橋市韓五賣春情 （古今）	吳山	在家助父營絲綿生意，遇暗娼韓五糾纏	差點送命，後改過遷善，再不貪非份美色
小夫人金錢贈年少 （警世）	張士廉	因老來無子無伴，又恃財自傲，因此指定續弦對象一定要年輕貌美	家財耗盡，卻也差點丟失性命
蔣淑眞刎頸鴛鴦會 （警世）	朱秉中	與鄰婦蔣淑眞私通	與情婦一起被本夫殺死
陸五漢硬留合色鞋 （醒世）	陸五漢	本爲屠戶，因母親爲張藎撮合與潘女的私會，而冒張生之名與潘女偷情	疑潘女移情、卻錯殺潘女雙親，後因罪受刑而死
程朝奉單遇無頭婦 （二刻）	程朝奉 （徽商）	見賣酒李二郎之妻貌美，欲以重金購得一夜春宵	李婦在等待程某時，遭僧人逼姦殺害，使買春一事公開；程某除因此坐監外，更耗散大筆家財緝兇。
吳郎妄意院中花 （型世言）	吳爚 （徽商）	僑居杭州經營鹽業，見一婦貌美，妄想娶回爲妾	整個謀婚過程實爲騙徒設下的圈套。吳爚不但沒得妾；反而吃上官司，耗下大筆家財才得脫身

甲、行商

行商，指的是遊走各地從事貿易的商販。撇開行商的產生原因不論，單從行商獨特的營生方式來看，由於生意上的需要，使他們不得不四處爲家；也由於長年在外，行商無論在生理及心理上都格外渴求滿足與慰藉，因此在經常往還的地點購置外室、或是隨機以買春方式得到暫時的滿足，都成爲行商生活之常見形態。然而這些方式都隱藏著不可預知的危機：或可能造成對原家庭的衝擊、或因買春而引發安全或健康上的問題、或因與不當對象交往，也會衍生許多困擾；也更會因此對社會秩序帶來不良影響。所以作者們於作品中適時反映出行商的婚姻生活及兩性關係，一方面藉以得做爲境遇相似者的借鏡、一方面也提供時人在徵逐名利的同時，一個自省自覺的契機。

從上表中的前七例不難看出行商們的難處。若不出外經商，難以改善或維持家計；然而一旦外出，除了要面對不可知的風險以外，[註48] 還有可能賠上自己的家庭及性命：如〈蔣淑眞刎頸鴛鴦會〉中的張商，就是因爲必須外出經商，不得已獨留性慾旺盛的妻子蔣淑眞在家；結果造成蔣淑眞因不耐寂寞而與人私通；張商最後在氣憤之下殺死妻子與姦夫，落得家破人亡的下場。又如〈吳郎妄意院中花〉裡的張殼，如果不是因爲他到廣東去經商，妻子也不致面臨被人騙賣的危險。

姑不論元配獨自在家的安全性問題；行商在外地置妾，也同樣必須承擔著如夫人因獨自外守而可能變心、或是攜妾返鄉後不被元配接受，因此導致各種家庭糾紛的風險。另一方面，如果以眠花宿柳替代娶置外室，則可能會使盈利耗盡、或者會因得到性病而客死異鄉。以上種種方式，對行商或其妻妾而言，都不是最妥善、卻又不得不然的對策。此外，行商在外漂泊固然可憐，但同時在故鄉撑持家計的妻子，也必須獨力負擔照顧家庭的重責，其因生理及心理上的煎熬所造成的苦楚，是使得她們可能會紅杏出牆、或難以接受外來妾室的主因。對元配們來說，妾室們就像是不勞而獲的競爭者；而一想到自己在這一頭辛苦持家、丈夫卻在外享受美妾與商利，懸殊的境遇當然會使元配們在心理上難獲平衡；[註49] 更重要的是，整個社會文化對男子的置妾抱持著理所當然的態度，更使元配們沒有資格對於丈夫的納妾置嘍；[註50] 因此

〔註48〕 以明代主要的經商族群「徽商」爲例，據牛建强的研究指出，眞正可以致富並成爲巨富的徽商只是少數。許多人（含其他地區的商賈）在經商的過程中，不如意事十常八九，如遭水火之災或盜匪的洗劫、也有可能頓挫虧折，連本不保。文中引萬曆時《歙志》所言，來證明經商者的景況：「姑論吾邑，千金之子比比皆是，上之而巨萬矣。又上之而十萬、百萬矣。然而千金則千萬不能一也，巨萬則萬不能一也。十萬、百萬可知。乃若朝不謀夕者則十而九矣。」十分之九的經商者，是過者朝不謀夕的生活，這正是後人在看到成功經商者時，更應注意的問題。可惜在「三言二拍一型」中，類似的例子不多，成功致富的倒不少。這或許是當時作者們所忽略的課題。見《明代中後期社會變遷研究》（同註48），頁120。

〔註49〕 如陸人龍在《型言世·吳郎妄意院中花》一文中，就有對婦人對行商丈夫在外置妾的反應描寫：「他都把這些貨發在深邊發賣，有了小老婆，又有錢用，這黑心忘八還肯回來？」；及「有這忘八，你這等吃穿快活，丟我獨自在家……」

〔註50〕 雖然也有明代中後期的學者如龐隆慶、姚牧舜等人提出「立妾爲嗣續計」、「一夫一妻是正理，若四十年無子，爲延續香火計才可娶妾」等說法，但是顯然只是一種理想，特別是商人的娶妾，在明代十分普遍。見明龐尚隆著《龐氏

她們除了以地位上的優勢來羞辱對手以外，再沒有別的管道來發洩心中的不滿。〔註51〕反觀妾室們，她們離鄉背景的來到完全陌生的家庭中，地位則由原本的專擅椒房一降而爲半婢半妾；〔註52〕或者行商不帶妾室回鄉，那麼她們又將成爲另一個獨自生活的元配；更可憐的是，終其一生，她們可能永遠也進不了夫族的大門。〔註53〕如此即使至死也可能不被重視的悲哀，與獨居時所必須面對的孤寂，絕不亞於元配身心所受到的折磨。除非有人居中調停，否則在這樣各懷不滿的情況下，家庭遲早會因此發生衝突。

喬彥傑就是最明顯的例子。他在外地娶回妾室、又長期因留戀煙花而忽略家庭生活，所以當家庭發生巨大危難時，他毫無所悉。待他於煙花女子處因「盤纏用盡」而回家時，才發現已然家破人亡。因爲經商而無法兼顧家庭發展固然是導致慘劇的原因之一；但是追根究底，喬彥傑毫無節制的耽溺美色才是導致毀滅的主因。所有因經商所可能引發的危機，在他身上全數傾巢而出，也難怪他的下場之慘，是其他行商所不及的。

最令作者們不恥的行商，是勾引他人妻女者。這樣的行徑一旦被發現，理當面對法律的制裁、或社會輿論的唾棄。〈蔣興哥巧遇珍珠衫〉中的陳大郎就是一個例子。他用盡心機勾引另一位行商之妻王三巧，在造成他人家庭破碎的同時，也爲自己鋪下了毀滅的道路。當他客死異鄉之後，辛苦經營的家產被惡奴全數竊走；妻子則落得賣身葬夫的下場。到頭來，陳妻反而成了蔣興哥的繼室；而原本與陳大郎盟山誓海的情婦，也在悔過後回到原夫身邊。陳大郎的下場，成爲作者用以戒諭世人不可輕蹈淫綱的例子。〔註54〕至於〈完令節冰心獨抱〉裡的徽商汪某，其行徑更是令人髮指。他不但與客店的朱寡婦私通，就連朱婦新寡的嬌媳唐氏也不放過；甚至唆使朱婦以不孝之名，送唐氏入縣衙受盡折磨，以期她會因偷生而改嫁給自己；逼死了唐氏之後，他

家訓》及姚牧舜著《藥言》。

〔註51〕如〈徐茶酒趁亂劫新人〉中的錢巳之妻萬氏，就對丈夫帶回的鄭蕊珠百般凌虐；《警世通言》中〈計押番金鰻產禍〉一文中，也描述了女主角慶奴在隨丈夫回到夫家後，受到元配凌虐的遭遇。

〔註52〕如〈喬彥傑一妾破家〉中，周氏與喬彥傑在外居住時的生活情況，就與周氏後來搬回與高氏同住時大有不同，周氏處處忍氣吞聲，聽憑高氏指揮。

〔註53〕如《二刻‧張福娘一心守貞　朱天賜萬里符名》中的張福娘，也是被外出任官的婆家撤棄在外的妾室。如果不是後來她的兒子榜上有名，張福娘終其一生，將只得流落在外，更別說是受夫家承認了。

〔註54〕馮夢龍在文前的引詩中言：「人心或可昧，天道不差移。我不淫人婦，人不淫我妻。」可謂點明文旨。

竟還捲走朱婦的財產逃亡。這些卑鄙的作爲，終於落得「身邊擠了一空」〔註55〕的狼狽下場，令閱聽人爲之稱快。

　　「三言二拍一型」中，固然有不少以經商而致富的故事，〔註56〕但是作者們顯然地注意到了行商的生活方式可能引發種種社會問題，所以他們從不同的角度來描述行商的生涯及抉擇過程，使故事在詳實之餘，也能夠眞實地成爲境遇相若者的戒鑑，發揮警世的功效。

乙、坐商及徽商

　　上表中的後五例是以坐商爲主角的戒淫故事。五則故事各有其誡諭的重點；但其中都不約而同地對商人們的「飽暖思淫慾」提出勸告。如在江南經營絲綿及米舖的吳山，因爲家境富裕而引來暗娼覬覦；他自己又不能把持，最後險成色中鬼。全文在勸告世人勿貪非份自來的美色；而〈小夫人金錢贈年少〉中張士廉的邁遇，則點明了小夫人因爲再嫁之夫的年齡太大而心生遺憾，才會發生移情於張主管的情況。這一切事件的起因，都在於張士廉自恃財厚，所以不顧現實地要娶回年齡差距懸殊的嬌妻所致。最後張士廉的「貪色」除了貽誤年輕女子終身以外，也使他自己落得家財一空的下場。因此作者在開場，就以「有個員外年逾六旬，鬚髮皤然。只因不服老，兀自貪色，蕩散了一個家計，幾乎成了失鄉之鬼。」來點明爲文主旨。至於〈陸五漢硬留合色鞋〉中的屠戶陸五漢，則是因爲貪圖非份的美色、又爲了爭風而殺人，所以成了囚中鬼。

　　在所有商賈犯淫的故事中，最令人不齒的，莫過於〈蔣淑眞刎頸鴛鴦會〉中的朱秉中；當他與蔣淑眞的姦情被本夫張二官發現後，面對張二官的逼殺，無恥的他竟提出「情願將家私並女奉報」的建議，以求免於一死；這樣把女兒如物品般送人，只求遮掩自己偷人婦女的行徑，簡直像極了那些逼良爲娼的老鴇；何況他還身爲人父！這種非人的舉措，令人在髮指之餘，完全無法同情他所說的「家有老母在堂」及「母老子弱」等語。所以最後他的死，除了以「罪有應得」論之，再無贅言可述。

〔註55〕唐貴梅死後，汪商捲走朱寡婦的箱籠欲逃，被兩個不甚厚道的鄰居「悄地趕到水口，拿住汪涵宇道『蠻子，你因姦致死人命，待走到那裡去！』汪涵宇極（急）了，買求，被兩個身邊擠了一空。」

〔註56〕如《醒世恆言・徐老僕義憤成家》、《初刻・烏將軍一飯必酬　陳大郎三人重會》、《二刻・疊居奇程客得助　三救厄海神顯靈》中，都有對成功致富的經商者的描述。

　　值得注意的是，在十三則以商人為主角的戒淫故事裡，有五則故事被作者特別註明主角身份為徽商。一般說來，這些徽州商人，由於家鄉自然環境的貧瘠而從商謀生，〔註57〕也由於生活的艱困及經商的不易，養成了他們慳吝保守的性格。徽商的慳吝，引來作者們對其平日行止大加嘲弄。凌濛初就曾在文中屢次消遣徽商：如在〈韓侍郎婢作夫人〉中形容徽商的僻性是：

　　　　元來徽州人有個僻性，是烏紗帽、紅繡鞋，一生只這兩件不爭銀子，
　　　　其餘諸事皆慳吝了。聽見說個韓侍郎娶妾，先自軟癱了半邊，自誇夢
　　　　兆有準，巴不得就成了。韓府也叫人看過，看得十分中意。徽商認做
　　　　自己女兒，不爭財物，反賠嫁妝，只貪個紗帽往來，便自心滿意足。

又如在〈程朝奉單遇無頭婦〉中，對徽商的貪色及愛慕虛榮，有這樣的描述：

　　　　話說國朝年化年間，直隸徽州府有一個富人，姓程。他那邊土俗，
　　　　但是有資財的，就呼為朝奉；蓋宋時有朝奉大夫，就像稱呼富人為
　　　　員外一般，總是尊他這個程朝奉，擁著巨萬家私。真所謂「飽暖生
　　　　淫慾」，心裏只喜歡的是女色，見人家婦女，生得有些姿容的，就千
　　　　方百計，必要弄他到手才住。隨你費下幾多東西，他多不吝，只是
　　　　以成事為主。所以花費的也不少，上手的也不計其數。自古道天道
　　　　禍淫，才是這樣貪淫不歇，便有希奇的事體做出來，直教你破家辱
　　　　身。急忙分辨得來，已吃過大虧了。

至於陸人龍對徽商的嘲弄則就加露骨。他在〈吳郎妄意院中花〉裡，對貪色卻又吝嗇的吳爌有如此教人捧腹的描寫：

　　　　但（吳爌）做人極是嗇吝，真是一箇銅錢八箇字，臭豬油成罈，肉
　　　　卻不買四兩。憑你大熟之年，米五錢一石，只是喫些清湯不見米的
　　　　稀粥。外面恰又粧飾體面，慣去闖寨門，吃空茶，假耽風月。見一

〔註57〕大陸學者牛建強認為徽人經商的原因大致可歸納如下：
　　　　（一）地理環境惡劣與人口蕃衍。
　　　　（二）徽州自南宋以來，就有利用山林木材謀材的經商傳統。
　　　　（三）少數徽商的成功，予社會「徽商多富室」的印象，而使得政府加重對
　　　　　　　此間的賦稅及徭役標準、造成人民必須對此加以因應；以及若干成功
　　　　　　　商賈在得利後返鄉，兼併集中土地，也都有造成徽人離鄉外出的因素。
　　　　（四）自然環境的災害與社會秩序的敗壞─如盜匪的猖獗─迫使徽人們結
　　　　　　　伴出外經商，也開啟了徽人經商的風氣。
　　　　詳見《明代中後期社會變遷研究‧明代徽州地區之社會變遷》（同註48），頁
　　　　108～124。

> 箇略有些顏色婦人，便看箇死，苦是家中撞了個嫗人，年紀也只三
> 十歲，卻是生得胖大，雖沒有晉南陽王保，身重八百觔，卻也重有
> 一百廿。一箇臉大似面盤，一雙腳，夫妻兩箇可互穿得鞋子。房中
> 兩箇丫鬟：一箇秋菊，年四十二、一箇冬梅，年三十八。一箇髻兒
> 長歪扭在頭上，穿了一雙靸鞋。日逐在街坊上買東買西，身上一件
> 光青布衫兒，齷齪也有半寸多厚。

這還不夠，文末還有一首消遣吳爐的詞：

> 吳朝奉，你本來極臭吝，人一文，你便當做百文。又誰知落了煙花
> 弄。人又不得得，沒了七十金，又惹了官司也。著什麼要緊！

類似這樣特別對徽商們所做出的評論與描寫，是作者們對其他身份者所沒有
的「寵遇」。綜合作者們的文字可以發現：在他們心目中的徽商，是既吝嗇又
好色的一群，其計較之精，簡直就到了「不見兔子不撒鷹〔註58〕」的地步；
偏偏用盡心機的結果，卻總是「偷雞不著蝕拾把米」，（如汪涵宇、陳大郎、
吳爐、程朝奉等徽商，在戒淫故事中都是落得人財兩失的下場），反而成為眾
人鄙薄的對象。

　　綜觀以商人為主的戒淫故事得知：憑藉著豐厚的財力，商賈們競逐聲
色上往往較一般人更具優勢。但是因此而衍生出的危機及問題，卻也比其
他業別來得多。歸納說來，以商人為主角的戒淫故事走向，隨著商業經營
方式的不同而呈現不同的著重點：以四處貿易為主的行商，常因在外地貪
花戀柳而引來災殃；而坐商則多因資財招來歹人的覬覦。不論如何，這些
故事都表現出作者們一個共同的看法：奢華的生活易於麻痺自制力，並導
致荒淫的生活。因之無論從業為何，善加自律、持正不邪，總是保身安家
的唯一良策。

（二）仕紳

　　本文所指的所指稱的仕紳，包括一般士人及地方縉紳兩類。茲將其中的
失行者整理如下：

篇　　名	犯淫者	身份背景	事　　由	結　　局
閒雲庵阮三償舊債（古今）	阮三	父兄在南京經商的富家公子	貪戀鄰女陳玉蘭美色，百般謀求幽期之下，終於由尼姑安排，私訂終身	與陳女歡洽時暴卒；陳女因此產子，終身不嫁

〔註58〕江北俗諺，意指「如果得不到好處，絕不輕言付出」

假神仙大鬧華光廟（警世）	魏生	（不詳）	於讀書處受兩妖物勾引而縱慾	幸賴眞仙相救，挽回性命，後登科甲
非煙（警世）	趙象	天水大家之子	見鄰家武公業之妾貌美，多方謀設與之成悅	被武公業查覺後，非煙送命、趙象則爲避禍而流浪異鄉
赫大卿遺恨鴛鴦條（醒世）	赫大卿	家境富裕的監生	因春遊至尼庵，與庵中尼姑數人結識並長居此中縱慾	因縱慾過度而死
陸五漢硬留合色鞋（醒世）	張藎	積祖大富之家，本身亦曾攻學	見潘氏女美，謀請媒婆陸某撮合	陸婆之子冒名與潘女私會，結果衍生刑案；張生一度被誤認是兇手，險些死於獄中
潘遇貪色毀前程（醒世）	潘遇	潘父曾爲長沙太守，後致仕在家	自恃榜上必將有名，而與客店主人之女偷歡	因此違心之事而被上天奪除功名，鬱鬱而終
狄氏（初刻）	滕生	到京候選的官員	見已婚婦女狄氏貌美，託尼姑牽線而得與狄氏成歡	狄氏夫風聞後對狄氏嚴加看守，狄氏因此鬱鬱而終
丹客半黍九還（初刻）	潘生	松江富翁、身爲監生	因貪財色而墜入美人局中	耗費資財後，才領悟黃白之術原是騙局
喬兌換胡子宣淫（初刻）	鐵生	元代沔州富家之子，先祖爲繡衣御史	見友人胡生之妻美，而興與胡生換妻之議。鐵妻反而因此與胡生有姦，鐵生也因沉湎酒色險至送命	鐵生幡然醒悟後，不再貪求非份之色，並娶胡妻門氏偕老
聞人生野戰翠浮庵（初刻）	聞人生	秀才	因春遊結識尼靜觀，爲伺機帶靜觀離庵而住進庵中與眾尼淫亂	雖得與靜觀成婚，但因失行招罹天譴，使宦途坎坷、幸得善終
沈將仕三千買笑錢（二刻）	沈將仕	到京候選的官員	受騙徒以美女爲誘餌，縱情豪賭	事後發現美女華筵原是一場騙局，後悔不已
小官人識破美人局（二刻）	赴考書生	浙西富家子	騙徒以美女爲餌，誘書生與之同居，再以捉姦爲由，霸佔書生財物	書生落荒而逃
趙縣君喬送黃柑（二刻）	吳宣教	家境富裕的宣教郎	赴吏部磨勘途中，因貪色墜入騙局中	財物被騙徒勒騙一空
甄監生浪吞秘藥（二刻）	甄監生	家境富裕的監生	篤好神仙黃白之術，與道人謀習房中術	暴斃身亡
許察院感夢擒僧（二刻）	王爵	祖爲知縣、父爲鹽商、爵爲生員	迎弟靈返家途中，與尼姑發生私情	遭僧人無塵因爭風謀財殺害
任君用恣樂深閨（二刻）	任君用	太尉楊戩之館客	趁楊戩外出，與楊之眾妾皆有私情	遭楊戩以宮刑報復、鬱鬱而亡
貪花郎累及慈親（型世言）	陳公子	父爲副使致仕	貪色而爲錢流所利用	其母爲此自盡；眞相大白後陳公子悔過自新
	錢公布	新科得意之士	利用陳公子貪色訛財	玩法弄典，後受刑死

淫婦背夫遭誅（型世言）	耿埴	錦衣衛差	與有夫之婦鄧氏有私，又對鄧氏喜新厭舊不齒而將之殺害	得永樂帝宥赦後，出家爲僧
匿頭計佔紅顏（型世言）	徐銘	暴發財主	與表妹有私情，銘殺死家中奶娘、混作表妹屍體；再藏表妹於家中	事發後不耐刑罰而死
妙智淫色殺身（型世言）	田禽	貴州禮房吏	好男風、與僧人有龍陽之歡；家中同時蓄妾數人。因妾室與妙智的徒弟有私，而設計報復	因任內貪酷，問徒
	徐州同父子	徐州同爲監生署事府衙	徐州同父子貪財逐色，並勒索妙智師徒	徐州同因貪見逐於官署；途中發病死；其子因疑妻子與僧人有私而殺妻，受刑死

　　儘管作者不同，但是在「三言兩拍一型」的戒淫故事中的失行士人及地方縉紳，都有著類似的生活態度或行徑；或逞意使氣，交遊廣闊，舉凡娛樂慣技，無所不通；或生活豪奢、揮霍無度；〔註59〕或妻妾在堂、猶自不足而喜新厭舊，甚至藐視禮法道德，爲追求色慾的滿足，全然不顧對方的身份或家庭；或爲了斂財徵色，肆無忌憚、無所不至。〔註60〕整體而言，在戒淫故事中，除了因力拒邪色而受盛讚的人士（如陸容、沈燦若、顧提控）以外，其失行的士人或地方縉紳，不論家境優劣，都以追求無止盡財富及耳目聲色

〔註59〕 以〈小官人識破美人局〉中的浙西書生及〈沈將仕三千買笑錢〉爲代表。他們的豪奢，在書中多所著墨，如「承著祖上官蔭，應授將仕郎之職，赴京聽調。這個將仕，家道豐厚，年紀又不多，帶了許多金銀寶貨在身邊。少年心性，好的是那歌樓舞榭，倚翠偎紅，綠水青山，鬧茶浪酒況兼身畔有的是東西。只要撞得個樂意所在，揮金如土，毫無吝色」；或「宣教家本饒裕，又兼久在南方，珠翠香象，蓄積奇貨頗多，盡帶在身邊隨行。作寓在清河坊客店。因吏部引見留滯，時時出遊伎館，衣服鮮麗，動人眼目」；甚至是〈小官人識破美人局〉中的那名浙西書生，爲博得旅館中婦人的注意，居然從「籃中取出金杯一隻，滿斟一杯」，叫茶童送去勸婦人酒。

〔註60〕 以〈貪花郎累及慈親〉中的塾師錢流及〈妙智淫色殺身〉中的徐州同父子爲代表。對於這些人來說，官位功名不過是謀財的利器；美色只是爲官後的眾多收獲之一而已。例如錢流，他的功名學問是用來代人考試賺錢的工具，除了自己上場代考，還媒介「膽大不怕事」的秀才專替富家子弟上場考試，簡直成了「槍手介紹所」。等到錢公布被人請入府中授課，則是專做欺上瞞下的工夫：不敢功課、放任公子四處閒遊；等到陳老爺要查課，錢公布索性自己再捉刀代筆，或想盡辦法作小抄給陳公子。最後爲了勒索少不更事的陳公子，他竟設下毒計，動用諸多關係假造刑案，使得陳母因驚懼交迫而自盡；再如徐州同父子，仗恃著一小小的署事之職，就可以稱罷一方；嚴重時，甚至不惜以公案爲要脅進行勒索以中飽私囊。

樂爲生活目標，全然不具備知識份子基本的操守。

四、女性

戒淫故事中的女性角色，除了前面所言的出家女尼以外，大致還可以分爲兩種：一種是居於配角地位的女性，這一種女性在故事中沒有特定的思想或主張；而其存在目的只在於作爲男性角色的陪襯，以襯托男性品格的高尙或敗壞；如〈新橋市韓五賣春情〉中的妓女韓五；〈赫大卿遺恨鴛鴦絛〉中的赫妻；〈趙太祖千里送京娘〉中的京娘；〈任道元邪淫招譴〉中的兩名參遊醮會的女子……等屬之。

此外，在戒淫故事中還有另一種女性，其作爲或想法對故事的發展有著決定性的影響，足以成爲世人戒鑑的對象。如果依她們的行爲及動機作爲區分標準，故事中的女性大致可分爲以下數種狀況：

（一）尋求縱慾之樂的婦女：多數戒淫故事的女主角皆屬此類。她們最大的特徵，就是完全以追求肉體的刺激爲生活重心，甚至陷入變態般的嗜慾中。包括〈任孝子烈性爲神〉中的梁聖金、〈蔣淑眞刎頸鴛鴦會〉中的蔣淑眞、〈狄氏〉、〈奪風情村婦捐軀〉中的杜氏、〈喬兌換胡子宣淫〉中的狄氏、〈兩錯認莫大姐淫奔〉中的莫氏、〈匿頭計佔紅顏〉的柏氏等皆屬之。

若再將縱慾婦女依情節輕重區分，又可歸爲「不顧道德」與「失去理智」兩類。所謂的不顧道德，是指婦女爲追求一己之快，無視家庭倫理，有時甚至不惜拋家棄夫、違法犯紀，只求與情夫取樂；如〈任孝子烈性爲紳〉中的梁聖金，在婚前就與鄰家子周得有私；梁父因此四揚的醜聞，所以把女兒遠嫁給居於外地且不知情的任珪。婚後梁聖金仗恃丈夫外出工作及公公失明，與情夫日日歡會。被公公識破後，她便誣衊公公意圖染指自己，更搬回娘家鎮日與周得相會。這個故事中最令人匪夷所思的是，貞操的觀念不但在梁聖金的身上蕩然無存；就連她的家人也絲毫不以女子的醜行爲恥，竟然縱容已婚的女兒與情夫在家中公然同居；甚至爲了瞞騙女婿，不惜製造一場捉錯賊的混亂，藉著打攔任珪以便於姦夫竄逃。梁家上下對道德的蔑視，由此可見一斑。

同樣不計後果，只求與情夫相守的例子，還有〈匿頭計佔紅顏〉中的柏氏。柏氏在婚前就已與表兄徐銘有私，雖有柏母居中百般迴護，無奈因柏父拒使女兒成爲徐家妾室而將柏氏他嫁。柏氏爲求與表兄廝守，不惜和徐銘一同設計，以徐家奶娘的無首屍身假冒爲自己，再嫁殺人之禍給丈夫，企圖魚

目混珠地轉移世人注意；不料人算不如天算，這一切被識破之後，柏氏與徐銘雙雙落得受刑的下場。

除前述的二例，〈兩錯認莫大姐淫奔〉中的莫氏，也是婦人為求與情夫相守，不顧拋家棄夫的例子。莫氏因與鄰人楊二郎私通；被丈夫發現後，兩人打算私奔。不過消息卻被遠親郁盛得知，郁盛因此假冒楊二郎之名趁黑拐走莫氏。最後莫氏被郁盛騙賣到娼家，幾經波折返回原鄉，被丈夫以不貞之行休離後，轉嫁給楊二郎。從此痛改前非，再無醜行。在這個故事中，最令人匪測的，是莫大姐本身毫無主張的隨便。因為這樣的癱軟不堪的性格，使她在清醒後得知自己已被郁盛侵犯，竟不以為忤；甚至當她發現一同私奔的人竟是郁盛而非楊二郎時，居然也能隨之飄泊。這種不論對象，都能安之若素、人盡可夫的情況，直令人懷疑她究竟有沒有任何的自主能力，更遑論及道德羞恥心的有無了。

至於失去理智，則是指婦女們對肉慾的渴求已幾近變態，因此衍生出各種事端。如〈蔣淑真刎頸鴛鴦會〉中的蔣淑真，這個歷經二嫁的女子，在婚前已與鄰家男子有私；婚後更因其性慾上的需索無度，致使年老的丈夫衰憊不堪；無處發洩下，她轉與夫家的西賓有私，使丈夫一氣病亡；孀居後，她再嫁張商，卻趁張某外出經商時與鄰人朱秉中私通，最後朱秉中與蔣淑真都被本夫殺死。故事中蔣淑真對肉慾無止境的耽溺，幾乎已到了失去理智的地步了，為追求刺激與滿足，她絲毫無視於所有可能被捉姦的徵兆，即使當朱秉中因自覺不祥、欲打起退堂鼓時，蔣淑真忿然地大罵：「怪見你終日不來，你何輕賤我之甚！你道你有老婆，我便是個無老公的？你殊不知我做鴛鴦會的主意。夫此兩鳥，飛鳴食宿，鎮常相守，爾我生不成雙，死做一對！」表面上看來，蔣淑真彷彿有情於朱秉中；實則兩人之間除了無度的縱慾外，並無情義而言；但蔣淑真卻以慾為情，以致於寧死不悔。

另一個瘋狂縱慾的代表，是〈奪風情村婦捐軀〉中的杜氏。她因臨時避雨而輕易在俊美僧人的勾搭下，半推半就地留在寺內成為淫僧大覺與智圓的情婦。然則大覺的慾念雖強，終究年老不濟，每每落得慾心熾熱卻不得發洩的杜氏奚落；也因此種下日後的殺機，使杜氏最後身首異處。如果杜氏稍有理智，決不會隨便留在寺中、更不會每每以此譏刺大覺。歸根究底，作者筆下的杜氏幾近病態般對肉慾無節制的渴求，是導致不幸的主因。

〈狄氏〉是一個比較特別的例子。在與滕生認識之前的狄氏，是名「資

性貞淑、言笑不苟、極是一個正經」的婦人；然而經不起居間撮合的老尼慧澄的一再誘惑、看到滕生俊美面容的她，「心理先自軟了」；再加上滕生的苦苦糾纏、使她「眉來眼去，……把先前矜莊模樣都忘懷了」，狄氏終於還是陷入了外遇的狂歡之中。從此狄氏與滕生夜夜春宵，直到狄氏因為丈夫歸來而不得與滕生相會鬱鬱病亡為止。如此先前端莊、後轉狂佚的性格變化，在心理學上被歸因為先前過度的禁慾所致；就如同於出軌的僧尼，其性慾遠較正常人旺盛般，狄氏後期的縱慾，已屆失去理智的地步。同樣的情況，還可以見於〈金海陵縱慾亡身〉中的貴哥身上。貴哥原也是極其貞節、且性屬如霜的婦人，但是受到貼身婢女定哥與媒婆的再三攛掇，終於鬆動意志而與海陵有姦；從此貴哥對性的需求日增；最後當海陵又移情別戀於旁人時，貴哥因淫慾難耐而與家中小廝乞兒私通；定哥屢勸無效後，告知海陵，使貴哥落得遭海陵絞殺的下場。

　　除了以上身份明確的縱情者以外，還有一種同樣也是失德於縱慾、卻不見其具體犯行的婦女。這類婦女在得到秘密的縱慾管道後，藉故狂歡。如〈桑茂易裝行姦〉、〈假為尼男子行姦〉、〈汪大尹火焚寶蓮寺〉中皆可見。以〈汪大尹火焚寶蓮寺〉為例，確有婦女藉求子之名夜宿寺中與僧人姦淫；而〈假為尼男子行姦〉中：也有部份婦女假進香之名往庵中與庵主姦宿。至於〈桑茂易裝行姦〉中，桑茂之所以能夠橫行深閨十餘年，除了受害者因恐聲名受損而不敢揭穿以外；也歸因於部份婦女極力相護，才能使桑茂長期留滯在內室中。這些婦女以堂皇理由與男子淫媾的行徑固然不堪；但是故事本身也反映出人性中與生俱來的慾望，必須有適當的調節；否則單憑強勢的手段一味壓迫，終將引發如洪水驟至的變態索求、並導致嚴重的惡果。

　　（二）因久曠失歡而失行：這一類的女性雖有配偶，卻因為丈夫長期在外、或妾室過多而久曠，包括〈蔣興哥巧遇珍珠衫〉的王三巧；〈喬彥傑一妾破家〉中的周氏；〈勘皮靴單證二郎神〉中的韓玉翹；〈醉士子誤闖後花園〉中蔡京的妾室們；〈任君用恣樂深閨〉中楊戩的妾室們；〈妙智淫色殺身〉中，田禽的妻妾們；〈淫婦背夫殺身〉中的鄧氏皆屬之。

　　對於〈蔣興哥巧遇珍珠衫〉中的王三巧，馮夢龍顯然不忍苛責：因為她一開始也是一個「足不出戶」，一心遵守婦道的女子；但是丈夫的逾期不歸，使她因孤獨而找來薛婆到家中相伴。與陳大郎成姦後，三巧固然對自己的失行感到羞恥，但是原始的慾望卻使她移情於溫柔的陳大郎。這樣的心境轉變，

在作者婉轉的交代下顯得合情合理；更借蔣興哥之口指出：「當初夫妻何等恩愛，只為我貪著蠅頭小利，撇他少年守寡，弄出這場醜出來，如今悔之莫及。」所以當三巧之所悔悟後，又回到了蔣興哥的身邊，足見作者對她的失行所持的態度，是同情大過於指責。

　　類同於王三巧的遭遇，〈喬彥傑一妾破家〉中的周氏，也是因丈夫久出不歸，才會日久生情地與長工發生婚外情。嚴格說來，周氏的下場不能全然認定是對她紅杏出牆的懲罰，只能說是受到董小二行為的牽連（而同樣被牽連的人，還包括高氏及玉秀）。如果起始時元配高氏能夠接納她而住在同一個屋簷下，也許就不會發生這些事端；又如果喬彥傑不是這樣一個不負責任的丈夫，也不會使她有機會移情於小二。所以作者在作品的起頭處，就直接點明了男子的「貪花戀色」，足以導致「家破人亡」。可見馮夢龍對喬彥傑的不滿，遠勝於對周氏的責備。〔註61〕

　　此外，〈淫婦背夫遭誅〉中的鄧氏，作者在文起處客觀地把鄧氏的丈夫董文於性生活上的無能、及鄧氏對董文的不滿呈現在讀者眼前。〔註62〕並透過女性間的對話，傳達出當時女性視性生活滿足為重要權利的生活態度，顯示出時人對女性貞操意識的薄弱。

　　除了上述的三例以外，其他的例子，都是因為男性的廣置妻妾，使得女性得不到正常的關愛及發洩，所以才會衍生的事端。不論是韓玉翹也好、是蔡京、楊戩、甚至是田禽的妾室們也罷，她們都代表著在中國傳統一妻多妾的制度下，無法在性生活方面獲得滿足而痛苦不堪的女性。另一方面，傳統社會中單方面對女性貞操的要求，同時也剝奪了她們希冀滿足人類本能需求的資格；如此長久以往，就導致了如韓玉翹的懨懨成病、或是如楊、蔡、田等人的姬妾們想盡辦法紅杏出牆的情況。對她們來說，富貴榮華只是禁錮的代價；實際上，她們也渴望正常的夫妻生活；所以韓玉翹在二郎神廟中，會不自覺的祝禱：「若是氏兒前程遠大，只願將來嫁得一個丈夫，……也足稱了

〔註61〕該篇故事起首的詩句如下：「世事紛紛難陳述，知機端不誤終身。若論破國亡家者，盡是貪花戀色人。」

〔註62〕《型世言‧淫婦背夫遭誅》：「……只是年紀大了婦人十多歲，三十餘了，『酒』字緊了些，『酒』字下便懶了些。當時鄧氏去撩撥他，他道：『罷，嫂子，今日我跟官辛苦哩！』鄧氏道：『咱便不跟官。』或是道：『明日要早起哩！怕失了曉。』鄧氏道：『天光亮咱叫你。』沒奈何應卯的時節多，推辭躲閃也不少，鄧氏好不氣苦。」

生平之願。」她不是不知道自己身為天眷，不應做出非份之想，但是這樣的身份卻不能保證生活幸福；因此當她最後被皇帝驅出大內，聽任改嫁的時候，雖然不免好一場惶恐，卻也「了卻相思債，得遂平生之願。」

作者們主要藉由這些失行婦女反映出傳統社會中對女性的不平等待遇，並譏諷警示男子對女色的貪求無厭〔註63〕—因之不論她們是如何的淫亂，最後的下場總不至於死。

（三）寡婦失行所招致的淫亂：包括〈況太守斷死孩兒〉中的邵氏；〈西山觀設籙度亡魂〉中的吳氏；〈聞人生野戰翠浮庵〉中的老安人；〈拒姦淫陳氏完令節〉中的馬氏；〈完令節冰心獨抱〉的朱寡婦等。守寡的婦女之所以成為戒淫故事的反面教材，並非由於她們的失節而受到非難；卻因為她們的行為太過淫亂、或心態不正確，所以才會招致作者們的不齒。

以〈況太守斷死孩兒〉為例，寡婦邵氏原本立心甚堅，相信自己一定能成為節婦，所以無視自己的生理需求、及眾人改嫁的勸告堅持守寡；但是當鄰人支助為了要染指邵氏，而唆使僮僕得貴勾引她時，久寡的邵氏終於難忍對性慾的需求而失節；甚至為了掩飾這種不正常關係，邵氏還唆使得貴姦騙自己的婢女秀姑。這種拖人下水，以減輕自我罪惡感的心態，也出現在〈拒姦淫陳氏完令節〉中的馬氏及〈完令節冰心獨抱〉的朱寡婦身上。從她們無所不用其極地協助情夫們玷污無瑕女子的行為看來，表面上這些寡婦似乎已不在乎道德禮教的評價；但實際上正是因為她們對於自身背離道德的行為難以釋懷，使她們無法忍受其他清白女子不時在自己面前出現；另一方面又難以割捨對肉體歡樂的慾求；才會使她們倚恃著家庭中的權威地位，冒著即使

〔註63〕如凌濛初就在〈任君用恣樂深閨〉一文的起始，作了這樣的評述：「且說世間富貴人家，沒一個不廣蓄姬妾，自道是左擁燕姬，右擁趙女，嬌艷盈前，歌舞成隊，乃人生得意之事。豈知男女大慾，彼此一般，一人精力要周旋幾個女子，便已不得相當：況富貴之人，必是中年上下，取的姬妾，必是花枝也似一般的後生。枕席之事，三分四路，怎能夠滿得他們的意，盡得他們的興？所以滿閨中不是怨氣，便是醜聲。總有家法極嚴的，鐵壁銅牆，提鈴喝號，防閑一個水洩不通，也只禁得他們的身。禁不得他們的心。略有空隙，就思量弄一場把戲，那有情趣到你身上來？只把做一個厭物看承而已。似此有何好處？費了錢財，用了心機，單買得這些人的憎嫌。試看紅拂離了越公之宅，紅綃逃了勳臣之家，此等之事，不一而足，可見生前已如此了。何況一朝身死，樹倒猢猻散，殘花嫩蕊，盡皆零落於他人之手，要那做得關盼盼的，千中沒有一人。這又是身後之事，管不得許多，不足慨歎了。爭奈富貴之人，只顧眼前，以為極樂。小子在旁看的，正替你擔著愁布袋哩。」

犯下亂倫或雜交的惡行也在所不惜地，任由情夫逼姦無辜女性。

　　這種掙扎於道德與情慾間的矛盾，在〈西山觀設籙度亡魂〉中的吳氏身上也可以發現。吳氏因爲自己與黃妙修的偷情被兒子知悉，在黃妙修的勸誘下，同意藉除去兒子以求永久的歡樂。對於吳氏而言，兒子不啻是她行爲的督導與阻礙，而一旦「沒了這小業種，此等樂事可以長做，再無拘礙了。」這種泯滅人性的瘋狂心理，使讀者感受到瘋狂縱慾的可怕，不過吳氏執意要除去親生子的偏執行爲，在黃妙修死後因失去動機而恢復理智，總算未釀成悲劇。

　　對於作者們而言，他們能夠體諒寡居婦女們生活上的不易；〔註64〕所以在文中作者們或多或少地表達了他們的同情，同時也對於寡婦務實地改嫁抱持肯定的態度。〔註65〕但婦女們若礙於情面不肯改嫁，卻又因此私下偷情甚至縱慾無度，則不僅將造成家庭問題，更可能影響社會秩序。〔註66〕戒淫故事中的寡婦事例，正反映出這樣的問題。

　　（四）因爲對婚姻生活的不滿而失行：最具代表性的例子莫過於〈小夫人金錢贈少年〉中的小夫人、〈非煙〉中的步非煙、及〈金海陵縱慾亡身〉中

〔註64〕如馮夢龍就在《情史》裡記載了這樣的一個故事：「昔有婦以貞節被旌，壽八十餘，臨殁，召其子媳至前，囑曰：『吾今日知免矣。倘家門不幸，有少而寡者，必速嫁，毋守。節婦非容易事也。』因出左手示之，掌心有大疤，乃少年時中夜心動，以手拍案自忍，誤觸燭紅，貫其掌。家人從未知之」。見《情史・情貞類・惠士玄妻》，（江蘇，江蘇古籍出版社，1993年），卷一，頁3。

〔註65〕「三言二拍一型」中也有改嫁的例子，但作者們並未因此予以嚴苛的責備。如〈蔣興哥重會珍珠衫〉中的王三巧與平氏；〈陳御史巧勘金釵鈿〉中的田氏；《型世言》中的〈寸心遠格神明　片肝頓蘇祖母〉中的劉氏……等人，她們都是在失婚之後迫於生活上的不得已，所以才再嫁；又如《古今小說》中的〈窮馬周遭際賣鎚媼〉，則是由神人指示，嫁給了日後發達的馬周；藉以說明姻緣天定的道理。至於凌濛初則在《二刻拍案驚奇・滿少卿饑付飽揚　焦文姬生仇死報》中提出對於再嫁的看法：「卻又一件：天下事有好些不平的所在。假如男子死了，女人再嫁，便道是失了節、玷了名，污了身子，是個行不得的事，萬口訾議。及至男子家喪了妻子，卻又憑他續絃再娶，置妾買婢，做出若干的勾當；把死的去在腦後，不提起了，並沒人道他薄倖負心，做一場說話。就是生前房室之中，女人少有外情，便是老大的醜事，人世羞言；及至男人家撇了妻子，貪淫好色，宿娼養妓，無所不爲，總有議論不是的、不爲十分大害。所以女子愈加可憐，男人愈加放肆，這些也是服不得女娘們心裏的所在。」由此可見，作者們對於女子的再嫁並不反對；他們反對的，是無度的宣淫。

〔註66〕如在〈完令節冰心獨抱〉中，當眾人得知汪商要逼姦於貴梅的時候，憤憤不平地指出「古怪，這蠻子，你在他家與老寡婦走動罷了，怎又看想小寡婦，主唆她婆婆逼她？我們要動公舉了！」

的定哥爲代表。她們都因爲無法與配偶產生心靈共鳴而外遇;雖然値得同情,但因行爲本身明顯破壞家庭及社會秩序,所以作者仍就戒淫的角度對這樣的外遇抱持否定的態度。

(五)未婚少女的失行:此類故事包括〈陳御史巧勘金釵鈿〉、〈閒雲庵阮三償舊債〉、〈陸五漢硬留合色鞋〉、〈貪美色老翁墜樓〉等。

以〈陳御史巧勘金釵鈿〉爲例,作者明確地在文中明白指出:如果顧夫人不縱容女兒與未婚女婿獨處、並留女婿過夜,就不會使顧阿秀因失身於歹人而羞愧自盡。〈閒雲庵阮三償舊債〉中,作者也開宗明義地點明整個故事發生的原因在於爲人父母者,因「揀門擇戶、扳高嫌低」,「所以擔擱了婚姻日子」,以至於情竇一開,男子「偷情嫖院」;女子則可能會因此「拿不住定盤星」,而「走差了道兒」。類似的論點,三名作者或多或少都有所闡述。歸結說來,這樣的看法非但尊重人性,更兼面對現實。至於何以〈毀新詩少年矢志〉中的謝芳卿,作者以「淫女」名之,主要的原因有二:其一,當謝芳卿百般地挑逗陸容後,被陸容正色糾正;但是芳卿非但不以爲恥;反而埋怨陸容的不解風情、以至於後來陸容離開後,她再度勾引伴讀薄生成功。其二,芳卿發現與薄生有孕之後,非但沒有勇氣面對現實,請父親作主婚配;反而盲從於薄生的恐嚇、與之私奔。最後她因過去的不良紀錄而被薄生鄙夷,受騙賣至娼家。由此看來,女主角應爲自己的不幸付最大的責任。

此外〈蔣淑眞刎頸鴛鴦會〉中的蔣淑眞、〈任孝子烈性爲神〉中的任珪、〈匡頭計佔紅顏〉中的柏氏,則是在婚前就有失行、卻不見父母加以約束管教;甚至爲了要瞞騙夫家以避免受到責難,反而幫女兒設法文過;[註67] 這樣的父母,才是使女子縱慾越陷越深的關鍵。總之,作者主要藉未婚少女的失行,提醒家長:不可忽略了自己所應盡的教導之責;也不可基於外在的現實因素,輕視人性中對情欲的需求、[註68] 致使歹人趁機而入、敗毀少女一生。

〔註67〕 如〈匡頭計藏紅顏〉中,柏氏之母在得知女兒與外甥有染之後,非但未予嚴斥阻止;反而還相幫隱瞞丈夫及親家。又如〈蔣興哥重會珍珠衫〉中,王媼也對王三巧自述因未婚破身,所以臨嫁前,其母教之以「石榴皮生礬兩味煎湯」藥洗私處,可使之恢復若童女。由此可知父母的縱容,可能會是蔓生來日大禍的起源。

〔註68〕 如〈陳御史巧勘金釵鈿〉、〈閒雲庵阮三償舊債〉、〈蔣淑眞刎頸鴛鴦會〉、〈陸五漢硬留合色鞋〉、〈毀新詩少年矢志〉、〈匡頭計佔紅顏〉等篇中女子的未婚失行,都是因爲父母挑揀門戶或忽視女兒已然長成的事實,才會引生而出的不幸。

（六）**不慎失身的婦女**：以〈酒下酒趙泥媼迷花〉、〈鹽官邑老魔魅色〉、〈徐茶酒趁劫鬧新人〉等篇為代表。以〈酒下酒趙泥媼迷花〉為例，其中的女主角巫氏雖修身自好，但是因為與尼姑往來，而引來失身之禍。作者藉由巫氏之夫賈秀才之口，提出對婦女失身的看法：「……不要短見，此非娘子自肯失身，這是所遭不幸，娘子立志自明。」這樣的看法傳達出作者對於受迫失身女性的同情及理解，並藉以嚴正地提醒為人父母者，應謹慎注意內外之防。另外在〈鹽官邑老魔魅色〉中亦可得見：仇夜珠之母對於女兒是否受到妖獸的侵犯並不在意；她在意的是女兒的性命是否保存；一句「隨是破了身子，也是出於無奈，怪不得你的」，點出務實的貞節觀念。嚴格說來，仇夜珠的可貴不在於她最後確保了身體的清白，而是她自始至終都未曾更改過的堅決心志；〔註69〕然而這樣的心志卻也同時反映出即使作者有意對非自願失身的婦女予以合理的對待，但是社會卻仍以「餓死事小、失節事大」為評價婦女的指標。

至於在〈汪大尹火焚寶蓮寺〉中為求子卻受到僧人姦淫的婦女，她們的遭遇更值得同情。馮夢龍在文中傳神地描摹了她們受暴後的心境：「（那婦女覺醒時，已被輕薄）欲待聲張，又恐反壞了名頭，只有忍羞相就。……那婦女中識廉恥的，好似啞子吃黃蓮，苦在心頭，不敢告訴丈夫。」她們不可能沒有想到：倘若東窗事發，會有「往時之婦女，生男育女者，丈夫皆不肯認，大者逐出，小者溺死。多有婦女懷羞自縊。」的下場。但是在「不孝有三，無後為大」及「餓死事小、失節事大」的雙重壓力下，她們選擇隱藏事實；這件「如此浸淫，不知年代」的慘案背後所蘊涵的無奈與心酸，實在是足以喚醒愚昧貞節觀及宗嗣迷思的重要發軔。

相較之下，〈程朝奉單遇無頭婦〉故事裡那個答應丈夫賣身與程朝奉、只為換來「一輩子也賺不來」的財富、最後卻落得身首異處下場的婦人陳氏，又是另一種典型。對陳氏而言，丈夫的一句「我們又不是什麼閥閱人家，就守著清白，也沒人來替你造貞節牌坊」，是促使她改變志節的關鍵；表面上這話言之成理；實際上作者卻藉由這樣的對話，一針見血地點明當時對守貞的要求已然流於形式的虛偽；更清楚地寫出了陳氏的愚昧：一切的禍事，除了起因於她不能「立個立意」、「不從夫言」；更重要的是她根本無法了解守貞的目的及意義。這種漠視婦女貞操的情況，是否普遍存在於當時的中下階層社會裡，我們不得而知；但是就以上所舉的故事來看，答

〔註69〕可參見本章第一節故事類型之〈靈怪類〉中的分析。

案應該是肯定的。

整體而言，作者們企圖藉戒淫故事中的婦女，傳達出以下的觀點：

（一）**強調夫妻有共同維護婚姻的義務，而非單方面要求婦女遵守片面的貞操**：若干婦女的紅杏出牆，是由於丈夫的流戀煙花、四處冶遊；或因夫妻年歲差距過大，無法溝通；亦或是男子蓄妾過多、或心靈上的無法契合……等，都是無法提昇婚姻生活品質的主因。因此一旦夫妻中有一方出現外遇，雙方都有責任；卻不應片面責備婦女的不守婦德。因之作者們對於遇人不淑的婦女，抱持著同情與理解的態度，因此一旦她們有機會重新選擇婚姻對象，作者往往予以祝福及肯定。〔註70〕

（二）**正視並肯定情慾的存在、同時反對無度的縱慾**：以少女的失行為例，作者們未對此加以苛責，只是藉以提醒為人父母者對女子及品德教育的責任：家長的縱容及對周遭環境的輕忽、甚至是由於外在因素而忽略子女的適婚年齡以至攔延婚期，都是引發女子失行的可能原因。另一方面，作者們並不視情慾的存在為恥；不論女性本身是否已婚或失婚，正當的情慾需求都受到肯定。因之對於寡婦再嫁或是少女思春，作者們都表示出體諒的觀點。作者們所嚴斥的，是瘋狂不加節制的縱慾行為；甚至是因放縱慾念而造成人格的扭曲、及過度貪歡之後所引發的社會問題。

（三）**反對形式化的守貞；轉而以內心對貞操的認同及堅持為主**：作者們對於社會上種種虛假詐騙的假貞女極不以為然。而對於在失行後懂得悔改以堅貞自誓者〔註71〕予以肯定；但嘲諷或嚴斥表面上惺惺作態而背地偷情者、〔註72〕甚至以最終的毀滅性的結局來強化警世的效果；以期世人面對並解決既存的問題。

（四）**男性應為婦女的失行，負大部份的責任**：無論是未婚女子的失貞、或是已婚婦女的出軌，甚至是寡婦的縱慾，作者們總在評述婦女失行的同時，不忘提示為人夫、父者，對日常生活環境及言行皆不可不慎；即便是由異性主動自外而來的調情，男子也不可輕易相從，以免毀己害人。因為對時人而言，婦女的失行，若非肇因於父母的失職；就是賈禍自丈夫的疏忽或愚莽、

〔註70〕如〈蔣興哥重會珍珠衫〉中的陳商之妻平氏及〈陳御史巧勘金釵鈿〉中，改嫁魯學曾的梁尚賓之妻田氏；〈張溜兒熟佈迷魂局〉中當機立斷改嫁的陸蕙娘。

〔註71〕如〈兩錯誤莫大淫奔〉中的莫氏；〈閒雲庵阮三償舊債〉中輔子長成的陳玉蘭、〈訴舊恨淫女還鄉〉中的謝芳卿等。

〔註72〕如〈狄氏〉、〈金海陵縱慾亡身〉中的貴哥、〈喬兌換胡子宣淫〉中的鐵生之妻。

再不則是因為男子意志不堅、或任意淫勾他婦女，才會釀成巨禍。〔註 73〕此外作者認為，婦女之所以會引生事端，主要由於識見不足、思慮欠周及判斷力的失誤；〔註 74〕但是這樣的能力原本就不是中國社會中對婦女的首要要求；在「女子無才便是德」的觀念下，社會不要求女子轟轟烈烈的著書立說，卻只要她們能夠平治閨閫、相夫教子即可；因此男子有責任引導及協助女性做正確無誤的抉擇；同時對於女性的「淺見」，也應有適當的處置，更不可輕信婦人之言；如果男子因為對女性所言盲目聽從而引發事端，那麼男性應該要負起最大的責任。〔註 75〕有趣的是，作者們在否定女子識見及判斷能力的同時，卻又對於女子們的自誓守貞大加讚揚，實在難免令人感到前後矛盾。不過就擬話本或說書場所的消費者身份多為男性這一點來看，作者們真正的目的在於讓男性了解：只要有適當的啟發，女子一樣能有卓越的識見及表現，〔註 76〕藉以提醒男子們的社會責任。

〔註 73〕 如在〈喬彥傑一妾敗家〉中，就是因為喬彥傑本身流戀花柳，才會使家中在無人作主的情況之下遭致不幸；又如〈程朝奉單過無頭婦〉，若不是因為李方己見錢眼開，而情願出售自家妻子的一夜貞操給程朝奉，也不致導致慘案發生。再如〈蔣淑真刎頸鴛鴦會〉，雖是由於蔣淑真自己性慾旺盛才會生禍，但是朱秉中鄞勾他人婦女，也是惹禍上身的主因；〈蔣興哥重會珍珠衫〉也是因為陳大郎淫人妻女，所以才會致使自家妻子受辱改嫁。

〔註 74〕 如〈喬彥傑一妾破家〉中，作者就批評高氏不應該殺死董小二，只要將他開除即可；如此大費周張地殺死小二，結果卻惹來一連串的不幸；再如〈況太守斷死孩兒〉，作者也認為，邵氏應趁小廝得貴長成之初就把他辭退、另僱小僮；正是因為邵氏忽略得貴的長成，還將他留在身邊，所以才會使支助有機可趁，利用得貴玷污邵氏。

〔註 75〕 如〈任孝子烈性為神〉中，作者就對於任珪輕信妻子誣指自己父親有意侵犯媳婦一事感到不滿，因而於眉批上評道：「□任孝子且不能諒親之素行，這是任珪大錯沒見識處。」馮夢龍認為，如此連自己父親的素行都不了解、反而聽信婦人讒言，是釀禍的主因。又如〈喬彥傑一妾破家〉中，作者認為婦人之言不可輕易信從。如果不是喬彥傑聽從高氏的要求，自己與周氏析屋另居，也不會讓董小二有接近周氏的機會。其在文中明白指出：「婦人之語不宜聽，分割門戶壞五倫；勿信妻言行大道，世間男子幾多人？」又如牛建強在《明代中後期社會變遷研究》中所引用龐尚鵬在隆慶末年所作的《龐氏家訓‧嚴約束》中，就有這樣的一段：「男子剛腸少，常偏聽婦人言，離間骨肉、爭長競短，嫌隙橫生。婦出入門，當先諭而禁抑之。」（同註 48），頁 38。由此看來，這樣的觀念顯然成為當時人們心中一個相當重要的課題，因之在擬話本小說中，也以此戒諭世人。

〔註 76〕 如凌濛初就對〈張溜兒熟佈迷魂局〉中，當機立斷、離開騙徒丈夫的陸蕙娘有這樣的稱許：「女俠堪誇陸蕙娘，能從萍水識檀郎。巧機反借機來用，畢竟強中手更強。」；又如〈完令節冰心獨抱〉中的唐貴梅，則是因為本身是個「儒

（五）重視家庭功能：作者們雖對所遇非偶的女性表現出同情，但並不意味因而認同婦女外遇。換言之，當社會利益與個人好惡出現衝突時，作者仍以多數人利益爲依歸，以藉外遇婦女的不幸下場表現出維護社會秩序的重要性。

第三節　對話分析

　　戒淫故事中精采的對話，如就其內容來區分其性質與功用，則大至可歸納出以下三類：

　　（一）「請君入甕」式的對話。

　　（二）威脅或溝通。

　　（三）勢均力敵的角力。

　　前兩項的特色，都是希望在對話結束時能達到一定的目的。至於第三種對話的情勢，則是對話的兩造沒有意見交集的一刻；在各挾有強烈主觀意見的狀況下，都企圖要說服對方；但最後終以不了了之收場。本節中將分別介紹這三類對話中較具代表性的段落。

一、「請君入甕」式的對話

　　顧名思義，「請君入甕」式的對話，主要特徵是參與對話的其中一方，因已預先懷有特定目的，所以企圖利用對話的過程改變對方的心意。戒淫故事裡的此類對話，多出現在媒婆或不肖份子說服他人偷情的安排時。

　　以〈金海陵縱慾亡身〉爲例，當海陵看上了崇義節度使烏帶之妻定哥後，就託媒從中穿針引線；卻因定哥自持甚嚴而使媒婆無計可施。最後還是靠著定哥的貼身侍女貴哥出面，才說服定哥移情於海陵。且看貴哥如何逞其如簧之舌，煽惑定哥動情：

> 貴哥……淡淡地說道：「夫人獨自一個看月，也覺得淒涼，何不接老
> 爺進來，杯酒交歡，同坐一看，更熱鬧有趣。」

家女子，父親是個老教書，……自幼教她讀些《孝經》、《烈女傳》，貴梅也甚有領會。」反之如〈毀新詩少年矢志〉中的謝芳卿，除了因爲沒有母親在旁教導之外，同時她的父親謝琛是個「老白相（吳語，指不務正業、遊手好閒的流氓，此處指地方玩得很多的人。）起家，吹簫、鼓棋、彈琴、作歪詩也都會得，常把這些教她，故此女子無件不同。」作者言下之意是：謝琛把種種逞風流的把戲教給了女兒，難怪女兒會心思浮躁、慕才思春。

定哥皺眉，答道：「從來說道人月雙清。我獨自坐在月下，雖是孤另，還不辜負了這好月。若接這腌臢濁物來，舉杯邀月，可不被嫦娥連我也笑得俗了！」

貴哥道：「夫人在上，小妮子蒙恩抬舉，卻不曉得怎麼樣的人叫做趣人，怎麼樣的叫做俗人？」

定哥笑道：「你是也不曉得，我說與你聽。日後揀一個知趣的才嫁他，若遇著那般俗物，寧可一世沒有老公，不要被他污辱了身子。」

貴哥道：「小妮子望夫人指教。」

定哥道：「那人生得清標秀麗，倜儻脫灑，儒雅文墨，識重知輕，這便是趣人。那人生得醜陋鄙猥，粗濁蠢惡，取憎討厭，齷齪不潔，這便是俗人。我前世裏不曾栽修得，如今嫁了這個濁物，那眼梢裏看得他上！到不如自家看看月，倒還有些趣。」

由此可知，貴哥先以情境激起定哥對丈夫的不滿，再引誘定哥神思搖曳地訴說起理想佳侶的條件。至此定哥已然踏上貴哥的圈套中卻不自知；貴哥再乘機步步逼近，說服定哥鬆懈自我道德防禦，使定哥在自我意識高張的情況下，認同偷情的行為：

貴哥道：「小妮子不知事，敢問夫人，比如小妮子，不幸嫁了個俗丈夫，還好再尋個趣丈夫麼？」

定哥哈哈的一笑了一聲道：「這妮子倒說得有趣！世人婦人只有一個丈夫，哪有兩個的理？這就是偷情不正氣的勾當了。」

貴哥道：「小妮子常聽人說有偷情之事，原來不是親丈夫就叫偷情了。」

定哥道：「正是！你他日嫁了丈夫莫要偷情。」

貴哥帶笑說道：「若是夫人包得小妮子嫁得個趣丈夫，又去偷甚麼情！倘或像夫人今日，眼前人不中意，常常討不快活吃，不如背地裏另尋一個清雅文物，知輕識重的，與他悄地往來，也曉得人道之樂。終不然人生一世，草生一秋，就只管這般悶昏昏過日子不成？哪見得那正氣不偷情的就舉了節婦，名標青史？」

定哥半晌不語，方才道：「妮子禁口，勿得胡言！恐有人聽得，不當穩便。」

一句「哪見得那正氣不偷情的就舉了節婦，名標青史？」，立即拆穿了當時

貞節觀中虛僞不實的假面具，也提醒了定哥虛名是假、享受生命才是上策。
這種說法顯然發揮了效用，否則定哥大可立即斥喝貴哥言語放肆；但相反的
是，定哥不但沒有阻止貴哥繼續說下去，反而只是要爲她把風般地，提醒貴
哥小心隔牆有耳。貴哥此已能掌握了主母的心思，索性更進一步道：

> 貴哥道：「一府之中，老爺是主父，夫人是主母，再無其次做得主的
> 人。老爺又趁常不在府中。夫人就眞個有個小做作，誰人敢說個不
> 字！況且說話之間，何足爲慮。」
>
> 定哥對著月色，嘆了一口氣，欲言還止。貴哥又道：「小妮子是夫人
> 心腹之人，夫人有甚心話，不要瞞我。」
>
> 定哥道：「你方才所言，我非不知。只是我如今好似籠中鳥，就有此
> 心，眼前也沒一個中得我意的人，空費一番神思了。假如我眼裏就
> 看得一個人中意，也沒個人與我去傳消遞息，他怎麼到得這裏來？」
>
> 貴哥道：「夫人若果有得意的人，小妮子便做個紅娘，替夫人傳書遞
> 柬，怎麼夫人說沒人敢去？」
>
> 定哥又迷迷的笑一聲，不答應他。貴哥轉身就走，定哥叫住他道：「你
> 住哪裏去？莫不是你見我不答應，心下著了忙麼？我不是不答應，
> 只笑你這小妮子說話倒瘋得有趣。」

這番話說得定哥完全解除了防備，對貴哥暢言心事；等到貴哥略施做作地要
假意離去，定哥反而焦躁起來，急於攏絡貴哥。一句「我不是不答應」，等於
宣告了貴哥在這場遊說中的勝利，接下來只差如何安排海陵登堂入室而已了。

〈聞人生野戰翠浮庵〉中，尼姑說服楊母送女兒出家的對話，也是在抓
住了對方心思後所展開的遊說：當尼姑眼見楊女美貌、又耳聞了楊母擔憂女
兒的健康之後，即乘勢利用楊母對自己的信任及母子天性，藉著楊女命盤大
放厥詞：

> 尼姑做張做智，算了一回，說道：「姑娘這命，只不要在媽媽身畔便
> 好。」
>
> 媽媽道：「老身雖不捨得他離眼前，今要他病好，也說不得。除非過
> 繼到別家去。卻又性急裏沒一個去處。」
>
> 尼姑道：「姑娘可曾受聘了麼？」
>
> 媽媽道：「不曾。」
>
> 尼姑道：「姑娘命中犯著孤辰，若許了人家時，這病一發了不得。除

非這個著落，方合得姑娘貴造，自然壽命延長、身體旺相。只是媽媽自然捨不得的，不好啟齒。」

媽媽道：「只要保得沒事時。隨看哪裏去何妨？」

尼姑道：「媽媽若割捨得下時，將姑娘送在佛門，做個世外之人，消災增福，此為上著。」

媽媽道：「師父所言甚好，這是佛天面上功德。我雖是不忍拋撇，譬如多病多痛死了，沒奈何走了這一著罷。也是前世有緣，得與師父廝熟，倘若不棄，便送小女與師父做個徒弟。」

尼姑道：「姑娘是一點福星，若在小庵，佛面上也增多少光輝，實是萬分之幸。只是小尼怎做得姑娘的師父？」

媽媽道：「休恁地說。只要師父抬舉他一分，老身也放心得下。」

尼姑道：「媽媽說哪裏話？姑娘是何等之人，小尼敢怠慢他？小庵雖則貧寒，靠著施主們看覷，身衣口食不致淡泊，媽媽不必掛心。」

一番話先以「不在媽媽身邊」墊底，讓楊母先有「無論如何都要送女兒離開自己」的心理準備；待得到了楊母認同後，再以「命犯孤辰」恐嚇楊家也不可以婚配除災，藉此封阻了楊女在塵世間所有可能的去處。待楊母的確無法可想之後，尼姑再大開方便之門，建議楊母送女兒出家、並強調唯有如此才能確保楊女長壽平安；如此一來，反而使得楊母對於尼姑的協助感激不已、更能放心地把女兒交給尼姑。

〈況太守斷死孩兒〉中也有一段對話，充分表現出惡徒支助的奸險；支助為了要找出機會接近邵氏，特別找出名目宴請邵氏的小廝得貴：

支助乘其酒興，低低說道：「得貴哥！我有句閒話問你。」

得貴道：「有甚話盡說。」

支助道：「你主母孀居已久，想必風情亦動。倘得個男子同眠同睡，可不喜歡？從來寡婦都牽掛著男子，只是難得相會。你叫我去試他一試何如？若得成事，重重謝你。」

得貴道：「說甚麼話！虧你不怕罪過！我主母極是正氣，閨門整肅，日間男子不許入中門，夜間同使婢持燈照顧四下，各門鎖訖，然後去睡。便要引你進去，何處藏身地上？使婢不離身畔，閒話也說不得一句，你卻恁地亂講！」

言談至此，得貴猶不失為忠厚護主的少年。他對主母的敬重及服從由此表露

無遺。偏偏支助毫不死心，又接著煽動：

> 支助道：「既如此，你的門房可來照麼？」

> 得貴道：「怎麼不來照？」

> 支助道：「得貴哥，你今年幾歲了？」

> 得貴道：「十七歲了。」

> 支助道：「男子十六歲精通，你如今十七歲，難道不想婦人？」

> 得貴道：「便想也沒用處。」

> 支助道：「放著家裏這般標致的，早暮在眼前，好不動興！」

> 得貴道：「說也不該，他是主母，動不動非打則罵，見了他，好不怕哩！虧你還敢說取笑的話。」

> 支助道：「你既不肯叫我去，我教導你一個法兒，作成你自去上手何如？」

> 得貴搖手道：「做不得，做不得，我也沒有這樣膽！」

> 支助道：「你莫管做得做不得，教你個法兒，且去試他一試。若得上手，莫忘我今日之恩。」

> 得貴一來乘著酒興，二來年紀也是當時了，被支助說得心癢。

支助的狠毒，由此可見一斑。儘管他明知得貴對邵氏的感情如母子界限分明、尊卑有序，但是他卻不死心地激起得貴身為男性的自覺，將得貴與邵氏間的主僕關係，轉換為兩性地位中男尊女卑的概念；引動得貴開始以男性的角度來打量身為異性的主母邵氏、更因此有了勇氣去聽從支助的建議，主動地試圖勾引邵氏。

　　類似這種步步為營的說服策略，發動者非僅要掌握時機，還要視對方應答中所透露出的心意，隨時調整談話策略。〈吳郎妄意院中花〉中的騙徒就是這樣一個「會聽話」的高手；他一次次從吳燴（爾輝）的回答裡玩味出吳燴的心思，再逐漸修正自己的策略去迎合吳爾輝的心意：

> 光棍：「朝奉，我看你光景，想是看想這婦人。」

> 吳爾輝紅了臉道：「並沒這事，若有這事，不得好死，遭惡官司。」

> 光棍道：「不妨，這是我房下，朝奉若要，我便送與朝奉。」

> 吳爾輝道：「我斷不幹這樣的事。」板著臉去了。

「這樣的事」，指的是佔人妻妾、壞人婚姻這樣損陰騭的事。光棍摸索出箇中三味，第二天就對又在偷望婦人的吳燴補強修正自己「送妻」的原因：

次日，這箇光棍又買解，仍舊立在婦人門前，走過來道：「朝奉，舍下喫茶去。」

吳爾輝道：「不曾專拜，叨擾不當。」

那光棍又陪著他走，說：「朝奉，昨日說的，在下不是假話。這房下雖不曾與我生有兒女，卻也相得，不知近日爲些甚麼與老母不投，兩邊時常兢氣，老母要我出他。他人物不是獎說，也有幾分，性格待我極好，怎生忍得。只是要做孝子，也做不得義夫。況且兩硬必一傷，不若送與朝奉，得幾十兩銀子，可以另娶一箇。他離了婆婆，也得自在。」

吳爾輝道：「恩愛夫妻，我怎麼來拆散你的。況且我一箇朋友，討了一箇有夫婦人，被他前夫累累來詐，這帶箭老鴉，誰人要他。」

光棍道：「我寫一紙離書與你是了。」

吳爾輝道：「若變臉時，又道離書是我逼勒寫的，便盡把刀也沒用。我怎麼落你局中。」

光棍道：「這斷不相欺。」

吳爾輝道：「這再處。」自去了。

光棍以常見的「婆媳不合」爲理由、爭取了吳爐的認同之後，光棍又聽出吳爐怕事的疑慮，於是再以「提出離書」取得吳爐的信任。事實上，當吳爐說出「這帶箭老鴉，誰人要他」時，就已一體兩面地提示了光棍：只要不是「帶箭老鴉」，事情就有轉圜的餘地。這種「關了前門開後門」的話風，正顯示吳爐的心思已然活動、並開始認眞的考慮光棍所提建議的可行性；就連評書的「冷眼郎」看到這裡，也忍不住歎道：「語已入港」。此時光棍眼裡的吳爐，簡直像隻半熟的鴨子，只差一點火候就可以上桌了；爲了打鐵趁熱，光棍索性自己打聽出吳爐的住處，第三天親自上門議價：

到第三日這光棍打聽了他住居自去相見。吳爾輝見了，怕裡面聽得，便一把扯著道：「這不是說話處。」倒走出門前來。

那光棍道：「覆水難收，在下再無二言，但只是如今也有這等迷痴的人，怪不得朝奉生疑。朝奉若果要，我便告他一箇官府執照，道他不孝，情願離婚，聽他改嫁。朝奉便沒後患了。」

吳爾輝沉吟半日，道：「怕做不來，你若做得來，拿執照與我時，我兌二十兩；人到我門前時，我再上三十兩，共五十兩。你肯便做。」

光棍道：「少些，似他這標致，若落水，怕沒有二百金。但他待我極
恩愛，今日也是迫於母命，沒奈何，怎忍做這沒陰騭事，好歹送與
朝奉，一百兩罷。」

吳爾輝道：「太多，再加十兩。」兩邊又說，說到七十兩，先要執照
為據兌銀。

瀏覽過整段對話之後，讀者幾乎可以發現：害得吳燻上當的，除了他自己貪色
貪便宜的心理外，粗心大意的應對內容，是他讓光棍有機可乘的重要原因。而
此段對話亦使讀者在大嘆人心不古之餘，也忍不住對吳燻的自以為是感到可笑。

二、威脅或溝通

這種對話原僅單純為溝通意見而生，以期尋求共識或解決之道；語氣上
則或威脅或溝通，也有兩者皆備的情況。

〈任孝子烈性為神〉中任珪與梁聖金之間以詰姦為始的對話，可以說是
最具有戲劇效果、同時又兼具溝通與威脅的例子。當任珪在父親的告知下，
得知妻子有可能與人通姦時，決定在睡前問個清楚：

任珪也上床來，卻不倒身睡去，坐往枕邊問那婦人道：「我問你家那
有箇姑長那舅，時常來望你？你且說是那箇。」

婦人見說，爬將起來，穿起衣裳，坐在床上。柳眉剔豎，嬌眼圓睜，
應道：「他便是我爹爹結義的妹子養的兒子，我的爹娘記掛我，時常
教他來望我。有甚麼半絲麻線！」便焦躁發作道：「兀誰在你面前說
長道短來？老娘不是善良君子，不是裏頭巾的婆婆。漾塊磚兒也要
落地，你且說是誰說黃道黑，我要和你會同問得明白。」

任珪道：「你不要嚷，卻纔父親與我說，今日甚麼阿舅，往樓上一日，
因此問你則箇。沒事便罷休，不消得便焦躁。」一頭說，一頭便脫
衣裳自睡了。

整段對話中，任珪都只在確認來人的身份；而梁氏卻立即作賊心虛地直指有
人造謠並要求對質；接著更借力使力地扭轉原本被質問的地位，反詰任珪消
息來源。可憐任珪不但未警覺到妻子的過度反應中所可能包藏的事實、反而
老實地掉入反詰之中，供出消息是由父親提供。因此提醒了梁氏應對任父有
所警戒，更從而衍生出日後梁氏誣指任父的動機。此時當婦人見任珪口氣軟
了下來，知道事情已生轉機，於是毫不鬆懈地乘勝追擊：

> 那婦人氣喘氣促，做神做鬼，假意兒裝妖作勢，哭哭啼啼道：「我的
> 父母沒眼睛，把我嫁在這裡。沒來由教他來望，卻教別人說是道非。」
> 又哭又說。任珪睡不著，只得爬起來，那婦人頭邊摟住了，撫恤道：
> 「便罷休，是我不是。看往日夫妻之面，與你陪話便是。」那婦人
> 倒在任珪懷裡，兩箇雲情雨意，狂了半夜……

梁氏這番話說得無辜可憐，又對任珪動之以情；使任珪完全被說服。至此梁
氏反在這場意外的溝通中掌控了全局；而任珪卻已不自覺地退居於被動的地
位上，任由梁氏擺佈。

〈況太守斷死孩兒〉中也有一段功能類似的對話，發生於當邵氏得知死
嬰成為支助勒索的把柄時，與得貴的溝通：

> ……急得得貴眼淚汪汪，回家料瞞不過（指支助勒索一事），只得把
> 這話對邵氏說了。
> 邵氏埋怨道：「此是何等東西，卻把做禮物送人！坑死了我也！」說
> 罷，流淚起來。
> 得貴道：「若是別人，我也不把與他，因他是我的恩人，所以不好推
> 託。」
> 邵氏道：「他是你甚麼恩人？」
> 得貴道：「當初我赤身仰臥，都是他教我的方法來調引你。沒有他時，
> 怎得你我今日恩愛？他說要血孩合補藥，我好不奉他？誰知他不懷
> 好意！」
> 邵氏道：「你做的事，忒不即溜，當初是我一念之差，墮在這光棍術
> 中，今已悔之無及。若不將銀買轉孩子，他必然出首，那時難以挽
> 回。」只得取出四十兩銀子，教得貴拿去與那光棍贖取血孩，背裏
> 埋藏，以絕禍根。

邵氏至此才知道，原來整個失節過程竟是一場預謀的詐局；但此時也只得面
對現實地贖回嬰屍；問題是當得貴將銀兩交給支助時，反而使支助因此覬覦
起邵氏豐富的家私，於是向得貴說：「我說要銀子，是取笑話。你當真送來，
我只得收受了。」一番話說得「委曲求全」；然則不過等錢入了手，支助猙獰
的面孔就再也藏不住了：「……那血孩我已埋訖。你可在主母前引薦我與他相
處，倘若見允，我替他持家，無人敢欺負他，可不兩全其美？不然，我仍在
地下掘起孩子出首。限你五日內回話。」

　　支助像隻陰森的蜘蛛，殘酷地逗弄著陷於網中彈動不得的得貴與邵氏；對話至此，早已由溝通變成威脅、同時顯露出人性中貪婪殘酷的一面；更令人憤慨的是，支助因久候無音訊，索性直接前往威脅邵氏：

　　　　邵氏見有人走進中堂，罵道：「人家內外各別，你是何人，突入吾室？」

　　　　支助道：「小人姓支名助，是得貴哥的恩人。」

　　　　邵氏心中已知，便道：「你要尋得貴，在外邊去，此非你歇腳之所！」

邵氏有心閃躲，避免與支助正面對話，不過支助卻不就此輕易放過機會：

　　　　支助道：「小人久慕大娘，有如飢渴。小人縱不才，料不在得貴哥之下，大娘何必峻拒？」

　　　　邵氏聽見話不投機，轉身便走。支助趕上，雙手抱住，說道：「你的私孩，現在我處。若不從我，我就首官。」

　　　　邵氏忿怒無極，只恨擺脫不開，乃以好言哄之，道：「日裏怕人知覺，到夜時，我叫得貴來接你。」

　　　　支助道：「親口許下，切莫失信。」放開了手，走幾步，又回頭，說道：「我也不怕你失信！」一直走外去了。

一句「我也不怕你失信」，充滿了威脅的意味；還暗示了邵氏：「躲得了一時，躲不了一世」。如此對話將支助奸滑囂張及惡毒的嘴臉被描寫得入木三分。

　　〈程朝奉單遇無頭婦〉中則有一段令人晞噓的溝通。起先當程朝奉打起啞謎，李妻就已猜出程商的目標是自己，因而忿然地對丈夫說：「你聽他油嘴！若是別件動用物事，又說道借用就還的，隨你奢遮寶貝，也用不得這許多貫錢。必是癡心到我身上來討便宜的說話了。你男子漢，放些主意出來，不要被他騰倒。」這番話說得中肯實在，只可惜李方哥並沒有把妻子的話放在心上。所以當次日程朝奉眞的提出要買下與李妻的一夜春宵時，李方哥眼見酬禮之大，忍不住動心地回家與妻子商量：

　　　　李方哥進到內房，與妻陳氏說道：「果然你昨日猜得不差，元來眞是此意。被我搶白了一頓，他沒意思，把這一錠子作爲賠禮，我拿將來了。」

　　　　陳氏道：「你不拿他的便好，拿了他的，已似有肯意了，他如何肯歇這一條心？」

　　　　李方哥道：「我一時沒主意，拿了。他臨去時，就說：『象得我意，十錠也不難。』我想，我與你在此苦掙一年，掙不出幾兩銀子來。

> 他的意思，倒肯在你身上捨主大錢，我每不如將計就計哄他，與了
> 他些甜頭，便起他一主大銀子，也不難了。也強如一盞半盞的與別
> 人論價錢。」

其實李方哥根本沒有把程朝奉「搶白一頓」；只是為了在妻子面前掙點面子，所以不得不然。此處同時顯示李方哥對妻子的態度原本十足的把握，因之只好測試妻子的反應。相對於丈夫的耍弄心機，陳氏反仍老實地擔心著未來可能受到的騷擾；不過李方哥技巧地避開了妻子的詰問，反而提醒妻子平日掙錢的不易，使妻子體會財富從天而降的快樂。為了進一步打動妻子，李方哥隨即取出大錠銀子向妻子；陳氏則譏諷丈夫：

> 「你男子漢，見了這個東西，就捨得老婆養漢了。」
> 李方哥道：「不是捨得。難得財主家倒了運，來想我們。我們拼忍著
> 一時羞恥，一生受用不盡了。而今總是混帳世界，我們又不是甚麼
> 閥閱人家，就守著清白，也沒人來替你造牌坊，落得和同了些。」
> 陳氏道：「是倒也是，羞人答答的，怎好兜他？」
> 李方哥道：「總是做他的本錢不著，我而今辦著一個東道在房裏，請
> 他晚間來吃酒。我自到外邊那裏去避一避。等他來時，只說我偶然
> 出外就來的，先做主人陪他。飲酒中間，他自然撩撥你，你看著機
> 會，就與他成了事。等得我來時，事已過了。可不是不知不覺的，
> 落得賺了他一主銀子！」
> 陳氏道：「只是有些害羞，使不得。」
> 李方哥道：「程朝奉也是一向熟的，有甚麼羞？你只是做主人陪他吃
> 酒，又不要你先去兜他。只看他怎麼樣來，才回答他就是，也沒甚
> 麼羞處。」陳氏見說，算來也不打緊的，當下應承了。

一句「而今總是混帳世界，我們又不是甚麼閥閱人家，就守著清白，也沒人來替你造牌坊，落得和同了些罷。」說得陳氏再沒有理由堅持。對於李家夫婦而言，抽象的貞操還不如實際的金錢來得受用；更何況就連丈夫都不在乎了，陳氏也似乎因此沒有了守貞的必要，只剩下無可消除的難堪。儘管陳氏一再強調「羞答答的，怎好兜他」，但是此時的李方哥卻對妻子心理的掙扎全然不予理會；反而以一句「也沒什麼羞處」提醒妻子：既然要賺不義之財，就得「拼忍著一時羞恥」；甚至還若無其事地開始計劃要如何引誘程朝奉達成目的。這段溝通的結果，貼切地呈現出時人為了求財而無所不至的貪婪面目，

令人印象深刻。

在戒淫故事裡常可見到與貞節相關的討論；例如〈淫婦背夫遭誅〉中就有一段鄧氏與姐妹間的對話，討論的結果，是姐妹們勸鄧氏外遇：

> 一日回家，姐妹們會著。鄧氏告訴，董文只踵酒，一覺只是睡到天亮。
>
> 大姐道：「這等苦了妹兒。豈不蹉跎了少年的快活！」
>
> 二姐道：「下老實捶他兩拳，怕他不醒？」
>
> 鄧氏道：「捶醒他，又撒懶溜痴，不肯來。」
>
> 大姐道：「只要問他討咱們做甚來？咱們送他下鄉去罷。」
>
> 二姐道：「他捶不起，咱們捶得起來要送老子下鄉，他也不肯去。條直招箇幫的罷。」
>
> 鄧氏道：「他好不粧膀兒，要做漢子哩！怎麼肯做這事。」
>
> 大姐道：「他要做漢子，怎不夜間也做一做？他不肯明招，你卻暗招罷了。」
>
> 鄧氏道：「仔麼招的來！姐，沒奈何，你替妹妹招一箇。」
>
> 二姐笑道：「姐招姐自要，有的讓你？老實說，教與你題目，你自去做罷」

一句「姐招姐自要」雖是玩笑話，卻也顯示當時婦女們務實的想法及對貞操的漠視：在不破壞原有婚姻架構的前提下，儘可能解緩夫妻之間的不協調；然若無法如願，她們也不排斥以婚外情的方式尋求肉慾之樂。

三、勢均力敵的談判

這一種對話雖然只在〈毀新詩少年矢志〉中出現，但是雙方、各執一詞的交鋒過程，卻充滿了言語角力的可觀及趣味。

> 仲含道：「那家女子？到此何幹？」那芳卿閃了臉，逕望房中一闖。
>
> 仲含便急了道：「我是書館之中，你一箇女流走將來，又是暮夜，教人也說不清，快去！」
>
> 芳卿道：「今日原也說不清了。陸郎，我非他人，即主人之女芳卿也。我自負才貌，常恐落村人之手，願得與君備箕帚。前芳心已見于鞋中之詞；今值老父他往，舍弟熟睡，特來一見。」
>
> 仲含道：「如此，學生失瞻了。但學生已聘顧氏，不能如教了。」

一句「今日原也說不清了」，被評文的「寡情人」說成是「老臉」；卻也顯示出芳卿決心不計一切毀譽地要達成目的；這種想借既成事實（女子在男子房中）要脅對方就範的手段，原本最具效果；可惜芳卿卻低估了對手陸容意志力，不了解陸容對苟合的反感程度，原竟與自己的癡情不相上下。因之展開了一場「一水一火未爲濟〔註77〕」的精采對話：

> 芳卿即淚下道：「妾何薄命如此？但妾素慕君才貌，形之寤寐，今日一見，後會難期，願借片時，少罄款曲，即異日作妾，亦所不惜。」遂牽仲含之衣。
>
> 仲含道：「父執之女，斷無辱爲妾之理。請自尊重，請回。」
>
> 芳卿道：「佳人難得，才子難逢，情之所鍾，正在我輩，郎何忍然！」眉眉吐吐，越把身子捱近來。
>
> 陸仲含便作色道：「女郎差矣！『節義』二字不可虧。若使今日女郎失身，便是失節。我今日與女郎苟合，便是不義。請問女郎，設使今日私情，明日洩露，女郎何以對令尊？異日何以對夫婿？那時非逃則死，何苦以一時貽千秋之臭！」
>
> 芳卿道：「陸郎，文君相如之事，千古美談，怎把少年風月襟期，作這腐儒酸態？」
>
> 仲含道：「寧今日女郎酸我腐我，後日必思吾言。負心之事，斷斷不爲。」遂踏步走出房外。
>
> 芳卿見了，滿面羞慚道：「有這等拘儒，我才貌作不得你的妾？不識好！不識好！」還望仲含留他。不意仲含藏入花陰去了，只得怏怏而回。

陸容一番頭頭是道的開解，說得令人難以反駁；因之即便連評文的「寡情人」也忍不住大讚「好道學」、「利害井然」等詞語。最有趣的是，當謝女作勢離開時，原以爲陸容會留住她；沒想到陸容早已頭也不回地走出房間以避嫌；更兼一番義正詞嚴的對話，句句出自肺腑，完全沒有半絲做作，而使得芳卿不得不「怏怏而回」。整段對話可視爲分執浪漫思想及務實主義兩方的辯論內容，主要針對才子佳人模式可循與否進行檢驗。最值得注意的是，作者在對話之外提供了讀者一個思考的契機：在跳脫了文君相如故事浪漫的表象之

〔註77〕原爲「寡情人」對本文的眉批；指的是謝陸兩方的態度，一冷一熱，沒有交集。

後，再來看看兩性間的私情相許，是否的確存在了潛藏的危機？在離開了熱戀的氛圍之後，又該如何面對現實生活中來自輿論及家庭的壓力？無論如何，這些箴言對當時一心沉浸在熱戀情緒中的芳卿而言，確實既掃興又無情；也難怪她會如此忿忿然了。

第四章　戒淫故事的寫作技巧

第一節　故事結構

戒淫故事的結構相似。若以「開頭」、「經過」、「結尾」來劃分，則可以如下圖所示分成三大類：〔註1〕

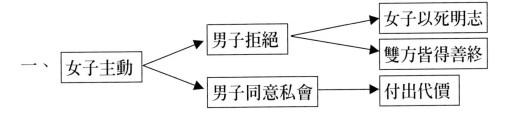

（一）女子主動→男方拒絕→女子以死明志：

以〈趙太祖千里送京娘〉為代表。故事中趙京娘感佩趙匡胤的俠義心腸，自願以身相許；卻遭趙匡胤嚴詞拒絕。待京娘平安回家後，面對家人質疑她與趙匡胤兩人的清白及逼婚，不惜留下「今宵一死酬公子，彼此清名天下知」的遺詩自盡明志。

（二）女方主動→男方拒絕→雙方皆得善終：

〔註1〕此處所指「女子主動」，也包括由女子的家人所做下的決定。結局，則是指主動謀姦者的結局。但因「騙術類」故事中多不論施騙者的下場，因此另立「男子上當受騙」的結局。

以〈韓侍郎婢作夫人〉為代表。江愛娘的父母為了報答顧芳的相救之恩，決定把女兒送給他為妾。顧芳不但拒絕，還幾次送還江女。愛娘因此得以輾轉嫁給韓侍郎為妾。在她被扶正為一品夫人之後，巧遇顧芳。江女於是告訴丈夫顧芳的義舉，使他經由韓侍郎的薦舉而受到皇上的賞識、平步青雲。

（三）女方主動→男方同意私會→付出代價：

以〈毀新詩少年矢志〉中女主角謝芳卿與薄生間的際遇為例。謝芳卿引誘陸容未果後，又轉向挑逗新來的伴讀薄生；更與之私奔。最後謝女因受薄生遺棄在娼家而淪入火坑；幸因巧遇陸容而得救。雖然謝女最後有了正式的歸宿，但她仍為自己的一時孟浪付出了不小的代價。

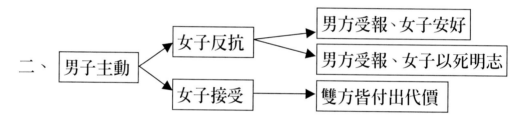

（四）男子主動→女子反抗→男方受報、女子安好：

以〈酒下酒趙尼媼迷花〉為代表。男子卜良勾結尼庵趙尼媼，騙誘良家婦女巫氏到觀音庵中進香、再趁機予以迷姦。巫氏醒來後不甘失身，與丈夫設計報復。最後趙尼及卜良都因此喪命。

（五）男子主動→女子反抗→男子受報、女子以死明志：

以〈完令節冰心獨抱〉為例。唐貴梅為了躲避悍姑與汪商的逼迫改嫁，不惜以死明志。最後寡姑的財產被汪商搜括一空；汪商卻在逃離朱家時被旁人洗劫、落得人財兩失的下場。

（六）男子主動→女子接受→付出代價：

以〈非煙〉為代表。趙象主動勾引對婚姻不滿足的步非煙、兩人情投意合。最後因為被非煙之夫武公業得知姦情而使非煙被武公業活活鞭撻至死；趙象則流落異鄉。

三、 兩情相悅 → 私諧歡好 → 付出代價 / 得諧善終

（七）兩情相悅→私諧歡好→付出代價：

以〈匾頭計佔紅顏〉為例。柏愛娘與表兄私諧歡好，指望能成為夫婦；不料因柏父的反對而無法如願。柏氏與徐銘為求長久廝守，於是由徐銘派人殺死自家奶娘，割下頭顱後假冒為柏愛娘的屍體；企圖魚目混珠地瞞騙世人。最後被真相大白，兩人反而因此吃上官司、雙雙受刑。

（八）兩情相悅→私諧歡好→得諧善終：

這是戒淫故事中少有的結局模式。以〈聞人生野戰翠浮庵〉為代表。作者強調「偷期的成了正果」的原因在於兩人本有姻緣；但是由於聞人生曾在翠浮庵中恣情狂媾，所以仕途坎坷；但此事卻不妨礙他與還俗的尼姑靜觀成婚偕老。

由以上的分析可以發現，只要有私相苟合的意念，不論是否成事，都必將付出輕重不等的代價。〔註2〕騙術類的戒淫故事亦然：不論是騙徒主動設局、或是受害者自投羅網，最後都難免付出昂貴的代價。唯一的例外是〈張溜兒熟佈迷魂局〉。在女方（張溜兒）主動設計之後，因為沈燦若的待之以禮，而使得陸蕙娘大為心動，並進一步成為男方的協助者。最後張溜兒人財兩失，沈、陸兩人反得白頭偕老。這則故事同時以張溜兒的無恥與沈燦若的彬彬合度為正反兩面的對比；結果倒也各得其所，令人莞爾一笑。

第二節　敘事技巧

「擬話本」是一種特別的文學體裁；所不同於一般文體的原因，在於說書人（作者）可視需要隨時擺脫原有的敘事狀態，或參與閱聽人的討論、或

〔註2〕例如〈陸五漢硬留合色鞋〉中的張藎。雖然他自始至終都沒能一親潘壽兒的芳澤，但是最後仍因為自己的一時歹念險些丟掉性命。又如〈任道元淫邪招譴〉中任道元只是對參與建醮法會的女子施予口頭上的意淫，同樣也受到奪命的懲罰。

主觀地發表一己之見，也因此能夠即時地達到教化的效果。

而「三言二拍一型」中的戒淫故事，有多篇是改寫自其他非話本的作品而來，因此在於情節的鋪排及推衍的角度上，都以話本的模式爲根據，做出大幅修改。在這樣的前題之下，故事難免會大異於原貌，本節將就此討論。

一、戒淫故事的敘事視角及手法

在劉炳澤與王春桂所合著的《中國通俗小說概論》中，提出中國傳統的通俗小說，其敘事模式不外乎以下三點：

（一）在敘事時間上，採用順時連貫敘述。

（二）在敘事角度上，採用全知視角。

（三）在敘事結構上，以情節發展爲中心。〔註3〕

表面上看來，這的確是綜括了歷來通俗作品的梗概；然其中仍存有若干有待釐清的地方。

首先在體裁方面。由本文第二章的整理中可以發現，多數的擬話本作品是改寫自文言小說或筆記而來。礙於話本順敘式的呈現原則，作者在改寫時必然會改變文言小說中原有的時間順序或過程。比較《雙歲槐鈔》中的〈陳御史斷案〉與馮夢龍的〈陳御史巧勘金釵鈿〉後可以發現：〈陳御史斷案〉，是以嫌犯的供詞爲始，倒敘整個事件；而〈陳御史巧勘金釵鈿〉則是依序陳明兩家自訂親起的相交經過。最重要的是，擬話本裡直接把犯罪者（梁尚賓）的犯罪動機及過程，依照發生順序完整的披露出來，使得閱聽人在涉獵整個故事時，便於流暢地了解整個事件的來龍去脈。相較於《雙歲槐鈔》中，由御史直接在書生陳冤之後，就拘來疑犯詢問以致破案的處理方式；馮夢龍的處理更能夠使人了解御史的推理過程。

順敘法的優點，是使閱聽者易於進入整個事件的情境；然而並非所有的故事，都只依循單線的進行方式發生；當事件同時在兩個以上的場景中進展時，作者們會以固定套語來轉移閱聽者的視角，以便將故事主線集中到另一組同時進行中的情節上。類似這種功用的套語，在話本及擬話本中都十分常見。如「卻說」、「且說」、「話分兩頭」等，都具有相仿的效果。這種用來轉移情境的散點敘述方式，在術語中稱做「花開兩朵，各表一枝」。例如在《警世通言》的〈喬彥傑一妾破家〉中，作者必須表明在相近的時間中，喬彥傑、

〔註3〕見劉炳澤、王春桂合著《中國通俗小說概論》，（台北，志一出版社，民87年2月），頁191。

喬妻高氏、喬妾周氏等人不同的狀況，所以在文中會不斷出現如「且說喬彥傑在東京賣絲……」、「卻說高氏因無人照管門前酒店……」、「且說小二自三月來家……」、「且說洪大工睡至天明……」、「卻說武林門外清湖閘邊……」等，以套語為始的句型。這種句型的產生，使得每一個情節都能有完整合理的交代，而且環環相扣，不至於影響故事的發展。

　　類似〈陳御史巧勘金釵鈿〉及〈喬彥傑一妾破家〉故事中，這種能使讀者跳脫故事中人物的觀點，直接洞悉整個事件的書寫視角，正是所謂的「全知視角」。大多數的話本故事，都是以全知視角書寫而成的。但是要把故事說得精采，單單交代情節的發展，顯然略嫌薄弱不足；除非將視角隨著情節需要而轉動，從不同的人物身上，呈現出不同的觀點及思慮；〔註4〕並藉此清楚明確地點出人物性格的缺憾以導引出結局。如此以第三人稱全知視角為主，輔以散點敘述的筆法，是戒淫故事中最常見的敘述方式，作者常藉此多元地描摹出不同人物在面對情慾的挑戰時不同的反應，以提高作品故事的曲折性。

　　以〈蔣淑真刎頸鴛鴦會〉與〈況太守斷死孩兒〉兩文為例：同樣是寫婦人的偷情，但是前者只是不斷藉由轉換偷情對象，來描繪一位對色慾追求無度的女子；至於蔣淑真、及其情夫們的心理狀態，則沒有詳細的論述。這使得整個故事如默劇般由行為（而非心態）引領情節的發展、以致最後在流暢的角色轉移中結束。反觀〈況太守斷死孩兒〉一文，對於寡婦邵氏的偷情，由起始的堅貞自誓、到中期的頗受引誘、晚期的戀奸情熱、及至最後的殺人、自盡，一層層的心理掙扎及轉變，在文中清楚交代；同時又旁敘到得貴、支助等人的想法，相襯之下，愈發使故事呈現多元生動的面貌，更令人感受到婦女堅持守節的辛酸與無奈。

　　對於視角運用的演進，曾有學者提出以下的看法〔註5〕：「……中國古代小說的敘事角度受史傳文學影響較大，但有所突破與發展。其大致演進軌跡為短篇小說至唐傳奇一大變，主要是敘事角度的頻繁轉換與敘事角度的多樣化；至『三言』、『二拍』，特別是『三言』，則更有意識地對小說敘事角度加以更換與調整。」這一點，在「三言二拍一型」中得到印證。除了全然以第三人稱全知敘述書寫的作品（如〈蔣淑真刎頸鴛鴦會〉）以外，其他的戒淫故事，幾乎都嫻熟地套用了多元的視角，使得作品完整合理；而這也旁證了明

〔註4〕葉桂桐在其所著的《中國古代小說概論》中，稱此為「散點敘述」。見此書（台北，文津出版，民87年10月），頁220。

〔註5〕同前註。

末的擬話本作品已臻成熟之說。

如果「全知視角」能使閱聽人易於進入狀況、掌握全局;「散點敘述」能使故事更形豐富;那麼第三人稱的「限知視角」,應該就是最能夠製造故事情節的懸疑性、並用來吸引閱聽人注意力的敘事模式。

《初刻拍案驚奇》中的〈程朝奉單遇無頭婦〉,可以說是以第三人稱限知視角所寫成、相當具懸疑性的作品。故事敘述好色的鄉紳程某,因為看上村中酒販李方哥之妻,所以願以高價購得與李妻的一夜春宵。李妻在貪財的丈夫執拗之下,不得已答應了這場交易;但是待程某如期赴約,竟發現李妻已經被殺,只剩得一具無首屍身。故事在作者凌濛初的刻意經營之下,使閱聽人從發現屍體開始,進入了如西方推理小說的情境之中;讀者此時也成為在場和官員一同參與推敲案情的旁觀者;其中所能掌握到的線索,僅只於有限的資訊(所以叫做「限知視角」);如果不是因為當場的某位耆老突然想起案發之後,負責守夜的僧人無故失蹤,恐怕閱聽人也得和當場的旁觀者、甚至是案情一樣,陷入全然的膠著狀態中。等到好容易找到了兇手、人頭卻已不翼而飛;待找到了最後看見並處理人頭的人、肯定可以掘出人頭時,竟然在眾目睽睽之下,挖出了一顆陌生男子的頭顱……,在如此層層糾結的情節中,閱聽者的情緒也隨之起伏,完全陷溺在情節的變化中無法自拔。故事的懸疑及刺激性張力因此一再擴散,使這個故事充滿了探奇的趣味。

像這樣引蛇出洞似的以第三人稱限知視角所寫成的故事,在戒淫故事中並不多見;〈程朝奉單遇無頭婦〉可以說是此間的佼佼之作。其他如〈丹客半黍九還〉、〈沈將仕三千買笑錢〉、〈趙縣君喬送黃柑〉等篇,都是類似手法處理的作品。以〈丹客半黍九還〉為例,在馮夢龍的《古今概談》中,一開始便將丹客所設下的圈套剖析給讀者知曉、再描述富翁是如何在歹徒的引誘下入甕待斃;凌濛初則是在故事結尾,才藉由妓女說出整個佈局的真相。閱聽人雖然從篇名上可以得知本文大約是關於詐騙的故事,但是終至於文末才能完全了解犯案手法。換言之,這些故事的發展經過,其實就是一部的辦(犯)案實錄。閱聽人被作者有計劃地引領進入一層又一層的疑雲之中而莫得其是;同時因視野被作者刻意限制而隨著情節的起伏時展時隙,更造成閱聽人對故事的「懸念」,讓人情願為了最後的結局而流連不肯離去。如此利用情節的更迭所引出故事的推展,正是話本作品引人入勝的賣點所在。

二、戒淫故事的豔詞運用

　　「三言二拍一型」的戒淫故事，除了在敘事視角及手法上豐富多變以外，其中對於以兩性的相處及交往為主要內容之場景或情狀的敘述方式，也大不同於其他主題的故事。限於作者初始的寫作目的，故事會以負面的事例來誡諭閱聽大眾不可淫佚；但是總難避免對兩性間歡洽過程及情狀的描寫。這因此成為戒淫故事中最引人詬病的部份。作者們對這種情節的處理辦法，不脫以散文白描〔註6〕或以豔詞帶過兩種方式；其中又以豔詞方式陳述者居多，是故對豔詞的填寫成為戒淫故事的敘事特色。〔註7〕這些豔詞用語大膽、有的甚至流於猥褻；閱覽間，令人驟生「不忍卒睹」之慨；然不論豔詞或白描，其中極端不雅的部份，大多已被刪除而不易得見；今人也只有在原刻影本中才能一窺原貌。

　　除了以散文白描動作以外，豔詞在內容上大約可分為下列的方向：（一）單純引為陪襯；或作為調情之用；（二）對偷情行為的評述；（三）摹寫交歡時的情狀。如果依照出現次數的多寡排列，則以摹寫交歡時情狀的文字最多、其次是對事件的評述；最少見的是引為陪襯、或挑情之用。

（一）單純引為陪襯；或調情之用的豔詞

　　〈假神仙大鬧華光廟〉中，兩隻龜精與魏生之間，就以豔詞挑情吟誦道：

> 滿目輝光滿目煙，無情卻被有情牽。（仙姑）

〔註6〕如〈金海陵縱慾亡身〉中，就有如下白描：「張仲軻者，幼名牛兒。乃市井無賴小人。慣說傳奇小說，雜以排優詼諧語為業。其舌尖而且長，伸出可以餂著鼻子。海陵嘗引之左右以資戲笑。及即位，乃以為秘書郎，使之入直宮中，遇景生情，乘機謔浪。略無一些避忌。海陵嘗與妃嬪雲雨，必撤其帳，使仲軻說淫穢語於其前，以鼓其興。或令之躬身曲背，襯墊妃腰；或令之調搽淫藥，撫摩陽物。又嘗使妃嬪裸列於左右，海陵裸立於中間，使仲軻以絨繩縛己陽物，牽扯而走。遇仲軻駐足之妃，即率意嬲弄；仲軻從後推送出入，不敢稍緩。故幾妃嬪之陰，仲軻無不熟睹之者。」

〔註7〕說話人在說書時，除了要說故事以外，同時還有唱、誦、表演，才能使整個場子活絡有趣而不沉悶。擬話本既然是仿擬話本的體式格調而來，自然不能忽略這些特色。所以除了明白地以「詞」的形式呈現以外，在書寫中也會出現類似「奉勞歌伴，在奏前聲」的套語，目的就是標示出套語以下的文字，是要做為歌曲唱本之用。不過這樣的套語使用，在「三言」中還可見到；「二拍」及《型世言》中就幾乎難得再見了。其中又以〈蔣淑真刎頸鴛鴦會〉一文中最多。仔細推敲可以發現，本文馮夢龍加以改寫的部份並不多，其內容在文字上與《清平山堂話本》並無太大的歧異。所以因而將套語及具有警世意味的詞曲完整移植，也是頗有可能性的。

> 春來陽柳風前舞，與後桃花浪裡顛。（魏生）
>
> 須信仙緣應不爽，漫將好事了當年。（仙姑）
>
> 香銷夢繞三千界，黃鶴樓遲一夜眠。（洞賓）

又如〈金海陵縱慾亡國〉中，海陵與闍懶兩人，戲謔地言及床戲後的污穢時，出現以下的文字：

> 古寺門前一個僧，袈裟紅映半邊身。
>
> 從今撤卻菩提路，免得頻敲月下門。

（二）作為評述偷情行為用的豔詞：

〈況太守斷死孩兒〉一文中，馮夢龍對於寡婦邵氏與自家的僮僕間的偷情，有以下的看法：

> 一個久疏樂事。一個初試歡情。一個認著故物，肯輕拋？一個嚐了甜頭，難驟放。一個飢不擇食，豈嫌小廝粗醜？一個狃恩恃愛，哪怕主母威嚴。分明惡草藤蘿，也共名花登架去；可惜清心冰雪，化為春水向東流。十年清白已成虛，一夕垢污難再洗。

〈閒雲庵阮三償舊債〉中，評陳玉蘭與阮三的偷情，則是：

> 一個想若吹簫風韻，一個想著戒指恩情。相思半載欠安寧，此際相逢僥倖。一個難辭病體，一個敢惜童身。枕邊吁喘不停聲，還嫌道歡娛俄頃。

至於〈陸五漢硬留合色鞋〉中也有對潘壽兒與陸五漢間事的評述：

> 豆蔻包香，卻被枯藤胡纏；海棠含蕊，無端暴雨摧殘。鴛鴦佔錦鴛之窠，鳳凰作凡鴉之偶。一個口裡呼肉肉肝肝，還認做店中行貨；一個心裡想親親愛愛，那知非樓下可人。紅娘約張珙，錯訂鄭桓；郭素學王軒，偶迷西子。可憐美玉嬌香體，輕付屠酤市井人。

（三）摹寫動作本身的豔詞：

〈月明和尚度柳翠〉中，寫玉通禪師與妓女紅蓮間的行為：

> 豈顧如來教法、難遵佛祖遺言。一個色眼橫秦、氣喘聲嘶，好似鶯穿柳影；一箇淫心蕩漾、言嬌語徙，渾如蝶戲花陰。和尚枕邊訴雲情雨意，紅蓮枕上說海誓山盟。玉通房內，翻為快活道場：水月寺中，變作極樂世界。

〈明悟禪師趕五戒〉中，敘述五戒與紅蓮之事：〔註8〕

> 戲水鴛鴦，穿花鸞鳳。喜孜孜枝生連理，美甘甘帶縮同心。恰恰鶯
> 聲不離耳畔，津津甜唾笑吐舌尖。楊柳腰脈脈春濃，櫻桃口微微氣
> 喘。星眼矇矓，細細汗流。香玉體酥胸蕩漾，涓涓露滴牡丹心。一
> 箇初侵女色，猶如餓虎吞羊；一箇乍遇男兒，好似渴龍得水。可惜
> 菩提甘露水，傾入紅蓮雨瓣中。

〈淫婦背夫遭誅〉中，寫鄧氏與耿值事：

> 一箇仰觀天，一箇俯地察；一箇輕騫玉腿，一箇款摟柳腰；一箇笑
> 孜孜，猛然獨進，恰似筍穿泥，一箇戰抖抖，高舉雙駕，好似金蓮
> 泛水；一箇憑著堅剛意氣，意待要直搗長驅，一曠蕩情懷，那怕你
> 翻江攪海。正是：戰酣紅日隨戈轉，興盡輕雲帶雨來。

這些文字，大多套用詞牌〈西江月〉為調；而在文字近乎白描的狀態下，或
許可令當時的閱聽者感到趣味盎然、活色生香；但是就今看來，作者們在描
述類似情狀時，所持態度卻顯得戲謔不經；彷彿將此類行為當作愚蠢的笑話。
這種全知的評論及觀察角度，除了可以避免說書人在大庭廣眾之下，因正視
情色狀態所可能造成的尷尬之外；還可以從旁觀者的角度，拉開說話人本身
與事件間的距離；同時拉近了說書人與閱聽人間的距離。一時間，就像是一
群人一起在欣賞情色畫面般；在沖淡了作品本身說教意味的同時，卻也反應
出中國人對於房中之事既熱中又諱言的矛盾。

綜而言之，擬話本作品中的戒淫故事，在敘事模式上有著多元的敘事方
式；此外，為搭配情節發展及誘動感官刺激所出現的大量豔詞，成為戒淫故
事的特色，因為豔詞本身即不具有交代情節的功用，所以如果將它完全自故
事中刪除，對故事的發展並不會造成任何影響；〔註9〕由此可推論穿插這類文
字的目的，就是為了娛樂並吸引更多閱聽人的注意；而擬話本作品的商業性
特質，約可以從中得到證明。

三、主題的表達方式

戒淫故事的寫作目的自然首在「戒淫」。總歸作者們對主題的表現方式，

〔註8〕 本篇與〈月明和尚度柳翠〉雖不在本文研究範圍內，但因其中描摹性交的豔
　　　詞相當具代表性，故收錄於此。

〔註9〕 今日坊間重新排版印刷的「三言二拍」，多已將文中過度淫穢的內容刪除；然
　　　此舉並不影響情節的連貫性。

可以分為以下幾種：

（一）**藉由說話人（作者）直接陳述**：這是擬話本作品表達主題思想最普遍的方式；對戒淫故事而言也不例外。所有戒淫故事的首尾，或多或少都摻有說話人（作者）對讀者、聽眾直接發出的議論。其內容或就故事中人物的行為提出糾正或評論；或針對主題有所發揮；無論採用何種方式，目的都在加強消費者對主題的印象。如馮夢龍就曾在〈蔣淑眞刎頸鴛鴦會〉的起始處，藉詩句傳達出他個人對「情色」的看法：

> 眼意心期卒未休，暗中終擬約登樓。
>
> 光陰負我難相隔，情緒牽人不自由。
>
> 遙夜定憐香蔽膝，悶時應弄玉搔頭。
>
> 櫻桃花謝梨花廢，腸斷青春兩處愁。
>
> 右詩單說著「情色」兩字。此二字，乃一體一用也。故色絢於目，情感於心，情色相生，心目相視。雖亙古迄今，仁人君子，弗能忘之。晉人有云：「情之所鐘，正自我輩。」慧遠曰：「情色覺如磁石，遇針不覺合為一觸。無情之物尚爾，何況我終日在情裡做活計耶？」

又如凌濛初在〈西山觀設籙度亡魂〉一文的開始，直接點明了寫作的目的：

> ……而今再說一個道流，借著符籙醮壇為由，拐上一個婦人，弄得死於非命。說來與奉道的人做個鑑戒。

（二）**藉雙重制約的懲戒模式闡揚主題**：戒淫故事主要以陽世的律法及陰間的冥報交織成雙重制約，強調「天網恢恢，疏而不漏」的果報特質，對世人進行道德勸說，以達到「懲惡窒淫」的教化功能。在冥報方面，如〈韓侍郎婢作夫人〉中的顧芳及〈毀新詩少年矢志〉中的陸容，都是因坐懷不亂而受到冥報以致平步青雲者；又如〈蔣興哥重會珍珠衫〉中的陳大郎，則是因淫人妻女，所以不但客死異鄉、甚至連妻子也成為受害人者（蔣興哥）的續弦。至於〈潘遇貪色毀前程〉中的潘遇也因為淫人妻女，所以終身不第。冥報完全視主角人物的表現，予以積極的獎賞或消極的懲罰。

此外戒淫故事中還有許多故事，最後依循陽世律法對犯淫者做出合理的處置。如〈汪大尹火焚寶蓮寺〉最後就由汪大尹毀廢寶蓮寺以絕後患；又如〈西山觀設籙度亡魂〉也是經由公堂的審判，才使黃知觀伏誅，阻絕的吳氏的無度縱慾……可以說凡公案類的故事，都是藉由陽世的律法發揮懲惡戒淫的效果。

　　（三）將主題隱藏於人物及情節的刻劃中：如〈吳郎妄意院中花〉文末，作者寫道：

　　　　若使吳朝奉無意於婦人，棍徒雖巧，能騙得他？只因貪看婦人，弄
　　　　出如此事體，豈不是一個好窺睬良家婦女的明鑒。古人說得好，他
　　　　財莫要，他馬莫騎，這便是個不受騙的要訣。

又如〈完令節冰心獨抱〉中，作者透過唐貴梅與寡姑間的應對，逐漸加深讀者對貞與淫兩種對立行徑的認識，使讀者從情節的推衍中，更能體會淫蕩的醜惡及拒淫誓貞的可貴。

　　（四）**對題材重新處理**：由第二章的說明中可以發現，即便是相同的故事，在不同的切入角度及舖述重心下，也會呈現出迥然各異的主題思想。以〈西山觀設籙度亡魂〉為例，《太平廣記》中透過精悍簡潔的記載，表現出縣官之智及孺子之孝；但是經由凌濛初的改寫，卻將重心轉移成突顯吳氏及黃知觀等一干人縱慾之淫褻不堪，使讀者體會到淫佚的醜惡而心生排斥。又如〈韓侍郎婢作夫人〉一文，在《說聽》中原是強調「富貴在天」的道理；但是在「二拍」中，卻成為頌揚顧芳不貪美色、勸勉世人積善納福的故事。而〈丹客半黍九還〉在馮夢龍的《古今概譚》中，原只是兩則各自獨立，記述坊間歹徒行騙的伎倆、以廣世人見聞的作品；然則經過凌濛初的串連改寫，也成為一篇戒諭世人勿貪飛來豔福的戒淫故事。由此可見，題材的重新處理也能做為表現主題的重要方式之一。

第三節　人物造型

　　故事人物描繪得精彩與否，往往要等到讀者闔上書冊之後才能確實體會。因為經過深刻刻劃過的人物，常予人真實鮮明的感受，使讀者對於人物的心理轉折及行為動機都能瞭然於胸、並產生理解、認同及難以磨滅的印象。這樣的人物具有鮮明的性格及個性，屬於「具象化人物」。相反的，若人物「不是整個人格的呈現，而是小說人物某一態度或意念的具現，讀者僅看到他的一面而已，他們可以用一個句子描述殆盡」，那麼就可歸屬於「概念化」的人物。〔註10〕儘管多數的戒淫故事因著重對事件經過的描述，而導致在人物性格的刻劃上較少有精采表現；但是戒淫故事中仍不乏如蔣興哥等性格鮮明的

〔註10〕見陳師妙如撰《古今小說研究》，（中國文化大學中國文學研究所碩士論文，民80年），頁267。

人物造型。此外，若干介於具象化與概念化間的角色，同樣也各有可觀之處。這些都是本節中所要探討的部分。

一、概念化人物

概念化的人物一出場，其性格及行為特色就已然被作者用簡單的陳述定了型；類似的人物在戒淫故事中佔了相當多的數量；特別是出家眾中的僧、尼、道士等，幾乎都屬於概念化的人物造型。他們一個個彷彿都是凌濛初筆下的「色中餓鬼」：〔註11〕一上場，不是已有男風相伴、猶嫌不足；〔註12〕就是勾引遊寺香客，藉機恣意縱慾。這些出家眾們如出一轍的旺盛性慾，使讀者在鄙薄之餘，也不禁對他們遇到異性時異常激烈的反應難以苟同。其實讀者由作者們穿插於行文中的種種評述已不難了解：人性中種種天生的慾望，無法經由外在的強制壓抑完全摒除；而這也正是出家得道者的可貴之處。但是多數的戒淫故事中卻沒有對出家眾由偷情而縱慾的心理轉有所分析。也因此出家眾觸犯淫戒的情節，多少總予人誇張虛妄的感受。

除了出家眾，戒淫故事中的商人及士人，也是普遍被以概念化塑造而成的角色。在作者們的筆下，這些失行者或是專擅於風月場中的慣技、不時遊山玩水地追求生活情趣；或是容貌俊美，家財萬貫。至於商人，則不論坐商、行商，總不免有「飽暖思淫慾」的傾向，所以會不顧一切地尋求美貌佳人；而一旦被他們發現目標，這些商人又會毫不吝嗇地投下金錢，以博佳人一笑。

此外出現在作者們筆下，放浪形骸的婦女們，也多是概念化的人物造型。這些婦女不是「頗慕風情」、就是「慾心如熾」；如非「妖淫無賽」，則必為「好風月濫淫之人」，因之每每她們一見到長相俊美或身強體壯的男子，就有意勾搭。最明顯的例子莫過於〈奪風情村婦捐軀〉中的婦人杜氏。作者簡單地介紹她是個「生得略有姿色，頗慕風情」，「性好風月的人」，因此當杜氏一見到「小和尚生得青頭白臉，言語聰俊」時，就會直接「心裡先有幾分看上了。」甚至等到後來發現與自己淫媾的不是俊美小生，卻是老和尚大覺時，杜氏居然也能在「不如先打發他，他徒弟少不得有份的了」的算計下，接受了老和尚。又如〈蔣淑真刎頸鴛鴦會〉中的蔣淑真，作者只用「且此女慾心如熾，

〔註11〕 見〈奪風情村婦捐軀〉開場詩：「美色從來有殺機，況同釋子講于飛。色中餓鬼真羅剎，血污遊魂怎得歸？」
〔註12〕 如〈奪風情村婦捐軀〉中的僧人大覺、〈妙智淫色殺身〉中的妙智師徒等皆屬此類。

久渴此事。情竇一開，不能自己」來形容蔣淑眞如何從一個機巧伶俐的女子一轉而成爲縱慾無度的婦人。但是這一段形容裡，只是單純地建立起了「淫婦蔣淑眞」的形象，至於她的心理的轉變過程卻絲毫沒有描述。

　　儘管多數戒淫故事中的人物，是在作者三言兩語下被定了型，但是也有若干的角色已然有了「具向化」人物的傾向。這類人物的性格特色，是在大眾對角色的既定印象上強化延伸，使得他們的獨特之處（如聲音形貌或說話方式等）更加鮮明。如〈閑雲庵阮三償舊債〉裡的閑雲庵主王守長，作者成功地摹擬了她的說話技巧，而使其三姑六婆的形象更加栩栩如生。例如她說服小姐、並安排私會的那一段，更令人暗暗叫絕：當老夫人因爲小姐的身份不宜、而拒絕讓小姐一同到庵裡進香時，尼姑一見事態難以掌握，隨機以「前日壞腹至今未好。借解一解。」爲由，尋求與小姐私下唔談的機會；接著「一頭說話，一頭拿粗紙；故意露出手指上那個寶石嵌的金戒指來」引起小姐的注意；接著她又設計了一個入情入理的情境：

> ……兩個月前，有個俊雅的小官人進庵，看妝觀音聖像，手中褪下這個戒指兒來，帶在菩薩手指上，祝禱道：「今生不遂來生願，願得來生逢這人。」半日間對著那聖像，潸然揮淚。……

類似這樣有聲有色的敘述，任誰聽了都會感到悱惻動人；更何況是原本就有心於阮三的陳玉蘭。因此就在這樣煽動下，小姐「朝暮聒絮」地纏著母親，無論如何也要到庵中一趟。王守長的伶牙俐齒及機智，在馮夢龍筆下，正應合了時人印象中對媒婆「智賽良、平，辯同周、何」的概念。

　　此外〈淫婦背夫遭誅〉中的鄧氏，也是一個近於具向化人物的角色。作者並非以三言兩語來敘述鄧氏是一位生性放蕩的女性；反而完整地交代鄧氏紅杏出牆的原因，是由於丈夫董文在性生活上無法滿足她的需求，使她對丈夫的感情由不滿轉爲厭惡；所以才會移情於英俊瀟灑的耿埴。鄧氏所期待的，是由耿埴帶她離開這段稱不上美滿的婚姻，重新開始新的生活；但是耿埴卻不作如是想：他只單純地希望與鄧氏做一對露水鴛鴦而已。持平說來，陸人龍筆下的鄧氏並不是一個沒心沒肝、只顧自己肉慾享樂卻失去理智的婦人：她也懂得用心用意地噓寒問暖、關心他人。這一點由她幾次在耿埴急忙躲藏之後，體貼地問道：「哥悶壞了」、「哥凍壞了，快來趁咱熱被」；「哥快來，天冷凍壞了。」等言語上可以看得出來。只是她無法掩飾自己對董文的不滿與厭惡、更誠實地把自己的感受告訴耿埴：「哥，他原也沒什麼不好，只是咱心

裡不大喜他。」這樣的告白，在在的表現出鄧氏的天眞與坦率；她絲毫沒有發現耿埴心中的芥蒂，卻一個勁兒地把耿埴當做貼心貼意的可人兒。然而這樣一個忠於自己情感、勇於表達的婦人，終究還是不見容於當時的社會價值觀；她眞摯的情意，也只是爲自己換來耿埴的鄙薄甚至是殺害。

在戒淫故事中還有一些類似這樣介於具向化及概念化之間的人物造型。像是〈吳郎妄意院中花〉中的商人吳爀：這個既吝嗇、又好色，更兼怕事的傢伙，從他開始時「假耽風月」的可笑行徑，以至於後來被騙徒耍得團團轉、卻自以爲精明仔細地要求告照、休書等種種手段看來，使人不由得對他的「『聰明』反被『聰明』誤」啞然失笑。又如〈陸五漢硬留合色鞋〉中的陸五漢，因爲幾番在潘壽兒房下設法要上樓相會不成，所以忍不住心裡的三分怒火，「搯了一張梯子，直到潘家樓下，也不打暗號，一逕上到樓窗邊」地進了二樓的房間裡。從這樣的描述中不難了解陸五漢魯莽霸氣的性格；等到他在黑暗中依稀看見有兩個人並眠枕上時，心中理所當然地大怒：「怪道兩夜咳嗽，她只做睡著不瞅我，原來這淫婦又勾搭上別人，卻假意推說父母盤問，且教我不要來。明明斷絕我了！這般無恩淫婦，要她怎地！」因此錯殺了潘用夫婦。一路寫來，把一個因爲爭風吃醋而失去理智、更兼自以爲是、魯莽粗暴的屠夫形象發揮得維妙維肖。

二、具象化人物

具象化人物最大的特點在於，這類人物有喜有怒，有完整的心理機轉過程，也會和尋常人一樣有著犯錯失誤或令人激賞的時刻。由這類人物所構成的故事，具有由人物性格引導情節發展的特色。換言之，具有牽動情節轉換或改變的力量之角色性格，正是具象化人物與概念化人物間最大的差異所在。

〈喬彥傑一妾破家〉中的高氏就是這樣一個人物。一開始當她發現長期在外經商的丈夫，居然帶了一名小妾回來，高氏忍不住「焦躁起來」；但是礙於「既娶來了，難以推故」，所以提出析屋而爨的要求－等於是將喬彥傑與周氏逐出家門。不過當喬彥傑又往外地經商長期不歸時，高氏卻會想到：「丈夫一去，因何至冬時節，只管不回？」更不忍周氏獨身在家，於是派了長工洪三「將些柴米炭火等物，送與周氏。」由此可以看出高氏儘管不滿丈夫任意娶妾，但卻不致因嫉妒而泯滅了善良的心性。後來高氏從蜚短流長中得知周氏有外遇的可能，就當機立斷地要接周氏搬回與自己同住；但她同時卻也能夠接受周氏的建議，讓小二留在家裡幫傭。這一方面固然是由於高氏自恃立

身嚴謹，認為「在我家中，我自照管著他，有什皂絲麻線？」；一方面卻也顯示出高氏能夠客觀地盱衡情況，不會因為周氏與小二之間有著的曖昧傳言而抱持偏見。這種性格上的優點，還可以從後來高氏對周氏稱讚小二「諸事勤謹、又本份」的舉動上得到印證。雖然如此，高氏卻仍免不了如常人一般，有著現實勢利的一面：當周氏提出讓小二娶高氏之女玉秀時，高氏立刻勃然大怒道：「你這賤人，好沒志氣，我女兒招催工人為婿？」偏偏小二與玉秀後來還是發生了姦情，而且「周氏也知，只瞞著高氏一人。」這樣的事實對高氏來說，實在是個晴天霹靂；所謂「神仙打鼓有時錯」，何況是身為凡人的高氏，在得知自己的女兒遭下人玷污之後，震怒之下驟萌殺機。雖說高氏大可立即解僱小二以絕後患；但是在顧及此人日後可能會四處張揚、反而破壞了女兒一生名節的情況下，也只有殺人滅口才能同時兼顧到保密及消恨的雙重效果。案發後，高氏、周氏及玉秀在協助棄屍的洪三首先招供了整個殺人過程的情況下，「驚得魂不附體」、「玉秀抖成一塊」，不得不招認了殺死小二的罪行；此處又充分流露出東窗事發後才驚覺事態非同小可的恐懼；案發後高氏的無助，儼然與決定殺人時的凶狠、及面對王酒酒勒索時的潑悍形成了鮮明的對比。

閱聽人當然不難從故事中每一個轉折的當下，發現高氏不當的舉措可能為自己帶來巨大的危機；更可以從馮夢龍的眉批中了解對問題正確的處置方式。然而不可否認的是，無論在何種情境中，旁觀者都難以斷章取義地認定高氏就是一個「善妒」或「善良」、「凶狠強悍」或「柔弱無助」的女性；因為她是秉持了自己性格上的特色、面對不同的問題因時制宜地作出不同的反應。因此唯一可以對樣一個時而心狠手辣、時而軟弱無助、最後竟至死在獄中的女子作出的貼切批評，大概也只有作者的眉批「高氏一生受了剛愎自用之過」了。

除了高氏以外，〈赫大卿遺恨鴛鴦絛〉中的赫大卿，也是一個具有真切性格的具向化人物。這個因見了美貌尼姑而樂不思蜀、把家庭及責任一股腦兒拋諸腦後的濫淫監生，等到了縱慾過度，病息奄奄的地步才想要回家。偏偏此際尼姑們「正是少年得趣之時，那肯放捨」，逼得大卿只得再三告求道：「多承雅愛，實不忍別。但我到此地兩月有餘，家中也不知下落，定然著忙。待我回去，安慰妻孥，再來奉陪。不過四、五日之事，卿等何必見疑？」甚至為了回家，他還不惜立誓：「若忘卿等恩德，猶如此日。」儘管如此，尼姑們

還是不肯放行；索性假意以要爲赫大卿餞行之名，把赫灌醉後剃光他的頭髮，使之無法出外見人。等到赫大卿一覺醒來，發現自己成了個禿子，一切都已經來不及了。此時的赫大卿面對尼姑們的奸計及撒嬌，雖然忍不住埋怨：「雖承你們的好意，只是下手太狠！如今教我怎生見人！」但是卻也只能「無可奈何……做尼姑打扮，住在庵中，晝夜淫樂。」。一番描述，凸顯了赫大卿性格中優柔寡斷又懦弱多情的特色，所以尼姑們才可以爲所欲爲地把他拘禁在寺中。直到赫大卿「淹淹待斃」、獨自睡在庵中休養，「忽然想起了家中，眼前並無一個親人，淚如雨下。」更因自覺來日無多，於是淚眼中懇求尼姑：「我自到此，家中分毫不知，今將永別，可將此條爲信，報知吾妻，教她快來見我一面，死亦瞑目。」這種對家庭的依戀及對死亡的恐懼，是促成赫大卿不論如何也想見妻子一面的動力；可惜尼姑們因深恐東窗事發，陽奉陰違地回覆了赫大卿的要求。這邊「大卿一連問了幾日，只認渾家懷恨，不來看他，心中愈加淒慘，嗚嗚而泣。」如此合情合理的揣測，使人體會到這名浪子深切的懊悔。只可惜爲時已晚，幾天之後，大卿就一命嗚呼了。

這一段最後的側寫，把赫大卿有心回頭卻無路可走的浪子模樣寫得栩栩如生；特別是最後由期望而哀求、由哀求而自責、絕望，乃至於孤獨而亡的下場及心理轉折，更與開始時意氣風發地與尼姑調情的模樣，成了明顯的對比；讀來更是令人深慨「早知如此，何必當初」；也因此加強了故事的警世效果。

除了以上幾例以外，〈蔣興哥重會珍珠衫〉中的蔣興哥也是一個成功的具象化人物造型。特別是其中對於蔣興哥對妻子情感的變化，由先前的摯愛轉爲因妒生恨、卻又在顧及妻子的孤寂心境下，用善意的謊言結束婚姻關係；然仍舊忍不住忿怒地打爛媒介的薛婆家……。這些時而溫柔多情、時而暗藏心機；時而暴怒難遏、時而無助絕望的表現，在在都顯示出了角色的真實性。整個故事在作者曲折婉轉的描寫下，令人讀來格外對造化的弄人感到不忍。

第四節 心理描寫

心理描寫的作用，在於銜接起行爲與行爲之間的轉換，使角色的前後反應能具有連貫性；或者藉此表現出角色的性格特質。以下將分別就「三言」、「二拍」及《型世言》的順序，整理其中精彩的心理描寫。

〈任孝子烈性爲神〉中，當任珪因爲趕不上時間進城而到岳父家夜宿，卻意外地被痛打一頓之後，面對梁家人異口同聲地支吾其詞、甚至反倒被埋怨捉賊失手，任珪忍不住暗暗尋思：「莫不是藏了什麼人在裡面，被我沖破，倒打我一頓？且不要慌，慢慢地察訪。」既然已先存有這樣的懷疑，所以當他清早聽到眾人談論起這樁姦夫打本夫的笑話、又被大家批評：「那人必不是好漢，必是個煨膿爛板烏龜」時，任珪不僅印證了自己先前的揣測；更在得知妻子紅杏出牆的憤怒下，衍生出強烈的殺機。換言之，這一段任珪心裡的疑惑，不但引出了後事的演變，也成爲後面眾人嘲笑的伏筆、增強了任珪斬殺妻子的氣勢。

〈小夫人金錢贈少年〉中出現的心理描寫則較爲細緻：當小夫人發覺自己被媒婆所騙，竟嫁了一個花甲老翁時，忍不住暗自思量：「我恁地一個人，許多房奩，卻嫁了一個白鬚老兒！」緣由於這樣的不滿，小夫人開始注意到家中的兩位主管、也分別贈予兩人若干財物爲見面禮；沒想到這兩包見面禮卻藏著玄機！給李主管的是十文銀錢、給張主管的卻是十文金錢。作者此處不用文字直接敘述小夫人的心聲，卻用另一種方式暗示了小夫人對張主管的情意；這樣的手法預示小夫人性格及行事中帶有機黠的特色，也加強了故事的懸疑性。

〈趙太祖千里送京娘〉中也有兩段精彩的心理描寫。首先是當趙京娘見到趙匡胤降服了劫掠自己的盜匪，又不貪橫財、立地分散之後，忍不住對趙匡胤俠義心腸起了愛慕之意：「當初紅拂一妓女，尚能自擇英雄；莫說受恩之下，愧無以報；就是我終身之事，託了這個豪俠，更託何人？」因此轉念，「欲要自薦，又羞開口」；欲待不說，「他直性漢子，哪知奴家一片真心？」因而「左思右想，一夜不睡」。一番描寫下來，把趙京娘情竇初開、欲語還羞的模樣及難處說得十分真切；也讓人體會了趙京娘的細心及善良。最後在無計可施的情況下，京娘決定佯裝嬌弱，全然不顧男女授受不親的避忌，不時依偎靠倚趙匡胤，希望能使趙匡胤了解自己的心意、進而動情相許。沒想到趙匡胤對這番安排做作竟全無知覺，使得京娘又再次尋思：「如今將次到家了，只管害羞不說，挫此機會，一到家中，此事便索罷休，悔之何及！」是這般的煩憂及心計，增加了京娘向趙匡胤自我剖白的勇氣；沒想到趙匡胤心思全不在此，京娘也只好打消此念。另一段描寫，是在趙匡胤因爲京娘家人的逼婚，一怒之下揚長而去之後，可憐的京娘面對父母的懷疑與嫂嫂的奚落，又再次

想道：「因奴命蹇時乖，遭逢強暴。幸遇英雄相救，指望託個終身。誰知事既不諧，反涉瓜李之嫌。今日父母哥嫂亦不能相諒，何況他人？不能報恩人之德，反累恩人的清名，為奸成歉，皆奴之罪。似此薄命，不如死在清油觀中，省了許多是非，倒還乾淨，如今悔之無及。千死萬死，左右一死，也表奴貞節的心跡。」正是如此自責的想法，堅定了她必死的決心。兩段心理的描寫，把京娘勇於自陳的原因、乃至於後來毅然自盡的心志，交代得完整透徹，使人一目瞭然箇中的轉變。

除了上述三例，馮夢龍在《警世通言》中還有一段極為強烈的心理轉折，出現在〈況太守斷死孩兒〉一文中。當寡婦邵氏發現一切的縱情歡樂，竟是鄰人支助為了得到自己所設下的圈套時，面對支助的步步逼近及自己醜行將被公開的危機，邵氏悔恨交加的反應：

> ……氣得邵氏半晌無言，珠淚紛紛而墜。……左思右想，只是自家不是。當初不肯改嫁，要做上流之人，如今出乖露醜，有何顏見諸親之面？又想道：「日前曾對眾發誓：『我若事二姓、更二夫，不是刀下亡，便是繩上死。』我今拼這性命，謝我亡夫於九泉之下，卻不乾淨。」

如此的痛悔深怨，暗示了後面自盡的必然，也使讀者從中感受到了一股隱隱的殺機。果然當得貴於此時推門進來，就引發了邵氏的怒氣、並使她想起：「當初都是那狗才做下圈套，來作弄我，害了我一生名節。」基於這樣自怨怨人的想法，邵氏提刀殺死了得貴之後立即自盡。如此心態其實正與〈月明和尚度柳翠〉中的玉通和尚，在得悉自己的破戒竟是被柳宣教所設計的結果後，決意坐化前的想法相若。〔註13〕但是邵氏的心理轉折被完整的描寫，這卻是玉通的故事中所沒有的優點。

除了「三言」，凌濛初也在「二拍」中有幾段文短但具有關鍵效果的心理描寫。

首先在〈丹客半黍九還〉中，當富翁潘生看到鄰旁富商的奢侈揮霍時，忍不住想：「我家裡也算富，怎麼能夠到得他這等揮霍受用？想必是陶朱、猗頓之流，第一等的富家了。」短短一段話，把一個貪求無饜的求財面孔揣摩得入木三分。也因此開啟了其後潘生富商間互通聞問的交流。

〔註13〕這一點可以從玉通坐化前留下攙雜著濃烈的恨意及報復企圖的偈語中看出來：「我身德性被你虧，你家門風還我壞。」

其次在〈喬兌換胡子宣淫〉中，有一段鐵生之妻在得知丈夫有意換妻取樂之後的忖度，將鐵生反覆無常的性格及鐵妻深沉心機的表露無遺：「他因一時思量勾搭門氏，高興中有此瘋話（指換妻的計謀），萬一做下了事，被他知道了，後邊有些嫌忌起來，礙手礙腳，到底不妙。何如只是用些計較，瞞著他做，安安穩穩快樂不得？」這番算計，預告了鐵妻與胡生間將有的偷情行為；一句「安安穩穩快樂不得」，更諷刺地成為鐵妻日後因東窗事發，鬱鬱而終的伏筆。

另外在〈兩錯認莫大姐淫奔〉中，也有對郁盛的心理所做的描寫。由此讀者得以看出奸人陰險多詭的淫惡心性；當莫大姐醉中錯認交歡的對象是楊二郎時，郁盛不但不加糾正，反而暗思：「叵耐這浪淫婦，你只記得心上人！我且將計就計，餂她說話，看她說甚來。」因此郁盛打聽出了莫氏將與楊二郎私奔的計劃；於是他又順水推舟地計較：「……我如今將錯就錯，催下了船，到那晚剪她這綹，落得載她娘在別處去，受用幾時，有何不可？」等到郁盛如願受用夠了，又想著要脫手：

> 我目下用她的，帶來的東西須有盡時。我又不會做生意，日後怎生結果？況且是人的妻小，留在身邊，到底怕露將出來，不是長便。我也要到自家裡去的，那裡守得定在這裡？我不如尋個主兒賣了她，她模樣兒儘好，倒也還值得百十兩銀子。我得他這些身價，與她身邊帶來的許多東西，也盡夠受用了。

就這樣，莫大姐被推入了火坑。若不是日後遇到家鄉客，恐怕她一輩子也跳不出皮肉生涯的苦海。郁盛在文中的心理轉折，一步步推進整個情節的發展，也預告了莫氏的遭遇；反而使讀者對於莫氏的墜入陷阱，感到既無奈又悲哀。

至於《型世言》中的心理描寫，最出色的要屬〈淫婦背夫遭誅〉中耿埴對鄧氏的不滿、和自首前的省思兩個部份；以及〈毀新詩少年矢志〉中陸容收到情書後的訝異與思量。

在〈淫婦背夫遭誅〉中，儘管鄧氏對耿埴癡情相向；但是耿埴的心中卻始終對這個背夫外遇的婦人毫不領情；甚至還不以為於鄧氏對待董文的態度。這些對鄧氏的不滿，全藉由作者對耿埴的心理描寫表現出來：當鄧氏初次提議要殺死董文，以求與耿埴長相廝守時，「那知道耿埴的心裡拂然起來，想道：『怎奸了他的妻子，又害他？』便有個不爽快之色；不大答應。」接著耿埴眼見鄧氏惡聲惡氣地對董文，因而在心裡打算道：「董文反不中也是結髮夫妻，又百依百隨，便喫兩鐘酒也不礙，怎這等奚落他？明日咱去勸她，畢

竟要他夫妻和睦才是。」如此三番兩次下來，耿埴對於鄧氏的不豫，讀者已全然知曉，只差鄧氏一人還毫無知覺。終於在最後，當鄧氏又對轉身回家為她蓋被子的董文惡言相向時，耿埴再也忍不住滿腔的鄙夷，惱怒地想：「有這等婦人！平日要擺殺丈夫，我屢屢勸阻不行，至今毫不知悔。再要何等一個恩愛丈夫？她畢竟只是嚷罵，這真是一個不義的淫婦了，要她何用？」就這麼一動念，便賠上了鄧氏一條癡命。作者藉由這樣的心理描寫，一步步加重了耿埴對鄧氏惡形惡狀的不滿，也一層層地為耿埴後來的仗義殺人鋪下必然的氣勢。如此被作者肯定的俠義性格，在得知無辜的白大將替自己受死時，又再度發揮了作用：

> 今日法場上的白大，明明是老耿的替身。我們做好漢的，為何自己殺人，要別人去償命？況且那日一時不平之氣，手刃婦人的是我；今日殺這老白，又是替我，倒因我一箇人殺了兩箇人。今日陽間躲得過，陰間也饒不過。做漢子的怎麼愛惜這顆頭顱，做這樣縮頸的事？

這段自省，是激勵耿埴自首認罪的原動力。姑不論他的殺人是否得當，但且看這樣勇於自首的氣魄，也不禁夠讓人擊節於他的膽識及義氣了。

另外一段寫來極其曲折的心理轉折，出現在〈毀新詩少年矢志〉中謝芳卿寫詩挑逗勾引陸容後，雙方的心理變化上。當陸容從字跡上發現寫給自己的情詩「一定是個女人做的」時，他順手就在詩後作下了回絕的文字；卻又在轉念間想到：

> 「我詩是拒絕她的，卻不知是何人所，又倩何人與她，留在書簡中，反覺不雅」竟將來扯得粉碎。

由此不難發現，這個看似呆頭鵝的書生，實則不僅不呆，還且十分細心；只是難免有些癡性；否則何以在直覺地寫完回詩之後，才想起來無法投遞？如此細心的特質，還可以從隨後而來的另一段心理描寫中看出來：

> ……不知陸容在那邊費了好些心，道：「我嘗聞得謝老在我面前說兒子愚蠢、一女聰明，吹彈寫作，無所不能。這一定是她作的。詩中詞意似有意于我，但謝老以通家延我，我卻淫其女，於心何安？況女子一生之節義，我一生之行簡，皆係於此，豈可苟且。只是我心如鐵石，可質神明，但恐此女不喻，今日詩來，明日字到，或至洩露，連我也難自白。不若棄此館而回，可以保全兩下，卻又沒個名目。」

沒想到陸容在這一頭費盡思量；另一頭謝芳卿也正為了陸容看似不解風情的愚駭大傷腦筋，之於陸容房門口，並暗暗思量該不該黃夜訪心上人時，恰與陸容不期而遇。等到陸容義正詞嚴的拒絕了她的情意，並避開芳卿使她不得不打道回房，這名自恃才貌的女子不免快快難平地獨自尋思：「天下不只你一箇有才貌的，拿甚班兒？」又自嘲：「『留得五湖明月在，不愁無處下金鉤』，好歹要尋著個似他的。」如此受到打擊後的自衛心理及自負又驕傲的心態，正是導致芳卿日後悲慘下場的伏筆。

第五章　戒淫故事與明末社會

　　顧名思義，通俗文學主要以社會大眾為傳播對象，因之在內容上必須貼近並反映民間的生活樣貌，才能夠引起讀者共鳴。作為通俗文學之一的擬話本，也同樣具有反映社會、表現人生之特質；尤其當通俗文學開始與商業經營結合而有計劃地創作之後，如何能使作品獲得最高收益，就成為作者與出版商之間共同的奪鬥目標。此種企圖除表示出版商必須以大量印刷來降低生產成本、及增加鋪貨點以便於民眾購買之外；更意味著作者在創作擬話本作品時，除了應注意作品內容是否易讀易懂外，主題更須具備足夠的吸引力，才可以使消費者輕鬆地從中得到調劑娛樂的效果。另一方面，對於出身儒家教育的作者們而言，如果作品裡除了商業利益及娛樂效果之外，還可以具有美刺時風、導正時俗的功用，那麼無疑是以另一種形式完成儒家經世濟民的理想。〔註1〕因之每一則擬話本中的戒淫故事，除流露出作者對於不同問題的見解以外；存在於字裡行間對風土人情的細微敘述，也客觀地反映了明末的社會狀況。

〔註1〕這種傳統文人的積極道德使命感，可以從蠢夕居士在《昕夕閒談小序》中所言表露無遺：「予則謂小說者，當以怡神悅魄為主，使人之碌碌此事者，咸棄其焦思繁慮，而暫遷其心於恬適之境者也；又令人之聞義俠之風，則激其慷慨之氣；聞憂愁之事，則動其淒惋之情；聞惡則深惡，聞善則深善，斯則又古人啟發良心懲創逸志之微旨。且又為明於庶物，察於人倫之助也。」見引於陳美林、李中明撰〈中國古代小說的教化意識〉，《明清小說研究》，第二十九輯，頁50。

第一節　戒淫故事中所反映的明末社會

　　如以各主題的故事量分析，那麼數量約佔總故事數四分之一的主題「戒淫」，無疑是作者們心目中最能兼顧商業利益、娛樂效果及教化功用的主題；這也顯示出這個問題在當時社會中的迫切性及必要性。然而除了原本的戒淫目的以外，戒淫故事中對社會各種現象的描述，同時也足以反映明代社會樣貌。

　　大體而言，戒淫故事多以出家眾及中產階級為主角。作者們藉出家眾瘋狂縱慾的行止，提醒世人不可隨意與他們往還；並打破不份修行者偽善的假面具，使世人不再對出家修行抱持虛幻不實的過度期待，以期根本解決浮濫出家的習俗。其次對身為社會中堅的仕紳階級方面：在晚明一片重利輕義及矯俗干名〔註2〕的風氣中，能如陸容般保持清醒的人畢竟不多。作者們以作品表現出對世道凋敝的痛心，以及對於種種為逞個人私慾而視道德倫理為無物之行徑的深惡痛絕。如果中產階級是引領社會風氣的主流；那麼當時中產階級裡最具影響力的仕紳行逕已然如此，那麼他們又能對社會中其他的份子發揮什麼樣的影響？

　　至於原本是社會中最被壓抑的商人階級，在經商轉變家境之後，紛紛以財富扭轉出身，擠身仕林；他們憑恃財富追求更高的生活品質原本無可厚非；但卻因此造成社會價值觀的物化。最令人扼腕的是，朱明皇朝對於這些因商業繁榮所帶來的改變根本未加重視；當嘉靖以降的皇帝們忙著佞道與享樂的同時，社會正以驚人的活力朝全面商業化的可能邁進；然而由於缺乏具有遠

〔註2〕明代中後期之後，越來越多略通文墨、自詡為知識份子的人，以「山人」的名號四處招搖。「山人」原本是指「超脫紅塵、引居山林」中的高士；但是到了明代，「山人」成了「客之挾薄技，問舟車於四方者之號也。」（見牛建強所引明代竟陵派代表譚元春為山人所下的定義）。沈德符也在他的《萬曆野獲編》卷二十三中，特立〈山人〉一類，用以紀錄當時以「山人」為名號，挾以自高的文人們醜陋無恥的行逕。其中〈山人名號〉中說道：「山人之名本重，如李鄴侯僅得此稱。不意數十年來出遊無籍輩，以詩卷遍贄達官，亦謂之山人。始於嘉靖初年，盛於今上之近歲。」對於「山人」的厭惡，沈德符是這樣寫的：「恩詔內又一款，逐在京山人，尤為快事。年來此輩作姦，妖詭百出，如逐客鳴冤，僅其小耳。」雖然也有部份文人的確是枕流漱石的在山林中生活；但是不肖的山人卻早已使得「山人」成為「倚恃達官貴人、並以文墨糊口四方」的諸生們的代稱了。參見牛建強《明代中後期社會經濟變遷研究─明代山人群的產生所透射出的社會意義》（同註48）頁139～154；及明沈德符著《萬曆野獲編》（北京，中華書局，1997年，中冊）卷二十三，【山人】，頁584～587。

見的規劃、以及長久以來的抑商心理，使得統治者昧於道德的神話而高估了官吏的自制能力；又因低估社會的發展速度、而錯失躋高度工業化國家之林發展的契機。明代中後期在政治上吏治敗壞、黨爭不斷；影響所及，使經濟發展停留在基本的手工及加工業層次。〔註3〕由此觀之，中產階級對於社會的高度發展固然有不可抹煞的功勞；但是大環境的失控，卻使得中產階級同時成為社會負向發展的推手。小說的作者們憑藉著敏銳的觀察力，留意到社會的轉變，積極地企圖藉淺白的作品影響基層民眾的生活態度，並適時引導世人正視當時的社會問題，以發揮警世戒淫、移風易俗的教化功用。

　　除上述狀況以外，本節另將從「果報觀的盛行」、「對貞節的漠視」及「道德淪喪」三方面分述表現在戒淫故事中所反映出的明末社會。

一、果報思想的盛行

　　除了公衙的判決以外，約有四分之一的戒淫故事，是以因果報應為結局方式；〔註4〕其中有因坐懷不亂、全人名節而受善報，最後得以平步青雲、早生貴子者；〔註5〕也不乏因淫人妻女而招致惡報（如滅門絕戶或妻女被淫）者。

〔註3〕 這個問題，成為後世在研究何以中國無法如英美等西方國家，成功進入二十世紀的學者們始終縈懷的問題。以研究明代政經發展者著名的已故學者黃仁宇先生，就曾對朱明王朝時昧於經濟發展現實的態度，提出這樣的看法：「……歷史學家似乎很少注意到，本（明）朝以詩書作為立國的根本，其程度之深已超過了以往的朝代，這在開國之初有其客觀上的可能。……（明初時）的風氣下，人們心裡的物質慾望與嘴上的道德標準，兩者的距離不致相差過遠。等到張居正出任首輔的時候，本朝已經有了兩百年的歷史。開國時的理想和所提倡的風氣與今天的實際距離已經越來越遠了。……這種積弊在於財政的安排。在開國之初，政府釐定各種制度，其依據的原則是『四書』上的教條，認為官員應該過著簡單樸素的生活是萬古不變的真理。……文官集團……在中央政府的控制下既沒有重點，也沒有彈性，更談不上具有隨著形勢發展而作調整的能力。各種技術力量、諸如交通通訊、分析統計、調查研究、控制金融、發展生產等等則更為缺乏。一個必然的後果，即政府對民間的經濟發展或衰退，往往感到隔膜，因之稅收和預算不能隨之而增加或減縮。……財政上死板、混亂與控制，給予官員的俸祿又微薄到不合實際，官員們要求取得額外收入也就是不可避免的了。……這些情形使得所謂的操守變成毫無實際意義。」見《萬曆十五年─世間已無張居正》，（台北，食貨，民74年4月），頁96～98。

〔註4〕 如〈蔣興哥重會珍珠衫〉、〈陳御史巧勘金釵鈿〉、〈閒雲庵阮三償舊債〉、〈喬彥傑一妾破家〉、〈況太守斷死孩兒〉、〈蔣淑真刎頸鴛鴦會〉、〈潘遇貪色毀前程〉、〈任道元淫邪招譴〉、〈喬兌換胡子宣淫〉、〈聞人生野戰翠浮庵〉、〈韓侍郎婢作夫人〉、〈妙智淫色殺身〉等，皆有因果循環的成份在其中。

〔註5〕 如〈蔣興哥重會珍珠衫〉中，慷慨還妻的縣官吳傑，就得到子嗣做為報償；〈毀

整體而言，消極的懲罰要比積極的獎賞更爲普遍。這種狀況除了意味著反面事例的題材較易取得及發揮以外，如此大量使用因果報應，反映出果報思想於當時社會中具有不容輕忽的教化實力。故事主要利用社會大眾既自私又務實的心態，使他們因擔心受到惡報而不敢妄爲，以達到預期之嚇阻及警世的效果。嚴格說來，因果循環的報應思想，其嚇阻效果在中國社會中原本已相當強烈；而在道德價值混亂、淫蕩風氣四漫的明末社會裡，這種「不問蒼生問鬼神」的愚昧心態，除了反映出果報觀的盛行以外，更顯示出人民對朱明政府的治國能力的懷疑與不安。

二、對貞節的漠視

即便戒淫故事中不乏具正面意義的節婦烈女；然則此間卻有著更多言行淫蕩的女性。這些婦女的表現，反映出時人對女性貞節抱持著可有可無的漠視態度；此情況除歸因於受當時社會上的淫佚風氣影響以外，客觀環境對貞婦認定的不盡公允，也是人們漠視婦女貞節的原因之一。

首先就社會風氣而言，明末社會中的男女關係混亂、性行爲浮濫的情況，在許多研究、史籍及文人筆記中已有所著墨，此處不再贅述；〔註6〕而在戒淫故事中，男性犯淫者除了可以藉由眠花宿柳來滿足淫慾外，也有人誘惑比丘尼爲縱慾對象；更甚者則是利用四處穿門入戶的媒婆，肆無忌憚地挑逗勾引良家婦女，只爲一遂淫願。至於戒淫故事中犯下淫行的女性，同樣大膽地追求性慾滿足。如〈蔣淑眞刎頸鴛鴦會〉中不顧一切、唯肉慾是求的蔣淑眞；〈陸五漢硬留合色鞋〉裡未婚卻沉湎淫樂的潘壽兒；〈狄氏〉中縱慾無度最後奄奄而亡的美婦人狄氏；〈西山觀設籙度亡魂〉裡爲追求肉慾而罔視人倫親情的吳氏；乃至於〈奪風情村婦捐軀〉中因追求濫淫之樂而失去理智、最後慘遭毒手的杜氏……她們都是在以滿足性慾爲唯一考量的情況下，無視貞操觀念而瘋狂縱淫的女性。這些女性與配偶或情夫間的關係，完全建立在肉體的享樂

新詩少年矢志〉中的陸容，也因爲保全謝芳卿的名節，所以能夠順利的金榜題名。類似的例子，請參照本文第三章第一節中的「類型區分」中的「正面戒淫故事」。

〔註6〕如沈德符的《萬曆野獲編》中，就對明代中晚期有關山人、淫藥、淫器、男色等問題有所介紹。可參考〈進藥〉、〈秘方見倖〉、〈武宗諸嬖〉、〈主上外嬖〉、〈十俊〉（卷二十一〔佞倖〕）；卷二十三〔山人〕：〈食人〉、〈人痾〉（卷二十八〔鬼怪〕）；〈周解元純樸〉（《補遺》卷三〔士人〕）；〈南伯和妾〉（《補遺》卷三〔婦女〕）；〈太極〉（《補遺》卷三〔佞倖〕）〈契兄弟〉（《補遺》卷三〔風俗〕）……等條。

上；因此那些無法滿足她們性慾要求的人，難免會受到其鄙夷或唾棄。例如
〈淫婦背夫遭誅〉中的董文，就是因為無法滿足妻子在性生活方面的需求，
而受到妻子的埋怨的例子；又如〈奪風情村婦捐軀〉中力不從心的老僧大覺，
也是因為年老體衰而受到杜氏的羞辱嫌厭。

這些一心尋求逞淫的婦女在性格上最不同於傳統女性之處，是她們毫
不掩飾本身對性慾的渴求；甚至理所當然地視追求性滿足為生活目標；一
如魯迅於《中國小說史略》中所言：「世間乃漸不以縱談閨幃方藥之事為
恥」；〔註7〕如此心態在戒淫故事中屢見不鮮：如〈金海陵縱慾亡身〉中，
貴哥就曾對主母定哥提出：「倘或像夫人今日，眼前人不中意，常常討不快
活吃，不如背地裏另尋一個清雅文物，知輕識重的，與他悄地往來，也曉得
人道之樂。終不然人生一世，草生一秋，就只管這般悶昏昏過日子不成？」；
又如〈淫婦背夫遭誅〉中，鄧氏與姐妹們也因為董文無法滿足鄧氏的性需求
而打抱不平。對這些婦女而言，「貞節」像是天邊的彩霞，美麗卻不實際；
一心苦守之後，到頭來不過落得一個中看不中用的虛名而已；倒不如實實在
在地趁著青春年少享受「人道之樂」來得踏實；〔註8〕而能夠滿足其性需求
者，即可成為她們鐘情的對象；因之鄧氏對耿埕表現出無比的溫柔與關懷；
定哥也對海陵表現出由愛生恨的怨妒；至於蔣淑真則對朱秉中有著獨霸強烈
的佔有慾－這種源自於肉慾滿足下所引起的情感，是否真能成為堅貞的情愛
基礎尚不足論；〔註9〕更重要的是，當時婦女以性能力的強弱為擇人標準的
大膽態度，正是漠視貞節的具體表現。

其次在於外在環境方面，造成明末社會上漠視貞節的另一個原因，筆者
以為是導因於當時對節婦表彰過程不公，而造成民眾對評定標準的不信任。
以戒淫故事為例，除非婦女撫子有成（登科）；或家族顯赫、具有相當的社會
影響力，否則難以引起官員注意並上表請旌。如〈閒雲庵阮三償舊債〉中的
陳玉蘭，就可稱得上是個兩項條件同時兼具的幸運者，因之即使她未婚生子，
也仍得以受到皇帝旌表。是以〈程朝奉單遇無頭婦〉中，李方哥對執意不肯

〔註7〕魯迅《中國小說史略·明之人情小說》，（台北，谷風出版社，出版年份不詳），
　　　卷十九，頁185。

〔註8〕〈蔣淑真刎頸鴛鴦會〉裡就有一首艄夫隨口吟唱的嘲歌，所描寫的正是這樣
　　　的心態：「二十去了二一來，不做私情也是呆。有朝一日花容退，雙手招郎郎
　　　不來。」

〔註9〕見韓南著、水晶譯〈中國人愛慾小說初探〉，《聯合文學》，第四卷第十一期，
　　　頁17。

與程朝奉姦宿的妻子說：「如今總是混賬世界，我們又不是什麼閭閻人家，就是守著清白也沒人來替你造牌坊。不如和同了些吧！」由此可知，部份婦女未受表彰的原因，不是因為貞操有虧；而是由於人微言輕。質言之，當對節婦之評定標準，也成了可以放在秤衡上斤斤計較的籌碼時，貞節觀本身已然失去遵循倣效的意義；更無法成為婦女及其家人們所重視的品德。

正是在這樣的心態及環境下，才會使李方哥不惜用妻子的抽象貞操來換取實際財富；也是在如此想法下，唐貴梅的小姑眼見寡嫂面臨受迫改嫁的危局，非但未勸阻母親；反而還自以為是地勸嫂嫂道：「親娘如今已在渾水裡，那個信你清白？不若且依了婆婆，省些磨折、享些快樂。」──就連〈金海陵縱慾亡身〉中，婢女貴哥都曾明白地提醒猶豫不決的主母：「哪見得那正氣不偷情的就舉了節婦，名標青史？」這些觀點都反映出當時社會上對女性貞節的漠視。所謂「禮失求諸野」；然而當社會中的下層百姓，都開始對社會上的道德規範產生偏差認知時，這個社會最需要的已不再是外在獎勵；而是能夠重新喚醒良知的力量及契機。否則不僅是貞節觀，所有的道德認知都將因為這樣的歧誤而日漸扭曲、終至於蕩然無存。

三、道德淪喪

（一）士人無行

倘若知識份子的品格操守，足以反映社會良知良能的實踐勇氣，那麼多數出現於戒淫故事中的士人們，無疑呈現出明末社會最放蕩現實的一面。

不論頭銜為秀才、生員、貢生、監生；也不論這些士人是受延為塾師或書手，他們在社會中雖然不一定絕對擁有實權，但卻能在「萬般皆下品，唯有讀書高」的傳統觀念下，擁有動見觀瞻的社會地位。可惜在戒淫故事裡，這些人大多成為負面的範例，若非表現得恣意妄為，目中無人；就是在稍覽經書後，即以儒生自居，耽溺聲色；亦或憑恃著基本的文字能力，於娼館妓院中吟風弄月；更甚者為了徵名逐利，不惜干冒不韙地玩法弄典；……。這些以只重私慾、不顧公義，且棄儒家教養於不顧的士人們，一方面自矜於士族的高貴頭銜；一方面卻以此身份四處招搖逞淫。〔註10〕姑不論當時捐貲的

〔註10〕如馮夢龍就曾在《醒世恆言·張孝基陳留認舅》一文的楔子裡提出評論。他
　　　　認為「多有富貴子弟，擔了個讀書的虛名，不去務本營生，戴頂角巾、穿領
　　　　長衣，自以為上等之人，習成一身輕薄，稼穡艱難，全然不知。到知識漸開，

政策是否降低整體士人的素質、並使社會上四處充斥著品格參差不齊的士族；單就這些士人公然犯淫蹈惡之行止，已無疑表現出晚明政府對士人缺乏有效的管理能力。換言之，當社會上最具指標作用的知識份子都如此張狂妄為時，百姓更加失去了參考效法的標準；這些情況都凸顯了戒淫故事中所反映出的、明末社會上道德淪喪的危機。

（二）庶民好逸惡勞

商業發達固然造就了社會的繁榮發展，但是比起農業社會的樸質民風，商業社會相對呈現出人心的狡詐陰險；如戒淫故事中所表現出的明末，就是一個生活富裕但道德觀紊亂的時代；更是不肖之徒大行其道的良機。總歸而言，戒淫故事裡不肖之輩率以地痞無賴為主；他們或是鎮日裡遊手好閒、四處生事，或者看準了機會、設下美人局坑騙好色男子；或是探人隱私、勒索訛詐；再不然就是易裝埋伏、姦騙婦女……，一旦受害者不遂其願，他們就以張揚醜事為要脅逼人就範、引起種種禍端。〈況太守斷死孩兒〉中的支助就是一例。這個鎮日裡無所事事的地痞，因為看上了寡婦邵氏又無從得手，於是教唆邵氏的僮僕誘姦邵氏，希望自己可以因此趁機而入；等他發現邵氏的家私頗豐，又轉念想要成為邵氏府裡的男主人，因此惹出三條人命的慘案；又如〈喬彥傑一妾破家〉中的無賴王酒酒，他以發現河邊的死屍為高氏家中長工小二為由勒索高氏，卻被高氏罵得狗血淋頭；王酒酒一氣之下，索性一不做二不休地出首上告，使高氏一家三人盡死牢中。還有如〈桑茂易裝行姦〉中的桑茂、〈假為尼男子行姦〉裡的王尼、〈吳郎妄意院中花〉中的光棍、〈陳御史巧勘金釵鈿〉裡的梁尚賓、〈酒下酒趙尼媼迷花〉中的卜良、〈兩錯認莫大姐淫奔〉由的郁盛……等，都是屬於這類狡詐貪淫的人物。[註11]

若僅有地痞無賴逞奸使惡、作踐良民，或許尚不足以反映社會上好逸惡勞的風氣；但是在戒淫故事裡，除了地痞無賴以外，還有土豪如田禽等人，肆無忌憚地魚肉鄉里；或如錢公布等斯文敗類玩法弄典地勒索無辜；甚至連原本可以安生度日、溫飽不愁的小酒販李方哥，都會為了貪求乍來的巨富，

戀酒迷花，無所不至。甚至破家傾產，有上稍時沒下稍。」

[註11] 還有〈張溜兒熟佈迷魂局〉裡的張溜兒；〈丹客半黍九還〉的術士、〈徐茶酒趁亂劫新人〉裡的徐達；〈拒姦淫陳氏完令節〉中的姦夫蔡鳳鳴；以及所有的騙術故事中的首謀份子盡皆屬之。

不惜聳恿妻子賣淫。〔註12〕由此除了可以想像明末社會上為追求財富，已屆於不擇手段的地步以外；筆者以為，由戒淫故事中貪求不勞之獲的事例分布層面之廣，亦得以反映出普遍存在於社會上、好逸惡勞的投機心態。

（三）吏治不彰

儘管多數戒淫故事取決於良吏的鍥而不捨才能使案情水落石出、並達到預期的警世效果；但是仍有若干故事反映出當時社會上存有吏治不彰的情況。〔註13〕這些官吏或循情護短（如〈陳御史巧勘金釵鈿〉中原先的主事官員，就是因為受到顧僉事的壓力而把魯學曾問成死罪）；或昏昧不察（如〈匡頭計藏紅顏〉中那位因為怕麻煩而隨便審案了事的鈕知縣）；或貪濫酷刑（如〈喬彥傑一妾破家〉中的安撫司相公黃正大）；或利令智昏（如〈完令節冰心獨抱〉中的毛通判）。主事者種種失職的行徑，都是造成奸人得逞、良民蒙冤的要因。最明顯的例子，莫過於〈完令節冰心獨抱〉中的毛通判；他既貪財（接受汪涵宇的賄賂）又弄權（不滿汪涵宇對他有所要求），以致唐貴梅不但蒙受冤屈、更吃盡牢獄之苦。此外，〈妙智淫色殺身〉中的田禽及徐州同，更是標準的貪官污吏：其中田禽假公濟私地誘導徐行訛詐淫僧，以報復妙智等人染指自己小妾的惡行；徐州同則除了利用職權勒索犯人，以及縱子為惡以外，更命手下濫殺妙智師徒。若以吏治的清明與否，判斷社會的安定狀況；則戒淫故事所表現的明末地方官場，確實在一定程度上充塞著使公理正義無法伸張的黑暗；至於這是否就足以證明當時吏治的普遍敗壞，則有待其他方面更廣泛的資料來證明。

（四）世風澆薄

戒淫故事中還反映出明末社會現實勢利的一面。如在〈程朝奉單遇無頭婦〉中，李方哥眼見富戶程朝奉拿出大筆銀錢，立刻眼熱口巧、作揖哈腰地說：「朝奉明說是要怎麼，小的好如命奉承」，直到程朝奉點出想要與李妻發

〔註12〕李方哥妄想不勞而獲的心態，可以從他說服妻子的對話中一覽無疑：「我想，我與你在此苦掙一年，採不出幾兩銀子來。他的意思，倒肯在你身上捨主大錢，我每不如將計就計哄他，與了他些甜頭，便起他一主大銀子，也不難了。也強如一盞半盞的與別人論價錢。……難得財主家倒了運，來想我們。我們拼忍著一時羞恥，一生受用不盡了。」

〔註13〕出現吏治不彰的故事分別有〈陳御史巧勘金釵鈿〉、〈簡帖僧巧騙皇甫妻〉、〈喬彥傑一妾破家〉、〈許按察感夢擒僧〉、〈兩錯認莫大姐淫奔〉、〈完令節冰心獨抱〉、〈匡頭計藏紅顏〉、〈妙智淫色殺身〉，等篇。

生性關係時，身爲人夫的李方哥非但未將他搨出店門；反而忍氣吞聲地看在「白璨璨的一大包」銀子份上，紅著臉說：「朝奉沒正經，怎如此取笑」。又如〈匿頭計藏紅顏〉中，原本計對暴發戶外甥徐銘奉承慣了的藍氏，在發現女兒與徐銘有姦後，不但未阻止斥責外甥的妄行；反而因收下了徐銘送來的一二十兩首飾，而「任他兩人在樓上行事，藍氏在下觀風。」；如此姑息養奸的行徑，不但毫無母風可言，簡直已屆不知羞恥的地步；〔註14〕至於〈貪花郎累及慈親〉，急於籌錢疏通官司的陳公子，也無奈地對錢公布道出世態的炎涼：「如今這些鄉紳人家，欠他的如火之逼、借與他其冷如冰，誰人肯借？」

然則對於世態炎涼描寫得最貼切的，莫過於《古今小說》裡的〈閒雲庵阮三償舊債〉。在故事中，當未婚生子的女主角陳玉蘭撫子成名之後，原來對她「點點搠搠」、「背後譏誚」的街坊人物，一時間立即「翻誇玉蘭小姐貞節賢慧、教子成名」。作者馮夢龍顯然對這種「世情以成敗論英雄」的心態頗有所感，文末的一句「正所謂：貧家百事百難作，富家差得鬼推磨」，除了傳達出馮夢龍個人的鄙夷及無奈以外，更可視爲當時社會世風澆薄的另一種寫照。

第二節　戒淫故事中作者的社會觀

想當然耳，作者們之所以寫作「戒淫故事」，主要目的在於警喻世人戒淫慎行；然除此以外，作者亦於作品中傳達對各種社會問題的觀點。本節將就這些觀點一一整理闡述。

一、肯定傳統道德價值

晚明知識份子李贄，藉「童心說」、「夫婦論」等文，表達禮義不外乎性情的觀點，反對用僵化的道德規範抑制人性中本有的七情六慾之自然發展；〔註15〕並以回歸人性的重情思想，反制程朱理學末流對人性不合理的桎梏；馮夢龍則是以「情」爲中心思想，建構起「情教」〔註16〕體系。他除了藉由作品表達「情」具有超越生命的永恆價值以外，更進一步以作品或言論闡示

〔註14〕陸人龍爲此義憤填膺地批評：「不能禁絕奸人之足而反爲遮蔽，母道何在？」見《型世言・匿頭計藏紅顏》，（江蘇，古籍出版社，1993年8月），頁359。

〔註15〕見陳萬益著〈馮夢龍「情教說」試論〉，《漢學研究》，第六卷第一期，民77年6月，頁298。

〔註16〕馮夢龍曾在《情史・序》中提到：「我欲立情教，教誨諸眾生。」這也是他首度提出「情教」一詞。

「眞情」足可取代當時社會中過度箝制人性的呆板禮教、進而架構起以人性尊嚴爲本的新道德觀。〔註17〕此舉等於是將自泰州學派王艮，以至於李贄、袁宏道、湯顯祖以來所傳承之重情思潮，提出較爲完整合理的闡釋。因此筆者以爲，與其認爲馮夢龍及凌濛初的作品中，呈現新舊價值觀夾雜的混亂；倒不如說他們是以人性尊嚴爲本，重新檢視當時名教氾濫下的道德價值；〔註18〕或肯定其中合情合理者、或賦予已遭扭曲者全新的面貌及意義。

　　首先在家庭價值方面，作者們除呼籲富室勿因貪圖一己之歡、而罔顧女性的生理需求廣置妻妾以外，作品中也藉由評述及人物下場告知世人：對犯淫不僅害己，更會招來家破人亡的慘禍；如〈蔣淑眞刎頸鴛鴦會〉中的朱秉中、〈赫大卿遺恨鴛鴦絛〉中的赫監生、〈喬彥傑一妾破家〉中的喬彥傑等人皆如此。此外，作者們也對爲滿足一己私慾，罔顧他人家庭和諧而介入破壞者（如趙象、海陵、黃知觀等人）予以嚴厲的批評。儘管其中若干犯淫者（如陳大郎、趙象、楊二郎等人），與通姦對象間確實存有情意；然此輩毀人家庭在先、通情私媾在後；若因此而寬貸他們的淫行不予懲罰，則無疑是本末倒置。是以作者們不約而同地對此類犯淫者作出輕重不等的處罰；〔註19〕此舉有助於釐清犯淫者的劣行，並建立明確的社會規範、以發揮警世效果。

　　戒淫故事中對家庭價值的肯定及重視還不僅表現於此。在親子關係上，作者們也有所著墨：如馮夢龍就對於任珪未經查證就聽信妻子的指控、認定父親謀姦的行徑大表不滿。姑不論此批評是否基於「不可輕信婦人之言〔註20〕」而發；但針對如此嚴重的指控，任珪竟只以單方的片面之辭爲判定參考，未免太過草率無情；馮夢龍更因此對任珪的孝子頭銜提出質疑。〔註21〕對於處理親

〔註17〕如他就曾在《情史・序》中提到：「自來忠孝節烈之事，從道理上做必勉強；從至情上出者必眞切：夫婦其最近者，無情之夫，必不能爲義夫；無情之婦，必不能爲節婦。」

〔註18〕參考趙興勤撰〈理學的衰變對世情小說內容的制約〉，《明清小說研究》，第二十七輯，頁124。

〔註19〕如淫人妻子的陳大郎，最後不但客死異鄉，妻子還改嫁給情敵蔣興哥；誘人妾室的趙象雖然得到步非煙的庇護，逃離了武公業的勢力範圍，卻也落得流浪異鄉的下場；至於原本要與莫氏私奔的楊二郎，雖然最後還是娶了莫氏爲妻，但是也爲自己曾不顧道德地勾引邵氏而坐了數年冤獄。

〔註20〕這樣的說法普遍存在於傳統社會中。相關論述請參考本文第三章第二節「角色分析」之「婦人」一類。

〔註21〕馮夢龍在眉批上寫道：「這任孝子亦不能諒親之素行，這是任珪大錯、沒見識處。」

長姦情的分寸拿捏，凌濛初及陸人龍則是藉人物傳達：「以積極婉轉且不損親長尊嚴的干預，替代如任珪般的消極鄙夷」的觀點。如唐貴梅就曾勸丈夫朱顏：「母子天性之恩。若彰顯，也傷你的體面。」；此外〈西山觀設籙度亡魂〉中的吳氏之子劉達生也是如此；至於〈拒姦淫陳氏完令節〉裡的陳氏及〈完令節冰心獨抱〉中的唐貴梅，更是以成全家姑令名為考量，選擇自盡以求解脫。這些或可視為作者們對「子為父隱」孺慕情懷的肯定。

對於傳統價值觀的另一項肯定，表現於對節慾自制者的讚揚、及對節烈婦女的尊敬上。儘管社會風氣淫佚混亂，但是其中仍不乏義士節婦。所以戒淫故事中，作者們藉著對顧芳、趙匡胤、陸容、沈燦若、張勝等人的讚揚，傳達出對於能持正不邪者的認同；陸人龍尤其樂道於陸容情而不淫的節操。〔註22〕此外，對於立誓守貞的婦女－如仇夜珠、唐貴梅、陳氏等人－作者們更於文中傳達敬意；但是作者們也在文中強調，這些女性值得後世景仰的主因，非僅因其守貞無瑕；更重要的是她們寧死不屈之堅決意志。換言之，這些女性以生命捍衛人格尊嚴的勇氣，最令作者們津津樂道。〔註23〕

二、正視情慾與性慾的需求

馮夢龍曾指出：「情」為「不可遏生之物〔註24〕」，不論「私而終遂」；或終「不遂」，最後都不能「閟人耳目」。因之與其為逞「須臾之歡」而「誤人於世」，不如以「慎始終」的態度來面對情慾的勃發。這一點戒淫故事中多有闡發：作者們一方面藉陳玉蘭、潘壽兒、謝芳卿等人之例，傳達不可因情縱慾的觀點；同時更以此提醒為人父母者，正視子女生理及心理情感的需求，協助子女適齡婚嫁。此外，作者們也藉〈勘皮靴單證二郎神〉中的韓玉翹、楊戩和蔡京的妾室等因性生活分佈的不均、以致紅杏出牆的例子；及寡婦吳氏、邵氏、馬氏及僧人、尼姑們縱慾的情形，來提醒世人正視性慾的存在。

持平而論，過度的縱慾固不可取；但是一味地對與生俱來的慾念視若無睹、或以外力強制使之處於長期匱乏的狀態，同樣會造成家庭問題及社會危機。因此對於步非煙之於趙象的出軌，定哥之於海陵的淫行，馮夢龍固然嚴

〔註22〕陸人龍稱贊陸容的眉批，包括「好道學」、「利害井然」等。

〔註23〕一如陸人龍就曾藉唐貴梅之口表明：「私通苟合非人所為」，用以強調人性的尊嚴；又如凌濛初於〈拒姦淫陳氏完令節〉中陳氏為捍衛人格、不惜一死的勇氣，則是讚道：「蓮花出水，不染泥污。均是一死，罵在惡姑。」

〔註24〕見馮夢龍著《情史・情私篇》，（上海，上海古籍出版社。1993 年 6 月），《馮夢龍全集－七》，卷五，頁 116。

責趙象及海陵以不顧道德倫常，但是也同時對非煙及定哥情慾世界的貧乏表達同情之意。至於在對性慾的需求上，作者們不約而同地提出如「適齡婚嫁」、「寡婦再醮」、及「減置妻妾」等論點尋求外緣的緩解；甚至要求爲人父母者不可因任何理由、擅送子女出家，以免幼童成長後因不耐生理需求而犯下淫行、害人害己。總而言之，作者們肯定七情六慾的存在及其正面意義，主張以適當的引導因應；並反對以違反人性的因素（如門戶之見、經濟狀況等），過度規範或抑制這些自然的需求。

三、倡導務實的貞節觀

　　既然是戒淫故事，自然會涉及到對女性貞節觀的看法。首先在寡婦守節的問題上，作者們並不反對寡婦守節；卻也不反對寡婦再嫁－考量守節與否的條件，除經濟因素外，應首推情感認同及權衡個人生理狀態。馮夢龍就曾以「情」爲立論點指出：「自來忠孝節烈之事，從道理上做必勉強；從至情上出者必眞切；夫婦其最近者，無情之夫，必不能爲義夫；無情之婦，必不能爲節婦」。是以「彼以情許人，吾因以情許之」、「彼以眞情殉人，吾不復得以雜情疑之」。〔註25〕由此觀之，作者不僅強調妻對夫的追念；包括夫對妻的守志，都是歸入節義的表現中；〔註26〕相反的，若本無深厚情感、卻僅爲求日後貞婦的虛名而不願改嫁，則全然失去了守節的意義。〔註27〕以唐貴梅爲例，她與朱顏恩愛逾恆，朱顏的死使她萬念俱灰，「幾哭死一個貴梅」；因之她的守節除是受《烈女傳》等女教書影響之外，〔註28〕更是基於鶼鰈情深而不願移情改嫁。此外〈況太守斷死孩兒〉中的邵氏，也由於與丈夫「甚相愛重」，所以當丈夫死後，才會「哀痛至極，立志守節」。姑不論唐、邵兩人日後是否一如所誓、矢志不移；然其初喪時所以會立志守節，實皆出於眞情流露。此外，馮夢龍筆下塑造出的陳玉蘭之所以能竟節到老，除了因爲她對阮三的猝死，抱持著深重的歉疚之外；其內心對年少失行的深悟痛悔，也是她能守志至終的動力。作者們藉這些例子，闡明守節之舉本應出於至情；至於日久情

〔註25〕見《情史・序》，（同前註）。

〔註26〕如〈張溜兒熟佈迷魂局〉中的秀才沈燦若，就是因爲突然失去心愛的妻子、哀慟逾恆，而無法上場應試。

〔註27〕如馮夢龍就曾批評邵氏三年服滿之後立志終身守節的決心，是「說了一口滿話」，認爲「作事必須踏實地，爲人切莫務虛名。」

〔註28〕貴梅未嫁時，唐父常教她習讀《孝經》、《烈女傳》等書，養成她「儒家女子」的習氣。

淡之後，孀婦們是否還有守節的必要，則須盱衡個人情況、仔細考量後再作決定。馮夢龍曾假邵氏的例子指出：「自古云，『呷得三斗醋，做得孤孀婦。』孤孀不是好守的……」另外對於性慾旺盛的婦女，作者則認爲與其「從道理上勉強」，「倒不如明明改個丈夫，雖做不得上等之人，還不失爲中等，不到得後來出醜。」因之馮夢龍所以責蔣淑眞者，不在於她的再嫁，而是責備其毫無恥感、濫淫狂媾；而凌濛初所以責馬氏（〈拒姦淫陳氏完令節〉中的惡姑）者，亦非由於再嫁；卻是因其縱慾無度、甚至協助後夫及姦夫強姦媳婦。

其次於一般女性的貞節觀方面，由戒淫故事中可以發現，比起肉體的貞操，作者們顯然更重視心理上的貞定。如〈鹽官邑老魔魅色〉中，仇母就對歷劫歸來的女兒說：「隨是破了身子，也是出於無耐。怪不得你的。」；又如在〈酒下酒趙尼媼迷花〉裡，賈秀才對被姦騙失身的妻子表示：「不要短見，此非娘子自肯失身；這是所遭不幸，娘子立志自明……」；反觀對再嫁後仍不安於室的蔣淑眞，馮夢龍就惡狠狠地以「偷雞貓兒性不改，養漢婆娘死不休」來鄙夷蔣淑眞淫蕩的性格。這種「失貞不等於失身」的觀點，大不同於傳統觀念中，不論任何理由一律對失身以「失節」名之的情況。此外，馮夢龍在《情史・序》中提出「妾而抱婦之志，婦之可也；娼而行妾之事焉，妾之可也」的說法，也可也做爲這種觀點的佐證：因之對於曾經失行卻已之悔悟的王三巧，作者以肯定的態度安排她與蔣興哥破鏡重圓。這樣的貞節觀不但務實，更是重視人性尊嚴的具體表現。

四、認同「以淫制淫」的教化意義

自朱熹於〈答呂祖謙書〉中提出：「鄭聲淫，聖人存之，欲以知其風俗、且以示戒」之說以來，文學作品是否眞的具有「以淫制淫」的意義及效果，就成爲學者爭議的話題之一。然而經歷了百餘年之後，明代中後期，文壇上開始蜂擁般出現一部部標榜著具有「以淫制淫」功效的文學作品（如《金瓶梅》、《僧尼孽海》、《玉蒲團》……等書），而使這個問題再度浮上檯面，引發另一波論戰。

在這樣的時代背景下，以「三言」爲首的擬話本作品中，也出現若干以描述人物縱慾逞淫爲始，最後受到毀滅性的惡報以爲懲戒的故事；其後「二拍」及《型世言》中，也有同樣形態的故事；如果從作者們在單篇作品之後所出的評述，指明故事的寫作主旨在於藉縱淫者最後的惡報諷世戒淫，已無疑闡明作者們對「以淫制淫」教化效果，抱持著肯定認同的態度。針對這一點，馮夢龍曾在《情史・序》中，以「詹詹外史」的署名，藉《情史》中各

篇的篇名來解釋寫作目的。他認爲，「……私愛以暢其悅，仇憾以伸其氣，豪俠以大其胸，靈感以神其事，癡幻以開其悟，穢累以窒其淫，通化以達其類。」其中「穢累以窒其淫」正是「以淫制淫」的意思。

　　此外，就通俗文學的內容而言，作品中若不能廣泛反映社會現況，不但無法引起消費者共鳴，更可能因此而失去商機。而對於身處明末社會中的馮夢龍、凌濛初、陸人龍等人來說，他們所處的社會，根本就已是「上以淫導、下亦風靡。生斯世也，雖化九國爲河間，吾不怪焉〔註29〕」的混亂時代，縱使作者們有心要止天下淫風，但面對「天下已趨之」的狀況，疾言厲色不但無法發揮力挽狂瀾的作用；反而可能因此引生反感。倒不如「以誨之者止之，因其勢而利導焉，〔註30〕」還略可奏效。另一方面，若將戒淫故事中具有負面意象的故事剔除殆盡，不僅顯得做作虛僞、粉飾太平，更重要的是，這些經過檢擇之後留下的作品，是否還能充分具備時代的代表性，並得以反映社會、表現人生？因之作者們以作品的內容直接告訴世人：與其躊躇於是否應以刪除了犯淫者言行的內容來淨化世風；倒不如眞實呈現社會樣貌，藉震懾人心的例子達到戒淫效果。這種「若要止淫，以淫說法；若要破迷，以迷人悟〔註31〕」的觀點，正是萌生戒淫故事的最大關鍵。只可惜時人「觀其顯不知其隱，見其放不知其止，喜其夸不知其所刺〔註32〕」，往往單著眼於故事中的情色描寫，並將之視爲猥褻之作；而忽略了作者創作伊始警世的初衷。

　　戒淫故事究竟如何發揮「以累穢窒淫」的效果？從作品中不難發現，作者們主要以「福善禍淫」的果報觀念達到預期目的。馮夢龍就曾在《情史》中指出：「夫有奇淫、必有奇禍〔註33〕」；換言之，「天道福善而禍淫，惡者橫暴強梁，終必受禍也；善者修身愼行，終必受其福也。子不觀乎書中所記之人乎？某人者邪淫昏妄，其受禍終必不免，甚至殃及妻孥子女焉。某人者溫恭篤行，其穫福終亦可期，甚且澤及親鄰族黨焉。此報施之說，因果昭昭，固當詳擧於書中也。〔註34〕」。如從故事「福善禍淫」的結局看來，這些作品

<hr />

〔註29〕見《情史·情穢篇總評》，（同註18），頁631。

〔註30〕見憨憨子著《繡榻野史·序》。

〔註31〕見清劉廷璣《在園雜志》。

〔註32〕見西湖釣叟《續金瓶梅集序》。

〔註33〕同註24。

〔註34〕引自陳恆昌輯《張竹坡評點金瓶梅輯錄》。原見於劉書成撰〈在古代小論批評史上"以淫制淫"說的提出與實踐〉，（西北師大學報—社會科學版，1996年7月，第三十三卷第四期），頁50～56。

也的確能夠符合原先的構思及期待。

第三節　戒淫故事中所呈現的社會意識

一、情慾與性慾的混淆不清

　　既然是以戒淫為故事主題，作者們自然不忘隨時於文中為閱聽人建立起判斷標準。馮夢龍就曾對「好色」與「好淫」兩者間的差異做出如下分析：

> ……論來好色與好淫不同，假如古詩云：「一笑傾人城，再笑傾人國。豈不顧傾城與傾國，佳人難再得！」此謂之好色；若是不擇美惡，以多為勝，……但可謂之好淫而已。然雖如此，在色中又有多般……夫婦之情，人倫之本，此謂之正色；又如嬌妾美婢，倚翠偎紅，……雖非一馬一鞍，畢竟有花有葉，此謂之傍色；又如錦營獻笑，花陣圖歡，露水分司，……雖市門之遊，豪客不廢，然女閭之遺。正人恥言，不得不謂之邪色；至如上烝下報、同人道於獸禽，鑽穴逾牆，役心機於鬼蜮。偷暫時之歡樂，為萬世之罪人，明有人誅，幽蒙鬼責，這謂之亂色。又有一種不是正色，不足傍色，雖然比不得亂色，卻又比不得邪色。填塞了盧空圈套，污穢卻清淨門風，慘同神面刮金，惡勝佛頭澆糞，遠則地府填單，近則陽間業報。奉勸世人，切須謹慎！〔註35〕

表面上看來，不同的名稱似乎代表著對美色不同程度的耽溺；然而仔細想想，除了所謂的「正色」可稱為合情合理外，其餘的「傍色」、「邪色」、「亂色」乃至於「不擇美惡，以多為勝」的好淫，在本質上都是衍生自追求耳目聲色之快。換言之，慕色與貪淫，其實是一體兩面的危機。凌濛初也指出：

> 人生世上「色」字最為要緊。隨你英雄豪傑，殺人不眨眼的鐵漢子，見了油頭粉面，一個袋血的皮囊，就弄軟了三分。假如楚霸王、漢高祖，分爭天下，何等英雄！一個臨死不忘虞姬，一個酒後不忍戚夫人，仍舊做出許多纏綿景狀出來，何況以下之人？風流少年，有情有趣的，單圖一個「色」字，怎得不蕩了三魂，走了七魄？卻是這一件事關看陰德極重。〔註36〕

〔註35〕見《醒世恆言·赫大卿遺恨鴛鴦條》。
〔註36〕見《二刻·喬兌換胡子宣淫》。

由此觀之，當時所謂「風流」，不過是嬉遊的名目罷了，只是常人往往惑於其名而陷溺其中，毫不自知。《醒世恆言》中就曾對世人（特別是以知識份子自許的士人）的慕聲逐色作出如下評論：

> 多有富貴子弟，擔了個讀書的虛名，不去務本營生，戴頂角巾，穿領長衣，自以為上等之人，習成一身輕薄，稼穡艱難，全然不知。到知識漸開，戀酒迷花，無所不至。甚者破家蕩產，有上梢時沒下梢。……〔註37〕

然而這些論點，似乎都不足以解釋及遏止「三言」及「二拍」戒淫故事中為數不少的才子佳人式悲劇。馮夢龍曾在《情史‧情私類》的總評中說：

> 情主人曰：人性寂而情萌。情者，怒生不可閼遏之物，如何其可私也特以兩情自喻，不可聞，不可見；亦惟恐人聞，惟恐人見，故謂之私耳。私而終遂也，雷雨之動，滿盈。不遂，而為蟬哀，為母怨，為盍旦之求明，為杜鵑之啼春。有能終閼人耳目者乎？崔鶯鶯有言：「必也君亂之，君終之。」是乃所謂善補過者。微之薄倖，吾無取焉。我輩人亦自有我輩事，慎勿以須臾之歡，而誤人於沒世也。

但是在《情史‧情憾類》裡，他卻提出另一種角度的評論：

> 情史氏曰：缺陷世界，可憾實累。況男女私願，彼亦有不可告語者矣！極令古押役、許虞侯精靈不泯，化為氤氳大使，亦安能嘿嘿而陰治乎！賦情彌深，畜憾彌廣，固其宜也。從來才子佳人難於湊合，朱淑寫恨於斷腸，非煙溢情於錦袋。有心者憐之，幸而遇矣。而或東舍徒窺、西廂未踐，交眉送恨，廣句聯愁，一刻關心，九泉銜恨。與其不諧，不如不遇耳！又幸而諧矣，而或牆蔓偶牽，原非連理，清風明月，悵然各天，絮語嬌歡，終身五內，則又不如不諧者。鏡花水月，猶屬幻想之依稀也。又幸而花植幽房，劍歸烈士，兩情相喻，永好勿諼；而或芝草先枯，彩雲易散，紅顏頓萎，白首何堪，剩粉遺琴，徒曾浩嘆。則又似無入飛鳥天邊，認爾來去無定處；春風別院，不知搖落幾枝花。痛癢縱非隔膚，猶不至摧肝觸肺爾！嗟！嗟！無情者既比於土木，有情者又多其傷感，空門謂人生苦趣，誠然乎？誠然乎！

由表面觀之，兩種說法似乎各據其理；然相較之後，兩者間還是出現了強烈

〔註37〕見《醒世恆言‧張孝基陳留認舅》。

的矛盾：究竟該基於眞情的萌生，「與其不諧，不如不遇耳」而「情」無反顧地撰擇「私而遂終」；還是寧可抱憾終生，「恨然各天」，也不可誤人於沒世？這樣的權衡一直是馮夢龍與凌濛初無法在「三言」、「二拍」的戒淫故事與才子佳人故事間一以貫之的困擾；換言之，如何將男女間之幽期私會合理化，正是作者在面對閱聽大眾時最大的問題。傳統才子佳人故事，總是在「一見鐘情之後就寬衣解帶〔註38〕」；而男女雙方的父母們也總在事發後，努力地試圖讓偷情者成婚，以期「一床錦被遮蓋了〔註39〕」。因之偷情若得順利成婚，就算「得了正果」；反之則是「壞人姻緣與自己行止，其過非小〔註40〕」。此舉似意味著只要讓偷情的雙方成爲合法的夫妻，就算是將過去的汙跡一筆勾銷、再無後患了。然而如此一來，馮夢龍所謂「情之所存、貞之所在」的評鑑標準將無法適用於未婚女子。因爲她們一旦在婚前另有鐘情的對象，並與之發生私情，日後又將如何面對夫婿？以〈潘遇貪色毀前程〉中的客邸主人之女爲例，她的「情」存於潘遇，兩人「十分歡愛」；但是最後卻嫁往他處，如此其心理上之貞定又該歸於何處？是潘遇？還是已婚的丈夫？從社會秩序的角度上來看，我們當然可以毫無困難地認爲她應該忠於丈夫，那麼她對潘遇的鍾情錯了嗎？她能自主地決定如陳玉蘭般，以終身不嫁來證明自己一見鐘情的眞摯嗎？

　　類似的矛盾，在「三言二拍」的故事彼此間歷歷皆是；〔註41〕更令人無法接受的是，在「情」與「欲」已糾纏不清的情況下，許多故事索性用功名來把問題不分青紅皂白地全部解決；彷彿當再沒有任何方法可以處理時，功名就是遮蓋醜事的萬靈丹；如果功名當眞得可以圓滿解決存在於男女之間的情、慾問題；那麼世間何以有文君夜奔及鶯鶯避見之憾？遺憾的是，傳統作品自從〈西廂記〉以來，一直延用著這種掩耳盜鈴的態度來面對迷惑；此舉徒然暴露出一個可笑的矛盾：情感的眞僞，竟必須靠著外在的功名來驗證。

　　「三言二拍一型」中，暴露衝突最明顯的例子在於《醒世恆言‧吳衙內

〔註38〕見劉素里撰《三言二拍一型中的貞節觀研究》，（中國文化大學中文研究所碩士論文，民84年12月），頁66。

〔註39〕見〈閒雲庵阮三償舊債〉。

〔註40〕見〈潘遇貪色毀前程〉。

〔註41〕如〈陸五漢硬留合色鞋〉中的潘氏與張藎，若不是因爲陸婆的差誤，也成就一對郎才女貌；又如〈聞人生野戰翠浮庵〉、〈張舜美燈宵得麗女〉、〈喬太守亂點鴛鴦譜〉、〈錢秀才錯佔鳳凰儔〉、⋯⋯等篇，卻都是男女雙方大膽地私許終身之後能以成婚爲結局的故事。

鄰舟赴約》的入話與正話兩者之間：同樣是幽期私會，入話中名落孫山的潘遇因此成了壞人行止的負心漢；正話中的吳衙內卻因為金榜題名而抱得美人歸；此外《初刻》中的〈通閨闥堅心燈火　鬧囹圄捷報旗鈴〉更是世人勢利地論斷成敗的完整表現：因為「榜上有名」的捷報傳來，所以原被判定為姦淫女子的張幼謙，一時間竟成從階下囚轉為座上賓；對此轉變，就連凌濛初也不得不提出如「世間何物是良圖？惟有科名救急符。試看人情雙手翻，窗前可不下功夫？」的嗟嘆。這難道不是「世情以成敗論人」最詳實的寫照？縱使馮夢龍因此提出「大凡行姦賣俏，壞人終身名節，其過非小；若是五百年前合為夫婦，月下老赤繩繫足，不論幽期明配，總是前緣判定，不虧行止。」〔註42〕以及「償債說」〔註43〕來做為評定人物行止的標準，但是這樣的觀點卻會引來更大的懷疑：誰能預知月老的紅繩繫在那裡？如此將判斷的標準託諸天意及宿命，不僅不負責任、而且更深一層地混淆了閱聽人的觀念。馮夢龍與凌濛初兩人，既不能收回自己所鼓吹的勇於追求真愛、又不能無視於社會的道德規範、如此思緒上的矛盾，明顯地在作品中呈現出來，也成為戒淫故事發揮教化效果時最大的阻礙。

顯然「才子佳人」與「戒淫」兩類主題之間的歧異，並不在於「情貞」與否，也不在於「姻緣天定」的片面說法上；更不是一句「世人以成敗論英雄」就能夠解釋得清楚－真正的問題根本就不在於所謂：「於禮不該、於情固然」的道德與情慾的掙扎上；〔註44〕而是在於中國人一直以來對於「情慾」與「性慾」間的區別混淆不清。如果將心靈渴求慰藉的需求稱為「情慾」、而把生理上對性的需求稱為「性慾」，那麼就不難了解造成作者們本身的盲點為何；質言之，張藎與潘壽兒、潘遇與店主之女間的一見鐘情是情慾，但未經

〔註42〕同註40。
〔註43〕馮夢龍在《警世通言‧況太守斷死孩兒》起頭處寫道：「……春花秋月，惱亂人心，所以才子有悲秋之辭，佳人有傷春之詠。往往詩謎寫恨，月詔傳情，月下幽期，花間密約，但圖一刻風流，不顧終身名節。這是兩下相思，各還其債，不在話下。又有一等男貪而女不愛，女愛而男不貪，雖非兩相情願，卻有一片精誠。如冷廟泥神，朝夕焚香拜禱，也少不得靈動起來。其緣短的，合而終暌；倘緣長的，疏而轉密。這也是風月場中所有之事，亦不在話下。又有一種男不慕色，女不懷春，志比精金，心如堅石。沒來由被旁人播弄，設圈設套；一時失了把柄，墮其術中。事後悔之無及。如宋時玉通禪師，修行了五十年，因觸了知府柳宣教，被他設計，教妓女紅蓮假扮寡婦借宿，百般引誘，壞了他的修行。這般會合，那些個男歡女愛的，是一念之差。」
〔註44〕見劉素里撰《三言二拍一型中的貞節觀研究》，（同註38），頁221。

婚嫁就貪求交歡卻是性慾的表現；非煙與趙象的賡詩聯句是情慾，但是奄夜雲雨卻是放縱性慾的表現；陳玉蘭感動於阮三悠揚的簫聲而心生愛慕是情慾，然則一見鍾情之後就忙著偷期幽會卻又是性慾作祟。對故事中的男女主角而言，性慾等於情慾；更錯以為透過交歡即可證明情真。從這個角度來重新審視張浩與崔鶯鶯的西廂韻事、及張幼謙與羅惜惜的波折情史可以發現：這些故事之所以動人，原因並不在於最後悲劇性的結局或大團圓式的喜悅，卻是在這些故事於發生肉體關係之外，加入了彼此互通情愫、貼心戀意的精神交流，引人盪氣迴腸；同樣的，非煙與趙象間事所以會引來馮夢龍的唶吁慨嘆，並非僅僅因為非煙的所嫁非偶；更是由於她與趙象之間在通過了精神階段的交流傾慕，卻無法永遠使「情（情慾）欲（性慾）合一」、最後甚至還引得非煙因此香消玉殞。也難怪馮夢龍要說「與其不諧、不如不遇」了。

　　質言之，不論是才子佳人的故事也好、恩愛逾恆的夫妻生活也罷；甚至是一見鍾情之後開始夜夜狂歡的戒淫故事，這些類型故事在起始時的模式其實是相若的；所不同的是，戒淫故事中的男女雙方在共享雲雨之後，就停留在性慾的階段，在缺乏精神交流的情況下一意交歡，使彼此對性慾的享樂漫過理性的交流，所以被作者們視為「縱慾」。

　　從這樣的觀點來看，馮夢龍於《情史》所指「情者，怒生不可閼過之物」，同時包含了人類渴求情慾及性慾兩方面的本能；其中「人性寂而情萌」所指涉者，實乃精神層次的情慾；而「慎勿以須臾之歡，而誤人以沒世」中所指，卻是生理衝動之下的性慾需索。因之不論「發乎情，止乎禮義」中的「禮義」是以道德為依歸、或是以「情」為本質，其實都是指精神層次的愛戀；也可以說馮夢龍等人在戒淫故事中所強調的，是在教導大眾如何尊重並發展情慾的交流、並對性行為抱持著謹慎的態度，以免造成淫媾無度及恣情狂歡。可惜的是，馮夢龍等人雖然肯定人性中情慾與性慾的需求，但顯然連他們自己也無法真正釐清「情」與「性」之間的差異；所以才會造成在宣揚情教的同時，又無法對一般男女的言情故事及戒淫故事做出明確的區隔、甚至索性以功名當做解決問題的擋箭牌（如〈吳衙內鄰舟赴約〉）——徒然引起大眾對情教思想在認知上的困擾及誤解。相對的，陸人龍在這類問題上就顯得較為一致：不論「情慾」也好、「性慾」也罷，他一律採取非禮勿近的嚴拒態度。例如他在〈毀新詩少年矢志〉一文的起頭處就如此宣揚道：

　　　自世以挑琴為趣，折齒為達，後生多相如、幼輿自負矣。抑知白頭

> 有怨，其為女子累固多，然有終則偶此不廉之女，中棄則有薄倖之
> 譏，何似作一時堅忍哉！試一讀之，可作斬淫之干將，抑淫之參朮。

文中更進一步指出，「凡人只在一時錯，一時堅執不定，貞女淫婦，只在這一念
關頭。若一失手，後邊越要挽回越差，必至有事〔註45〕」。彷彿是要對馮夢龍與
凌濛初的猶疑不決提出反動，陸人龍在《型世言》中所表現的道學面貌難免有
些不通情理，更帶有若干矯枉過正的色彩。因之對於勇於追求情愛與幸福、卻
付出慘重代價的謝芳卿及鄧氏，他都毫不猶豫地以「淫女」、「淫婦」名之。使
得整本《型世言》裡，完全沒有如「三言」及「二拍」中故事與故事間觀念上
彼此矛盾的情況；有的只是絕對之「是」「非」辯析。至於絕對的「是」與「非」，
是否就可以合情合理解決人性中的掙扎，則全不在陸人龍的考慮之列。

二、對女性的歧視

　　儘管作者們有時會理性地透過作品，肯定婦女的情慾及性慾需求，並對
若干婦女所遭到的不合理待遇發出不平之鳴；但是在戒淫故事中，仍有若干
基於對女性的歧視所形成之評述。這些論點或許對維護社會秩序有著立竿見
影的功效；然就促進社會大眾觀念的進步、或是建立兩性相處的健全心態而
言，卻無疑是雪上加霜。以下將分別就戒淫故事中歧視女性的部份，從「偏
差的果報觀」、「『世間無強暴』說」、「『失身即失貞』的殘酷嘲諷」，及「兩性
間的雙重標準」四方面加以討論。

（一）偏差的果報觀

　　在戒淫故事中，鬼神的遏阻作用幾乎凌越了人世間的公理及法律的執
行。馮夢龍就曾警告那些偷情者：

> 禍福未至，鬼神必先知之，可不懼歟！〔註46〕

凌濛初也曾指出：

> ……那不肯淫人妻女、保全人家節操的人，陰受厚報；有發了高魁
> 的，有享了大祿的，有生了貴子的，往往見於史傳，自不消說。至
> 於貪淫縱慾，使心用腹污穢人家女眷，沒有一個不減壽奪祿，或是
> 妻女見報，陰中再不饒過的。〔註47〕

〔註45〕見《型世言·匿頭計藏紅顏》，頁349。
〔註46〕見《警世通言·蔣淑真刲頸鴛鴦會》。
〔註47〕見《二刻·喬兌換胡子宣淫》。

其中「我不淫人妻，人不淫我婦〔註48〕」的觀念，幾乎成了戒淫故事之非正式鐵律－用以恐嚇男性勿因貪圖一時歡娛、而使妻女受淫。姑不論這種「以牙還牙、以眼還眼」的懲罰方式是否確實有助於弭平仇恨；然就婦女的人格權而言，這些犯淫男性的妻女，在此觀念下簡直如同男性節操的擔保品；她們一生的幸福，完全取決於丈夫的表現：如果丈夫犯下淫人妻女的劣行，冥冥中就會安排這些女性成爲受害男子的補償；婦女本身卻沒有任何自主的權利。簡言之，戒淫故事中代夫受過的女性，根本就沒有受到身爲「人」應有的尊重。以此爲出發點的作品，包括有〈蔣興哥重會珍珠衫〉、〈陳御史巧勘金釵鈿〉、〈喬兌換胡子宣淫〉、及〈妙智淫色殺身〉等篇。

以〈蔣興哥重會珍珠衫〉爲例，作者將平氏的改嫁，視爲冥冥天理對陳大郎主動勾引王三巧的懲罰。〔註49〕同樣的手法，馮夢龍又運用在〈陳御史巧勘金釵鈿〉裡：貪圖非份財色的梁尙賓，因爲染指人妻、受妻子田氏的唾棄；田氏更因此主動求去；最後幾經波折，田氏竟仍難逃代人受過的命運，改嫁給受害者魯學曾。〔註50〕儘管平氏與田氏在事後另擇良配的遭遇，是跳脫了「烈女不事二夫」的陳腐觀念，可謂「良禽擇木而棲」；然則她們又何嘗不是惡質婚姻中的受害者！何況兩名女子對於再嫁的對象，根本沒有眞正的選擇權；〔註51〕這一點更證明其被視爲補償品的命運。此外，類似情節在〈妙智淫色殺身〉中嫻德自持的眞氏身上也可看到：當徐行恣意妄爲地迫害淫僧妙智等人至死以後，慘死僧人的鬼魂鎭日糾纏著眞氏，使患了疑心病的徐行因懷疑妻子與僧人有染而將她砍死。雖然徐行最後難逃法律的制裁，但無辜的眞氏卻已然爲徐行逞惡付出寶貴的生命爲代價。

至於〈喬兌換胡子宣淫〉一文中所表現的報復思想則更是愚昧：故事中鐵生主動謀姦胡生之妻，但隨即受到妻子紅杏出牆的報應；胡生死後，鐵生再勾引胡妻，最後更成爲夫婦－至此則是胡生的報應。其間所以權衡罪惡輕重的標準，竟只在於是胡生與鐵妻成姦在先、而鐵生與胡妻通淫在後；以及

〔註48〕見《古今小說·蔣興哥重會珍珠衫》。
〔註49〕這一點可以從馮夢龍的評詩中看出來。他在〈蔣興哥重會珍珠衫〉中，對蔣陳二人的換妻結果作出這樣的評斷：「天理昭昭不可欺，兩妻交換孰便宜？分明欠債償他利，百歲姻緣暫換時。」
〔註50〕對此，馮夢龍的評論是：「一夜歡娛害自身，百年姻眷屬他人」，完全表現出妻子只如一件物品，可因男性行爲優劣而轉換的。
〔註51〕王三巧是在父母安排下再嫁；田氏則是在義父母的安排下再嫁。

因為鐵生先祖為名儒所以「不至絕後」〔註52〕——並因此造成結局中胡生的早夭；而鐵生不但得存、更能與胡妻結為夫婦。〔註53〕凌濛初還在〈喬兌換胡子宣淫〉文末，假鐵生之口大談因果：「我只因見你姿色，起了邪心，卻被胡生先淫媾了妻子，這是我的花報。胡生與吾妻背了我淫媾，今日卻一時俱死，這卻是他們的花報。此可為妄想邪淫之戒。」

這些在結局中隱含著「男性至上」觀點的「判決」，不但明顯地忽略了女性受害的事實；更把無辜的女性視為是犯淫者的財產而施予懲罰。如此單方面以男性損失為衡量的果報觀，實在與作者們先前肯定女性人格自主及尊嚴的主張大相逕庭。

（二）「世間無強暴」說

儘管凌濛初在〈酒下酒趙尼媼迷花〉中，假賈秀才之口開導意外受暴的婦女：「……不要短見，此非娘子自肯失身，這是所遭不幸，娘子立志自明。」但是當真正描述起強暴過程時，他卻又忍不住插嘴道：「……怎當得陳氏亂顛亂滾，兩個人用力，只好捉得她身子住，那裡還有閒空湊得著道兒行淫？原來世間強暴之說，元是說不通的。」這種似是而非的論調，全然推翻了先前以心理貞操為要的務實觀點，更把在婦女於無知覺情況下所遭受到的迷姦摒除於強姦受害的範圍之外。以此為前題重新解釋作者對婦女受到強暴的遭遇可以發現，作者認為除非女性主動鬆懈或屈服，否則暴徒不可能得逞。或試將此觀點無限上綱，所產生的效果又與「餓死事小、失節事大」的謬論有何歧異？可歎在這種觀點之下，性命竟不如貞操可貴；這著實是當時女性的悲哀。

不論作者本心上是真作如是觀，然類似的論述卻還可以於〈鹽官邑老魔魅色〉中仇夜珠的遭遇得到佐證。務實地說，仇夜珠的遭遇其實是被作者神化了的奇蹟。因為囚禁她的，是個有著「只愛喜歡不愛煩惱」心性的老妖，所以每當老妖略要纏纏仇夜珠，她便「要死要活，大哭大叫」，弄得「老道不耐煩，便去摟別個婦女適意了。」在這種情況下，仇夜珠居然可以「被攝在

〔註52〕原文的敘述如下：「福禍善淫，天自有常理。爾（鐵生先祖）是儒家，仍昧自取之理，為無益之求。爾孫不肖，有死之理。但爾為名儒，不宜絕嗣，爾孫可以不死。胡生宣淫無度，妄誘爾孫不受報於人間，必受罪於陰世。……」

〔註53〕對於鐵生最後能與胡妻成姦，作者居然還做出如此令人讀來毛骨悚然的論斷：「……鐵生從來心願，賠了妻子多時，至此方才勾帳。正是：一報還一報，皇天不可欺；向來打交易，正本在斯時。」將這種以妻子為代罪品的想法，表露無遺。

洞裡多時」，卻「一絲不損」。等到老道下決心要染指仇夜珠時，又因爲觀世音菩薩的出現，使仇夜珠得救於最驚險的剎那。相較之下，同樣是寫猿猴竊婦的〈江總捕白猿傳〉就要比本文實際得多。在〈江總捕白猿傳〉中，妖物不但沒有「不耐煩」的可笑表現，而且從發現婦女們的蹤跡以至最後的返家，都是靠著主人翁自身鍥而不捨的搜索才能成功；反觀〈鹽官邑老魔魅色〉，則是將整個獲救的過程全部都歸諸觀音菩薩的協助及庇佑。從另一個角度來看，若作者眞的要以此強調「天助自助者」的概念，其實大可以保全仇夜珠的性命爲著重點；卻無須強作解人地使仇夜珠在被猿猴竊佔時，且在被竊者皆受辱的情況下，還保有肉體的清白。

令人遺憾的是，仇夜珠這個凌濛初筆下父權社會中的烈女，非但視貞操甚於性命，同時還將自己愚昧的貞操觀念加諸其他受擄婦女的身上、企圖鼓動其他女子反抗妖獸。她質疑那些婦女，爲何要順從妖獸，「做這妖人野偶？」對於這個問題，婦人們的回答是：「……我輩皆是人身，豈甘做這妖人野偶？但今生不幸，被他用術陷在此中，撇父母、棄糟糠。雖朝暮憂思，竟無成益。所以忍恥偷生，譬如做了一世豬羊犬馬罷了。事勢如此，你我拗他何用？不若放寬了心度日去，聽命於天。或者他罪惡有個終時，那日再見人世。」

對於婦人們的解釋中「留得青山在，不怕沒柴燒」的意涵，凌濛初顯然並不能完全信任；因爲彷彿是要拆穿婦人們謊言似的，他隨即十分苛刻地以一闋緊接於後的《商調醋葫蘆》點明自己對眾婦人「偷生」看法的不以爲然：

> 眾嬌娘，黯自傷，命途乖，遭魅魍。雖然也顚鸞倒鳳喜非常，覷形
> 容不由心内慌。總不過匆匆完賬，須不是桃花洞裡老劉郎。

如此自以爲是的論點，張狂地臆測婦女們必然在與妖獸的淫媾中得到快感、卻未對婦女受辱表示憐憫－這種對女性輕浮的侮蔑，著實是男性沙文主義下殘忍且傲慢的表現。通篇行文中，我們看不出作者企圖藉此對婦女或爲人家長建立「貞操誠可貴、生命價更高」的概念；這與凌濛初鼓吹男子不宜納娶太多的妾室、及對再嫁女性受到的社會歧視所做的不平之鳴……等行爲相較，其間所呈現出的矛盾實令讀者有判若兩人之慨。

（三）「失身即失貞」的殘酷嘲諷

在戒淫故事中，對於女性所遭受的不幸遭遇，作者雖多能採同情及理解的態度；〔註54〕然這並非意味作者們能夠摒除以男性爲主的家父長心態，避

〔註54〕如在〈鹽官邑老魔魅色〉及〈酒下酒趙尼媼迷花〉中，都對婦女因受強暴而

免以嘲弄的口吻對女性的生存價值作出論斷。這種殘酷的嘲諷以凌濛初在〈徐茶酒趁亂劫新人〉中，表現得最明顯。

〈徐茶酒趁亂劫新人〉是一個非常殘忍的故事。新娘子鄭蕊珠，因為父親與夫家的失察，而讓奸徒徐達一再有接近她的機會；甚至趁她剛行過婚禮的空檔就將她劫走。迫於眾人的追捕，徐達把鄭蕊珠拋在井中逕自逃命；使她被路過的行商錢巳救起。錢巳為了要獨佔經商的營利及鄭蕊珠，竟當著鄭女的面用石塊將同伴活活砸死、再脅迫鄭女隨他回家。若非錢妻因妒生恨地虐待鄭蕊珠、引發鄰人不滿而告官，鄭女恐怕一輩子也無法與家人完聚。最後審案的知縣判定把鄭蕊珠「給還」原夫家。

通篇故事中，作者絲毫未對鄭蕊珠的不幸有所討論；閱聽人表面上所見聞的，是肇因於未隱晦女子美貌所招來的橫禍。在這一齣以男性為主的野蠻爭鬥中，鄭蕊珠如同一件戰利品輾轉於每位勝利者手上。若試將鄭蕊珠換成一枚價值連城的美璧，其所受的待遇大概也不過如此！可歎的是作者不但對此荒謬的經過不以為意，反而還津津樂道於勸導人們注意內外之防。這樣的心態，與教誨人們「財不露白，以免遭劫」有何不同？所謂「匹夫無罪，懷璧其罪」，正是鄭蕊珠最佳的寫照。〔註55〕

凌濛初的殘酷還不止於此。他在文末下出了這樣的結語：

> ……可笑謝三郎，好端端的新婦，直到這日方得到手；已是個弄殘的了。

作者不僅如此刻薄地以「得到手」、「弄殘的了」來掂量一個「人」，甚至還以之為賣弄詼諧的噱頭；就連蒙受失妻打擊的新郎，也成為他取笑的對象。最後為了要加深閱聽人的印象、以更進一步地恫嚇閱聽人小心門戶，作者還不忘以結詩再次提醒大家平安歸來的鄭蕊珠已非完璧之身。〔註56〕儒家所謂「如得其情，哀矜勿喜」的襟懷至此已蕩然無存，使人不禁感到藏在戲謔的言辭之後的警語，竟是如此虛偽冷酷。

失身的情況提出「失身非失貞」的想法；又如在〈滿少卿飢附飽揚　焦文姬生仇死報〉中，則對男子喪妻後可再娶、女子喪夫後再嫁卻會惹人非議的不公平情況提出抗議。

〔註55〕這樣的觀念自古以來就成為中國文化中的一項特色。許多的美貌女子在面對歹徒的覬覦時，都會不惜以毀容來嚇退敵人；彷彿天生的美貌就是一項無從得贖的原罪，非得除之而後能安。

〔註56〕〈徐茶酒趁亂劫新人〉的結詩為：「男子何當整女容？致令惡少起頑兇。今朝試看含香蕊，已動當年函谷封。」

（四）兩性間的雙重標準

「雙重標準」，指的是當作者們在評述人物時，往往會因爲性別不同而出現截然兩異的評價。最明顯的例子是《型世言》中的〈淫婦背夫遭誅〉。

鄧氏因爲在性生活上無法自丈夫董文處得到滿足，又心羨於耿埴的強壯俊美，因此勾引耿埴並與之發生私情。耿埴幾次趁董文在外當差時到董家與鄧氏偷情，因此得知董文對妻子十分體貼；不想鄧氏不僅不接受，反而還算計著要如何甩掉丈夫以求得和耿埴長相廝守。耿埴對鄧氏的薄情感到憎惡，一氣之下，趁董家無人時持刀殺死鄧氏；不料因此使無辜的水販蒙上嫌疑。當水販即將因殺人罪被執行死刑時，耿埴出面自首。最後他非但沒有受到任何的懲罰，反而因爲殺死「淫婦」的「義舉」被皇上封爲「義人」。這種只適用於男性身上的正義，根本是社會病態地要求婦女片面守貞的表現；其間毫無公理可言。更令人髮指的是，這個陸人龍筆下的英雄人物耿埴，在殺人後絲毫沒有自省的能力，反而理直氣壯地認定鄧氏是個不知悔改的不義淫婦；卻全然忘了自己是個淫人妻女的姦夫。更不堪的是，當鄧氏爲了要與耿埴相守，而提出兩條計謀要耿埴擇一殺害親夫時，評述此事的「燕市　酒徒」，居然還對耿埴的心思：「怎奸了他妻子，又害他？」以「俠、俠」論之，其間荒謬之至，實屬少見；耿埴既已知淫人妻爲奸、卻不知止，照舊與鄧氏私會，如此行徑怎堪得一個「俠」字？不僅如此，陸人龍還在文中振振有詞地試圖將耿埴的行爲合理化：「若論前船就是後船眼，他今日薄董文，就是日後薄耿埴的樣子。只是與他斷決往來也彀了，但耿埴是箇一勇之夫，只見目前的不義，便不顧平日的恩情。……」如此一味苛責於女子的不貞、卻視男子的不知自省與寡情殺人爲俠義之舉，不論今昔，都引起讀者極大的反感。〔註57〕

三、作者的妥協

在閱畢完了「三言二拍一型」中所有的戒淫故事之後，多數讀者會不以爲然於其中大膽描寫性行爲或調情的文字。以〈金海陵縱慾亡身〉爲例，其中不僅以寫意的豔詞來表現男女交合的經過；還常直接對酒池肉林般的嬉遊始末作出完整的描述。如：

> 張仲軻者，幼名牛兒。乃市井無賴小人。慣說傳奇小說，雜以排優諢諧語爲業。其舌尖而且長，伸出可以餂著鼻子。海陵嘗引之左右

〔註57〕清人將結局改爲被殺婦女的鬼魂返回陽間，痛斥男子的薄情之後，將他拖入冥間。見第二章，註110。

以資戲笑。及即位，乃以爲秘書郎，使之入直宮中，遇景生情，乘機謔浪。略無一些避忌。海陵嘗與妃嬪雲雨，必撤其帳，使仲軻說淫穢語於其前，以鼓其興。或令之躬身曲背，襯墊妃腰；或令之調搽淫藥，撫摩陽物。又嘗使妃嬪裸列於左右，海陵裸立於中間，使仲軻以絨繩縛己陽物，牽扯而走。遇仲軻駐足之妃，即率意嬲弄；仲軻從後推送出入，不敢稍緩。故幾妃嬪之陰，仲軻無不熟睹之者。……海陵□仲軻道：『汝亦鬚眉男子，非無陽者。朝暮見朕與妃嬪嬲戲，汝之陽亦崛彊否？汝可脫去下衣，俾朕觀之。』仲軻道：『殿陛尊嚴，宮闈謹肅，臣何人等，敢裸露五形，以取罪戾？』海陵道：『朕欲觀汝之陽物，罪不在汝。朕不汝責。』仲軻叩首求免，海陵敕內豎盡褫其衣，仲軻俯身蹲踞於地，以雙手掩於胯前。海陵又敕內豎以繩綁縛仲軻，仰臥於凳上。其陽直豎而起，亦大而長，僅有海陵三分之二。諸妃嬪見者，皆掩面而笑。……

儘管馮夢龍曾於《古今小說‧序》中提及希望作品能發揮頑廉懦立、淫貞薄敦等教化效果；凌濛初也曾對當時色情作品氾濫的情況批評道：「一二輕薄惡少，初學拈筆，便思污世界，庶掩誣造，非荒誕不足信，則穢褻不忍聞。」然類似〈金海陵縱慾亡身〉、〈西山觀設籙度亡魂〉中對於性事大膽淋漓的描寫，在「三言」、「二拍」實在是屢見不鮮。此外，如〈奪風情村婦捐軀〉、〈甄監生浪吞秘藥〉等篇中過度膨脹縱慾雜交情節的情況，同樣令人驟生不堪入目之感。更重要的是，那些「有枝有葉」、「有滋有味」而令人倍覺刺眼的文字，是否確實能在作者不時穿插以嘲諷嬉弄的評論文字下，降低其煽動閱聽人感官刺激的程度，頗使人質疑；何況這類淫穢描寫的篇幅之大，描寫的動作及反應之細膩，早已喧賓奪主地凌駕故事的主要情節，而成爲戒淫故事的另一種特色，在「戒」與「淫」之間，作品顯然對「淫」的描寫篇幅更勝於對「戒」的說明警示，更使多數讀者在談起〈金海陵縱慾亡身〉、〈赫大卿遺恨鴛鴦絛〉、〈聞人生野戰翠浮庵〉、〈奪風情村婦捐軀〉等篇內容時，印象最深的者，恐怕不是千篇一律且必然毀滅的下場；而是作品中千奇百怪的逞淫計謀、對性交或調情動作的白描及譬喻；即便作者們有條不紊地交代了淫行發生的前因後果；甚至於加重了犯淫者的悲慘下場，都可能無法改變所有閱聽者對戒淫故事所抱持的有色眼光。嚴格說來，閱聽者的反應無關乎情節是否具有足夠的震撼力、也無關乎作者的敘述環節中是否出現辭不達意的問

題；相反地，就是因為作者對動作及情節的描寫太過貼切逼真，所以才會令人印象深刻。

反觀在《型世言》中，陸人龍在這方面就顯得保守得多。除了在〈淫婦背夫遭誅〉及〈完令節冰心獨抱〉裡，用寫意的方式描述了鄧氏與耿埴、朱寡婦與汪涵宇間交歡以外，之後即使連最混亂的〈妙智淫色殺身〉中，也只是以各個人物間的關係，含蓄卻不失客觀地傳達出荒淫的生活實況，再沒有出現對調情或性交的描摹；然而對於把注意力集中在情節變化上的讀者而言，這些手法卻無損於故事本身的趣味性。換句話說，戒淫故事中即便不具備情色的描寫，也不會使情節錯離或中斷；甚至於題材本身的聳動性，也不會因為缺乏情色描寫而顯得枯躁無味；更何況通姦者之間種種取樂的行狀聲色，讀者們就算「想當然耳」，也能大略領會，又何須作者們鉅細彌遺地大費周章呢？由此觀之，通俗文學的「以淫制淫」，指的應該是藉由荒唐縱慾的情節來使消費者體會到淫蕩的醜惡；卻不是靠著對調情或交歡行為香豔大膽的描寫，煽動人們的感官刺激以達戒淫目的。

回歸擬話本的創作目的可以發現，一部暢銷的擬話本小說，必須同時具備教化意義、娛樂效果及商業價值等要項；就作品的教化意義而言，戒淫故事已藉由賞善罰惡的結局模式達成；而那些「有枝有葉」、「有滋有味」的情色描寫，則無疑是作品在奇、趣的情節以外，最具感官刺激的聳動效果；並因之使作品的娛樂功效更上一層樓。如果缺乏這個環節，故事的趣味性雖然不減；但是多了這項特色，則無疑是多了一個吸引消費者注意的噱頭。由此不難了解，何以淫穢聳動的文字會鋪天漫地出現在戒淫故事中。換言之，藉由煽動文字吸引更多的消費者，正是馮、凌二人在追尋教化及娛樂效果以外，為了顧及商業利益所作出的妥協。

然而令人痛心的是，作者的妥協還不止於此。縱然戒淫故事裡多次以務實卻合於人性的觀點面對兩性問題；但是當論述中面臨作者與社會大眾間認知上的落差時，不論輿論的觀點是否合理，作者們還是沒有絕對的勇氣，挑戰與自己理想相左的陳腐輿論；甚至還自相矛盾地做出如對鄭蕊珠、陳氏及高氏等人刻薄的批評及嘲諷。如果這些還不能算是妥協的結果，那麼筆者實在找不出更好的理由，可以解釋何以作者們能在表現了嶄新且合於人性的思想同時，居然還能容忍如此蔑視人性尊嚴的淫穢文字、及陳腐的貞節思想。將這些為迎合世俗看法所做的偏頗批評，和為求感官刺激及銷售實益所作出

之大膽描寫結合在一起的結果，反而使戒淫故事投射出作者們譁眾取寵的創作態度。為了兼顧商業利益及道德教化者的頭銜，作者們不惜將淫穢敘述賦予堂皇的理由夾雜在作品中，此舉又與他們自己筆下那些嗜利如命的士子有何不同？姑不論戒淫故事是否確實能夠觸發讀者的省思；至少在筆者看來，戒淫故事中那些狂淫濫媾的敘述，實在只是反映了作者們有意藉挑逗感官刺激以爭取商機的偽善面貌。更不容抹煞的是，在這些妥協下所創作出的戒淫故事，對社會及文化的戕害，早已凌越了端正世風的警世效果；這一點可能是作者們始料未及的吧！

第六章　結　論

　　張瀚的《松窗夢話》中曾對明末的社會作如下描述:「人情以放蕩爲快,世風以侈靡相高。雖逾制犯禁,不知忌也。」在這樣的社會中,戒淫故事的存在,有其特定的時代意義。前述各章中,已藉由不同方向逐一探討了「三言二拍一型」中所有戒淫故事之內容及意義。經整理歸納,約略可得以下結論:

　　（一）雙重制約的懲戒模式:戒淫故事主要以陽世的律法及陰間的冥報交織成雙重制約,強調「天網恢恢,疏而不漏」的果報特質,並對世人進行道德勸說,以達到「懲惡窒淫」的教化功能。在冥報方面,如〈韓侍郎婢作夫人〉中的顧芳及〈毀新詩少年矢志〉中的陸容,都是因坐懷不亂而受到冥報以致平步青雲者;又如〈蔣興哥重會珍珠衫〉中的陳大郎,則是因淫人妻女,所以不但客死異鄉、甚至連妻子也成爲受害者（蔣興哥）的續弦。至於〈潘遇貪色毀前程〉中的潘遇也因爲淫人妻女,所以終生不第。冥報完全視主角人物的表現,予以積極的獎賞或消極的懲罰。

　　此外戒淫故事中還有許多結局,最後依循陽世律法對犯淫者做出合理的處置。如〈汪大尹火焚寶蓮寺〉,最後就是由汪大尹殺僧毀寺以絕後患;又如〈西山觀設籙度亡魂〉也是經由公堂的審判,才使黃知觀伏誅,阻絕的吳氏的無度縱慾;……可以說舉凡公案類的故事,都是藉由陽世的律法發揮懲惡戒淫的效果。整體而言,戒淫故事爲發揮其「戒淫」的特色,大多採以消極懲罰的手段爲勸戒世人勿蹈淫綱;以積極的獎賞或旌表爲勸善戒淫的故事則相對較少。

　　（二）「以淫制淫」的寫作手法:自朱熹提出「淫詩說」以來,「以淫制淫」的教化手法在文學作品中是否有其存在的必要,就成爲持正反兩方意見

者爭論的焦點。而擬話本故事中出現以戒淫為主題的作品,正表示作者認同「以淫制淫」的教化意義。就通俗文學的傳播對象而言,正因為「理著而世不皆切磋之彥、事述而世不皆博雅之徒」,故而唯藉由以現實生活為背景的故事作為懲淫戒色的教材,方得以在得到消費者的共鳴之餘,達到戒淫的教化效果;這正是「以淫制淫」的教化手段。然而若明確地釐清此手段的操作方式,則不難發現所謂的「以淫制淫」,指的應是假故事中人物荒唐縱慾的情節,使消費者體會狂淫濫媾的醜惡,及縱慾後「小可敗家、大可亡國」的危機;卻不是靠著對調情或交歡行為本身渲染誇大的描寫來挑起大眾的感官刺激。

　　(三)在描述性行為的文字使用對象上:戒淫故事中,難免有若干描寫性行為的寫意詩詞、或為調情而產生之挑逗言語;然則此類情色描述,多出現於通姦的雙方交歡時;不會用在描繪正式夫妻間的性生活上;例如對蔣興哥與王三巧的恩愛,作者只是順應內容地寫道:「男歡女愛,比別個夫妻更勝十分……(蔣興哥)只推制中不與外事,專在樓上與渾家成雙捉對,朝暮取樂。」又如對於任珪與梁聖金夫婦的性生活,作者也只是以「那婦人倒在任珪懷裡兩個雲情雨意,狂了半夜,俱不提了」帶過。至於〈陸五漢硬留合色鞋〉中對於潘用夫婦的性事則是:「某夜老夫妻也用了幾杯酒,帶著酒興,兩口兒一頭睡了,作著些不三不四的生活,身子困倦,緊緊抱住熟睡。」這些都是單純的平鋪直敘,根本算不上是情色描寫。如此筆法與出現於如〈赫大卿遺恨鴛鴦絛〉、〈金海陵縱慾亡身〉等篇中,對偷情雙方的性行為描寫相較,簡直如同小巫見大巫般的平淡無奇。這種視雙方當事人間的關係,所做出不同程度描寫的手法,一則用以凸顯犯淫者戀奸情熱下,對肉慾毫無理智的恣意狂歡,一則強調作品誡喻目標主要在於淫行。換言之,這樣的不同筆觸正是為「姦情」與夫妻間的「正色」做出區隔。

　　(四)並非所有性生活不檢或是偷情者都會遭到毀滅性的結局。如〈蔣興哥重會珍珠衫〉中的王三巧,雖然一度因對情慾與性慾的需求出軌而被休離、但最後仍得破鏡重圓;又如〈新橋市韓五賣春情〉中對妓女的挑逗毫無招架之力的吳山,則幸遇一名雲遊道人,最後終得從鬼門關前搶回性命;還有〈喬兌換胡子宣淫〉中的鐵生、〈兩錯認莫大姐淫奔〉中的莫氏、楊二郎;〈醉士子誤闖後花園〉及〈任君用恣樂深閨〉中的蔡京及楊戩諸妾;〈勘皮靴單證楊二郎〉中的韓玉翹;〈毀新詩少年矢志〉中的謝芳卿……等,都是得享天年者;他們之所以能倖免於死,主要由於「知過能改」或「身不由己」兩

個原因。其中「知過能改」，指的是犯淫者在犯後知所覺悟的前提下，因緣際會地受到冥冥中的安排或人事上的判定，而得以康復或平安終老。如吳山就是在藥石罔效之際，對父母妻子痛下悔言之後，巧合地出現了雲遊道人予以醫治而康復。又如〈西山觀設籙度亡魂〉中的吳氏與道徒太素，則因經歷縣衙前的生死交關而痛改前非，所以能竟於天命；至於〈毀新詩少年矢志〉中的謝芳卿、〈兩錯認莫大姐淫奔〉中的莫氏、楊二郎等人，皆是在歷經世的滄桑之後洗心革面，所以能擁有新生。

至於「身不由己」的犯淫者，包括如〈醉士子誤闖後花園〉中的醉士子；〈任君用恣樂深閨〉中的楊戩諸妾；〈聞人生野戰翠浮庵〉中的聞人生等。如醉士子即是在不明究理之下與蔡京諸妾交歡，事後則深恐會因此招來禍端；至於〈聞人生野戰翠浮庵〉中的聞人生，則是為求與心上人靜觀朝暮相處、不得已住進淫穢不堪的尼庵中；更為了要討好尼姑們而儘力提供性服務。這兩名男性都被動地成為女性縱慾的對象；因此最後得以能夠逃過慘死的下場。由故事首尾的詩句及評論可知，作者們藉這類身不由己的縱慾者，反襯出縱淫無度者（如尼姑、不知滿足的蔡京與楊戩等人）的邪惡與自私。換言之，如蔡京之流，才是作者主要懲戒的對象。

（五）反對同性間的縱慾行為：發生於普通男性間的性行為，亦是作者誨淫的重點之一。這些出現在戒淫故事中的同性性行為，都不是同性戀；只可謂為一種「性癖好」。如〈任君用恣樂深閨〉中任君用與楊戩、〈奪風情村婦捐軀〉中林斷事與俞姓門子、及〈妙智淫色殺身〉中的土豪田禽與鎮國寺僧圓靜；這些組合中共同的特色，除主動謀求性行為者地位較高以外，〈任君用恣樂深閨〉及〈妙智淫色殺身〉中的楊戩與田禽，則是貪得無饜地在成群妻妾之外另尋男寵求歡。如此過度耽溺於性慾的狂歡中，正是「淫」的具體表現。因此楊戩與田禽的姬妾們都因為性慾無法滿足而紅杏出牆；這正是對縱慾者最大的警戒。

（六）戒淫故事中對「通姦」的定義：現代人所稱的通姦，是指發生婚姻以外性關係的兩方中，至少一方已有合法配偶；換言之，不論對方是有夫之婦或有婦之夫，只要與之發生性關係，「通姦」即可成立。但是戒淫故事中所稱的「通姦」，成立關鍵卻只單方面地取決於女性已婚與否。因為在傳統的中國社會中，男人和妻妾以外的女性（如娼妓、婢女）所發生的性關係，原本就被社會接受；時人反而認為只有女性不能堅守婦道，才會發生紅杏出牆

的情況；以致造成已婚婦女為通姦事實成立的要件。然此這種觀點並非意味男性犯淫者可以不負責任－戒淫故事對於犯淫雙方，都會施以嚴厲的懲罰；特別是淫人妻女的男性，最後常會得到妻女被淫的惡報，以呼應天理昭彰、因果循環的結局模式。

（七）就性別而論，戒淫故事中明顯表現出對女性的歧視：不但犯淫的女性和男性一樣必須接受毀滅性的下場；即使是沒有犯淫的女性，在「我不淫人妻、人不淫我婦」的果報觀點下，也可能因丈夫的縱慾而連帶成為受報應的犧牲品。這種視女性為男性私有財產的不公平處置，普遍出現於戒淫故事中，亦即印證了作者們所謂「為人莫作婦人身，百年苦樂由他人」的說法。至於貞烈拒淫的女性，不但不能如男性拒淫者般享有現世的榮華富貴；反而還必須付出生命以捍衛自我人格的尊嚴。

其次，儘管凌濛初在「二拍」中直接表達除對男女平等的抗議及提出「失身非失貞」的觀點；〔註1〕但就整體而言，「三言二拍一型」中的戒淫故事中（如〈桑茂易裝行姦〉、〈假為尼男子行姦〉、〈汪大尹火焚寶蓮寺〉等篇），仍舊不乏起因於社會對受暴女性的歧視及排斥，而使女性在受暴後不敢聲張、致使歹徒逍遙法外的情節；作者們對這種社會上的陳腐觀點非但未適時提出勸說、糾正，並積極教育、鼓勵世人正視婦女受暴的事實以積極尋求對策；反而還在如〈徐茶酒趁亂劫新人〉中，對不幸失身的婦女大加嘲諷。這些處理方式不但與先前的論點相背離；而且也無助於消弭社會上的偏差觀點、更可能在無形間強化社會上對貞操的不理性要求。

（八）商業利益下的妥協：分析後可以發現，煽情聳動的情色敘述既對故事情節的進展無絕對影響，則可以推論其存在之主要目的在於吸引消費者的注意。換言之，作者對逞淫方式千變萬化的描摹及譬喻，反而比千篇一律的毀滅性下場更能滿足消費者的好奇心；同時書商也得以此作為賣點招徠客源。可見戒淫故事中引人詬病的情色描寫，確實是作者們罔顧教化言責、卻基於商業利益所作出的妥協。

（九）正視情慾與性慾的存在：歸納犯淫原因後可知，除少數因天性放佚的所導致的縱慾者以外，其他基於客觀環境因素而絕慾者（如寡婦、僧、尼、或獨居的婦女……等），反而容易因絕慾而病變為極端無饜的縱慾行為。作者們以此提醒社會大眾正視情慾及性慾的存在，也同時藉由對逾期未嫁、

〔註1〕見第五章，註52。

私訂終身卻遭蒙不幸的少女；漂泊不定、缺乏心靈慰藉的行商、及受性慾驅使而出軌的富家妾室……等，基於環境因素而誤入淫網者的同情與寬容，要求大眾審慎務實地面對如置妾、守節、皈依出家等與性慾有關的問題，以免造成家庭及社會問題。

（十）作品中對情慾與性慾的混淆不清：儘管馮夢龍及凌濛初都企圖藉由戒淫故事，促使世人正視情慾及性慾的存在；然則在實際內容的表現上，緣由於對情慾及性慾的混淆不清，反使馮、凌兩人無法在作品中明確區隔「戒淫」與「言情」兩個主題間的歧異，以致於使潘壽兒、陳玉蘭、顧阿秀、客店之女等人擺盪於淫女與多情少女的形象之間。簡言之，言情主題之所以動人，主要由於其內容較著重心靈層次的交流互動；而在戒淫故事中，「情色相當」的少男少女卻因為耽溺於肉慾之歡，以致扼殺了昇華性慾為動人愛情的契機。可惜作者們沒有在作品中釐清此間差異，而使故事彼此間出現無法自圓其說的窘境。反觀《型世言》的作者陸人龍，則一律以保守嚴峻的標準，不論犯淫原因、只視犯淫者悔悟程度而予以輕重不等的懲罰結局；巧妙地避開了情慾與性慾間區隔的問題。

（十一）以男性為閱聽對象的寫作風格：戒淫故事中，作者常藉說話人的身份發表對事件的議論；然則此類議論多建構於以男性為主要陳述對象的基礎上。如〈喬彥傑一妾破家〉一文中，作者直接告誡男子不可輕信婦人之言；〔註2〕又如〈非煙〉一文的結尾，作者越過了對非煙悲慘遭遇的評述，只針對趙象的下場做出說明〔註3〕……持類似觀點的議論，在戒淫故事中隨處可見。若套用馮驥才在《順應讀者的文學》中所提及的觀點：「通俗文學（包括一切傳統形式的文章）是對大眾審美心理的順應〔註4〕」，則由戒淫故事中議論的切入角度完全就男性立場發揮的情況看來，作者們在寫作之初，就已設定男性為主要消費群，所以才會迎合男性的觀點及喜好作出相關的議論，以期得到最多的肯定與共鳴。整體說來，若單純預設男性為消費群來寫作或許無可厚非；但是若因此而昧於公理、甚至做出失節的議論，則有虧於作者的教化責任。不幸的是，戒淫故事中種種對女性的歧視，正足以顯示出作者為迎合男性消費群所作的媚俗反應。

〔註2〕見第三章第二節〈婦女〉。
〔註3〕該段內容為：「且如趙象知機識務，離脫虎口，免遭毒手，可謂善悔過者也。」
〔註4〕轉引自劉炳澤、王春桂著《中國通俗小說概論‧創作與方法》，（台北，志一，民87年2月），頁243。

　　（十二）作者風格比較：如果要以各別作者的作品為評論標的，那麼情色描寫幾近氾濫的情況在凌濛初的「二拍」中表現得最為明顯。因為在「三言」及《型世言》中，除了在〈金海陵縱慾亡身〉裡出理直接以散文白描的手法成篇累牘地暴露兩性的性交方式、求歡過程以外，其他的戒淫故事一旦遇有色情描述，輒一律以虛泛的四六文或小調豔詞帶過。反觀「二拍」，除了兼有上述種種形式的情色描寫以外，更將情節膨脹加工，匯入大量發生雜交的原因或重覆描寫的性交過程，使原本就已相當淫亂的內容，更平添不少的穢褻。此外，在觀念上，三人也對縱慾的認定有著寬嚴不一的標準；而使「三言二拍一型」的戒淫故事無法呈現出較為一致的論點。

　　總而言之，情節中充滿奇趣的「戒淫」故事，固然具有一定的教化作用；然而若干混雜於其中、過份渲染的色情描述，不但無法切實阻絕世人犯淫的慾念，反之更可能因作者對交歡行為及反應的詳實描摹，而造成「誨淫」的效果。另一方面，戒淫故事在內容上固然呈現了豐富的意涵，但是觀點與敘述間卻出現相互牽制、搖擺不定的情況。這些戒淫故事一方面嘗試致力於鞏固並彰顯「戒淫」的創作目的；另一方面又企圖呈現出大膽新穎的人性化觀點，以統合建立起新的社會規範；不幸的是，作者們卻同時宥於傳統的價值觀及商業利益，而對社會上種種不合理的觀點視而不見；甚至為迎合大眾喜好，而提出昧於言責及良知的評論，造成戒淫故事在立論點上的偏頗失衡。

　　而今看來，這些都是造成戒淫故事無法受人正視其教化功能的主因。然而持平而論，這些創作立場上的缺憾，尚不足以完全抹煞「戒淫」這類型主題故事在擬話本中所佔的重要地位；反而忠實地呈現了晚明通俗文學在創作理念與商業利益交互作用下的真實樣貌。是為結論。

參考資料

一、專著

（一）總類

1. 《學位論文寫作指引》，林慶彰著，台北，萬卷樓，民國 85 年 9 月。

（二）史地類

1. 《明史列傳》，《明代傳記叢刊》，張廷玉等著，臺北，明文，民國 80 年。
2. 《明人傳記資料索引》，昌彼得等編，台北，中央圖書館，民國 53 年 12 月。
3. 《萬曆十五年》，黃仁宇著，台北，食貨，民國 74 年 4 月。

（三）社會科學類

1. 《明代例律彙編》，《中研院史語所專刊之七十五》，黃彰健著，台北，中研院史語所，民國 68 年 3 月。
2. 《中國歷代婚姻與家庭》，顧鑒塘、顧鳴塘著，台北，商務，民國 84 年 5 月。
3. 《明代中後期社會變遷研究》，牛健強著，台北，文津，1997 年 8 月。
4. 《中國古代性文化》，劉臨達編著，銀川，寧夏人民，1994 年 2 月。
5. 《宋代佛教經濟史論集》黃敏枝著，台北，學生，民國 78 年 5 月。
6. 《明代江南市民經濟試探》，傅衣凌著，台北，谷風，民國 75 年 9 月。
7. 《明清時代庶民文化生活》，王爾敏著，台北，中研院近代史研所，民 85 年 3 月。
8. 《三言二拍的精神史研究》，王鴻泰著，台北，台大，民國 83 年。
9. 《中國性文學史》，孫琴安著，台北，桂冠，民國 84 年 5 月。

（三）語文類

甲、「三言二拍一型」

1. 《古今小說》，馮夢龍著，《馮夢龍全集－十二》，上海，上海古籍，1993年6月。

2. 《警世通言》，馮夢龍著，《馮夢龍全集－十三》，上海，上海古籍，1993年6月。

3. 《醒世恆言》，馮夢龍著，《馮夢龍全集－十四》，上海，上海古籍，1993年6月。

4. 《拍案驚奇》，凌濛初著，上海，上海古籍，1982年。

5. 《二刻拍案驚奇》，凌濛初著，江蘇，江蘇古籍，1990年3月。

6. 《型世言》，陸人龍著，《中國話本大系》，江蘇，江蘇古籍，1993年8月。

7. 《型世言》，陸人龍著，《中國話本大系》，韓國，江原大學，1993年7月。

乙、小說、筆記

1. 《京本通俗小說》，佚名，《中國話本大系》，江蘇，江蘇古籍，1991年12月。

2. 《小爾雅》，孔鮒著，見《百部叢書集成·初編》，台北，藝文，民國58年。

3. 《西湖遊覽志餘》，田汝成著，台北，木鐸，民國71年。

4. 《九籥集》，宋懋澄著，台北，國家圖書館善本資料。

5. 《太平廣記》，李昉等編，北京，中華書局，1996年6月。

6. 《戒庵老人漫筆》，李詡著，北京，中華書局，1982年12月。

7. 《萬曆野獲編》，沈德符著，《元明史料筆記》，北京，中華書局，1997年11月。

8. 《清平山堂話本》，洪楩輯，《中國話本大系》，江蘇，江蘇古籍，1990年4月。

9. 《夷堅志》，洪邁著，見《筆記小說大觀》，第二十一編第四冊，台北，新興，民國67年4月。

10. 《夷堅志補》，洪邁著，見《筆記小說大觀》，第八編第五冊，台北，新興，民國64年9月。

11. 《夷堅丁志》，洪邁著，見《筆記小說大觀》，第八編第四冊，台北，新興，民國64年9月。

12. 《僧尼孽海》，唐寅著，《中國歷代禁毀小說海內外珍藏本集粹雙笛叢書

系列》，台北，紅螞蟻，民 83 年。

13. 《野記》，祝允明著，《筆記三編》之一，台北，廣文，民國 59 年。

14. 《前聞記》，祝允明著，收於《新編叢書集成》，第八十七冊，台北，新文豐，民國 74 年 12 月。

15. 《金瓶梅詞話》，笑笑生著，北京，人民文學，1989 年 7 月。

16. 《博物志》，張華著，見《筆記小說大觀》，第三編第二冊，台北，新興，民國 63 年 5 月。

17. 《讕言長語》，曹安著，見《筆記小說大觀》，第五編第四冊，台北，新興，民國 63 年 12 月。

18. 《雞肋編》，莊綽著，《唐宋史料筆記》，北京，中華書局，1997 年 12 月。

19. 《治世餘聞、繼世紀聞》，陳洪謨著，《元明史料筆記叢刊》，北京，中華書局，1997 年 11 月。

20. 《說聽》，陸延枝著，見《筆記小說大觀》，第十六編第五冊，台北，新興，民國 66 年 4 月。

21. 《病逸漫記》，陸武著，收於《新編叢書集成》，第八十七冊，台北，新文豐，民國 74 年 12 月。

22. 《歡喜冤家》，西湖漁隱主人著，見《中國歷代禁毀小說海內珍藏本集粹雙笛叢書系列》，台北，紅螞蟻，民 83 年。

23. 《菽園雜記》，陸容著，見《元明史料筆記》，北京，中華書局，1997 年 12 月。

24. 《庚巳編》，陸粲著，見《元明史料筆記》，北，中華書局，1997 年 11 月。

25. 《南村輟耕錄》，陶宗儀著，見《元明史料筆記》，北京，中華書局，1997 年 11 月。

26. 《古今概譚》，馮夢龍著，《馮夢龍全集－六》，江蘇，江蘇古籍，1993 年 4 月。

27. 《情史》，馮夢龍著，《馮夢龍全集－七》，江蘇，江蘇古籍，1993 年 4 月。

28. 《太平廣記鈔》，馮夢龍著，《馮夢龍全集－九》，江蘇，江蘇古籍，1993 年 4 月。

29. 《智囊》，馮夢龍著，《馮夢龍全集－十》，江蘇，江蘇古籍，1993 年 4 月。

30. 《雙槐歲鈔》，黃瑜著，見《筆記小說大觀》，第十四編第二冊，台北，新興，民國 70 年 12 月。

31. 《堅瓠廣記》，褚人獲著，見《筆記小說大觀》，台北，新興，民國 67 年 10 月。

32. 《老殘遊記》，劉鶚著，台北，陽明書局，民75年。

33. 《折獄龜鑑》，鄭克著，見《筆記小說大觀》，第十六編第一冊，台北，新興，民國66年3月。

34. 《談藪》，龐元英著，收於明陶宗儀輯《說郛》卷十一，《筆記小說大觀》第二十五編第一冊。

35. 《醉翁談錄》，羅燁著，台北，木鐸，民國71年。

丙、近人專書

1. 《中國民間故事類型索引》，丁乃通著，北京，中國民間文藝，1986年。

2. 《中國愛情與兩性關係－中國小說研究》，何滿子著，台北，商務，民國84年1月。

3. 《中國言情小說史》，吳禮權著，台北，商務，民國84年3月。

4. 《民間故事論集》，金師榮華著，台北，三民，民國86年6月。

5. 《話本小說概論》，胡士瑩著，台北，丹青，民國72年5月。

6. 《話本與才子佳人小說》，胡萬川著，台北，大安，民國83年2月。

7. 《三言二拍源流考》，孫楷第著，見《明史研究論叢》第一輯，台北，大立，民國71年6月。

8. 《小說稗類》，孫大春著，台北，聯經，民國87年3月。

9. 《人物類型與中國市井文化》，淡大中文系編，台北，學生，民國84年元月。

10. 《三言二拍的世界》，陳永正著，台北，遠流，民國85年6月。

11. 《中西通俗小說比較研究》，黃永林著，台北，文津，民國84年10月。

12. 《中國歷朝小說與文化》，楊義著，台北，業強，民國82年8月。

13. 《中國小說美學》，葉朗著，台北，里仁，民國83年11月。

14. 《中國古代小說概論》，葉桂桐著，台北，文津，民國87年10月。

15. 《明人奇情》，過常保、郭英德著，台北，雲龍，民國85年2月。

16. 《中國小說學通論》，寧宗一編，安徽，安徽教育，1995年12月。

17. 《道教與中國民間文學》，劉守華著，台北，文津，民國80年12月。

18. 《中國通俗小說概論》，劉柄澤、王春桂著，台北，志一，民國87年2月。

19. 《意志與命運》，樂衡軍著，台北，大安，民國81年4月。

20. 《世態人情說話本》，歐陽代發著，台北，亞太，民國84年。

21. 《中國小說史略》，魯迅著，台北，谷風，出版年份不詳。

22. 《馮夢龍和三言》，繆詠禾著，台北，國文天地，民國82年6月。

23. 《三言二拍資料》，譚正璧著，台北，里仁，民國70年。

24. 《型世言研究》，權寧愛著，台北，福記，民國 82 年 9 月。

25. 《李福清論中國古典小說》，B. Riftin 著，台北，洪葉，民國 86 年 6 月。

26. 《中國短篇小說》，Patrick Hanan，台北，圖立編綰，民國 86 年 7 月。

27. 《The Type of The Folkale 》,S. Thompson 編，Helsinki，1973 年。

二、期刊論文

（一）單篇期刊論文

甲、台灣地區

1. 〈情慾的壓抑與心理異常〉，王臣瑞撰，《哲學與文化》第六卷九期，民國 68 年 12 月。

2. 〈《型世言》及《三刻拍案驚奇》等書考略〉，金師榮華撰，《華岡文科學報》，第十九期。

3. 〈從馮夢龍編輯舊作的態度談所謂的宋元話本〉，胡萬川撰，《古典文學》，第二期。

4. 〈漫談同性戀〉，胡維恆撰，《健康世界》第九期，民國 75 年 9 月。

5. 〈從「三言」看明代僧尼〉，徐志平撰，《嘉義農專學報》第十七期，民國 77 年 4 月。

6. 〈「三言」中婦女的情慾世界及其意蘊〉，康韻梅撰，《台大中文學報》第八期，民國 85 年 4 月。

7. 〈「三言」中的婦女形象與馮夢龍的情教觀〉，張璉撰，《漢學研究》，第十一卷二期，民國 82 年 12 月。

8. 〈《金瓶梅》裡的性文化〉，陳東山撰，《當代》第十六期，民國 76 年 8 月。

9. 〈明末流行風―小官當道〉，陳益源撰，《聯合文學》，第十三卷四期，民國 87 年 12 月。

10. 〈馮夢龍「談情教」試論〉，陳萬益撰，《漢學研究》，第六卷一期，民國 77 年 6 月。

11. 〈中國人的愛慾問題〉，曾昭旭撰，《聯合文學》，第四卷十一期，民國 77 年 9 月。

12. 〈談《醒世恆言》的成書及其中兩卷所反映的明代社會〉，程似錦撰，《法商學報》，第二十七期，民國 81 年 12 月。

13. 〈從「三言」看晚明商人〉，黃仁宇撰，《香港中文大學中研所學報》卷七―一，民國 63 年 12 月。

14. 〈明代〉，黃仁宇撰，《歷史月刊》第五十五期，民國 81 年 8 月。

15. 〈晚明〉，黃仁宇撰，《歷史月刊》第五十六期，民國 81 年 9 月。

16. 〈漢代之婦人災異論〉，劉詠聰編，《漢學研究》第九期二卷，民國 80 年 12 月。

17. 〈天地正義僅見於婦女—明清的情色意識與貞淫問題〉，鄭培凱撰，《當代》第十六、十七期，民國 76 年 8 月、9 月。

18. 〈童芷苓到底在洒什麼〉，鄭凱培著撰，《當代》，第六十二期，民國 80 年 6 月。

19. 〈朱熹「淫詩說〉考辯，賴炎元撰，《孔孟月刊》第三十一期七卷。

20. 〈中國人愛慾小說初探〉，韓南撰、水晶譯，《聯合文學》，第四卷十一期，民國 77 年 9 月。

21. 〈《型世言》本事考述〉，關尚智撰，《大陸雜誌》，關尚智撰，《大陸雜誌》第九十三期五卷，民國 85 年 11 月.

乙、大陸地區

1. 〈美醜都在情和慾間〉，卜鍵撰，《文學評論》，1987 年第三期。

2. 〈論宋懋澄在中國小說史上的地位〉，包紹明撰，《明清小說研究》，第八輯。

3. 〈試談三言二拍中幾類婦女形象的社會意義〉，田國梁撰，《西北民族學院學報》，1988 年第四期。

4. 〈章回小說與敘事風格的民族文學〉，何滿子撰，《文史知識》，1982 年第三期。

5. 〈晚明社會性崇拜與性偶象西門慶〉，吳存存撰，《明清小說研究》，第四十七輯。

6. 〈《三刻拍案驚奇》本事考補〉，胡晨撰，《明清小說研究》，第十六輯。

7. 〈《金瓶梅詞話》的人慾描寫及評價〉，張兵撰，《明清小說研究》，第二十輯。

8. 〈中國古代小說的教化意識〉，陳美林、李中明撰，《明清小說研究》，第二十九輯。

9. 〈論《西廂記》系統的文化內涵〉，賀光速撰，《湖北大學學報—哲社版》，1989 年第二期。

10. 〈論「二拍」的現實意蘊〉，馮保善撰，《社會科學研究》，1994 年第四期。

11. 〈理學的衰變對世情小說內容的制約〉，趙興勤撰，《明清小說研究》，第二十七輯。

12. 〈理學衰變對世情小說內容的制約〉，趙興勤撰，《明清小說研究》，第二十七輯。

13. 〈在古代小論批評史上"以淫制淫"說的提出與實踐〉，劉書成撰，《西北師大學報－社會科學版》，1996 年第四期。

14. 〈道教房中文化對明清小說中的性描寫〉，潘建國撰，《明清小說研究》，第四十五輯。

15. 〈論明清豔情小說的社會意義〉，謝桃坊撰，《社會科學戰線》，1994 年第五期。

16. 〈馮夢龍、凌濛初和「三言」、「二拍」〉，魏同賢撰，《文史知識》，1986年第二期。

17. 〈通俗文學閱讀過程中的受容與受阻〉，蘇曉撰，《上海師大學報》，1993年第期。

（二）學位論文

1. 〈三言主題研究〉，王淑均撰，輔仁大學中文研究所碩士論文，民國 68年。

2. 〈三言教化功能之研究〉，柯瓊瑜撰，師範大學中文研究所碩士論文，民國 84 年。

3. 〈三言人物研究〉，柳之青撰，師範大學中文研究所碩士論文，民國 80年。

4. 〈二拍的生產及其商品性格〉，胡衍南撰，淡江大學中文研究所碩士論文，民國 84 年。

5. 〈古今小說研究〉，陳師妙如撰，中國文化大學中文研究所碩士論文，民國 80 年。

6. 〈三言二拍一型的貞節觀研究〉，劉素里撰，中國文化大學中文研究所碩士論文，民 84 年。

7. 〈「三言」看公案小說的罪與法〉，霍建國撰，政治大學中文研究所碩士論文，民國 84 年。